HEYNE BÜCHER

SCIENCE FICTION

Herausgegeben
von Wolfgang Jeschke

JOHN BRUNNER

ZEITEN OHNE ZAHL

Science Fiction Roman

Deutsche Erstveröffentlichung

WILHELM HEYNE VERLAG
MÜNCHEN

HEYNE SCIENCE FICTION & FANTASY
Band 06/4238

Titel der englischen Originalausgabe
TIMES WITHOUT NUMBER
Deutsche Übersetzung von Biggy Winter
Das Umschlagbild ist das Gemälde ›Die Brücke‹
von Mathias Waske

Redaktion: Wolfgang Jeschke

Printed in Germany 1985
Umschlaggestaltung: Atelier Ingrid Schütz, München
Satz: Schaber, Wels
Druck und Bindung: Elsnerdruck, Berlin

ISBN 3-453-31226-0

Inhalt

Teil Eins

Siegesbeute von gestern

I

Don Miguel Navarro, Ordentlicher Bevollmächtigter der Gesellschaft für Zeitenkunde und loyaler Untertan Seiner Allerkatholischsten Majestät, Philipp IX., *Rey y Imperador,* duckte sich in einen stillen Alkoven, der von der großen Halle wegführte, und stieß einen Seufzer der Erleichterung aus. Vor weniger als einer Stunde war er zu der Abendgesellschaft gestoßen und fragte sich bereits, wann er sich frühestens unbemerkt davonmachen konnte.

Er verspürte mehr als nur Enttäuschung: er hatte das Gefühl, betrogen worden zu sein.

Eine Einladung in jeder Hand war er einige Tage zuvor in seiner Unterkunft gestanden und hatte überlegt, welche er nun annehmen sollte. Natürlich war dieses ganze Jahr 1988 eine einzige lange Festlichkeit; seit Januar wurden Bälle, Abendgesellschaften und Feste im Überfluß abgehalten, um den vierhundertsten Jahrestag der Eroberung Englands durch die mächtige spanische Armada zu feiern – jenes maßgebliche Ereignis der Geschichte, das das Reich davor bewahrt hatte, vom Antlitz der Erde zu verschwinden, als das Mutterland erneut von den Streitkräften des Islam überrannt worden war. Langsam wurde Don Miguel dieser Veranstaltung überdrüssig, aber es war gesellschaftlich von Nachteil, *alle* Einladungen auszuschlagen.

Eine der beiden, zwischen denen er sich diesmal entscheiden mußte, stammte vom Alkalden der Stadtverwaltung von Jorque, und versprach Clowns, Jongleure und ein großes Feuerwerk. Alltäglichkeiten. Don Miguel hatte noch nie an einem offiziellen Empfang in dieser Stadt teilgenommen – ja er hatte Jorque erst zwei- oder dreimal vorher besucht –, aber er bezweifelte, daß es sich um mehr handeln könne als eine schlechte Kopie dessen, was er in Londres und in Neu-Madrid gesehen hatte.

Die andere Einladung trug an ihrem unteren Ende eine

großzügige, ausladende Unterschrift, die man mit einiger Schwierigkeit als ›Catalina di Jorque‹ entziffern konnte. Und das war es, was ihn schließlich dazu bewogen hatte, sie anzunehmen. Der Ruf der Marquesa di Jorque war nicht auf den Norden Englands beschränkt. Mit zwanzig, ja noch mit dreißig war sie eine berühmte Schönheit gewesen; und als sie ihr gutes Aussehen etwa zur gleichen Zeit wie ihren Gatten verlor, doch sein beträchtliches Vermögen erbte, hatte sie sich mit großem Erfolg als Gastgeberin der besseren Gesellschaft und bekannte Vorkämpferin für die Emanzipation der Frau etabliert.

Don Miguel hielt sich für einen Mann mit modernen und aufgeklärten Ansichten. Für ihn gab es keinen Grund, weshalb Frauen durch Vorurteile davon abgehalten werden sollten, Gebiete zu betreten, die üblicherweise den Männern vorbehalten waren, wie etwa jene der Philosophie und der Rechte. Folglich betrachtete er es als Auszeichnung, zu den Auserwählten zu gehören, warf die Einladung des Alkalden in den Papierkorb und akzeptierte jene der Marquesa.

Doch wenn die Dinge sich im Laufe des Abends so weiterentwickelten, wie sie es bisher getan hatten, dann würde er, wenn die Party vorbei war, als engstirniger Reaktionär enden. *Verdammte* Marquesa!

Es war nicht die Peinlichkeit, daß sie ihn wie ein Schaustück im ganzen Saal herumreichte – als echten, lebendigen Zeitreisenden, Ausrufungszeichen, im selben Tonfall etwa, in dem sie sagen würde: »Ein echter, lebendiger Tiger!« Das passierte den Mitgliedern der Gesellschaft für Zeitenkunde zu oft, um nicht daran gewöhnt zu sein; schließlich gab es im ganzen Reich weniger als tausend von seiner Sorte.

Nein, seine Verärgerung hatte einen subtileren Grund. In der Einladung hatte etwas von einer ›Zusammenkunft intelligenter Menschen in kleinem Rahmen‹ gestanden, und das war es, was er erwartet hatte. Immer noch zog er ein gutes Gespräch allen Clowns und Feuerwerken der ganzen Welt vor. Aber die Zusammenkunft fand nicht in kleinem Rahmen statt. Mehr als vierhundert Gäste waren anwesend, darunter Geistliche, Musiker, Naturwissenschaftler, Theoretiker, Dichter, Künstler und viele mehr.

Und alle miteinander wirkten sie irgendwie zweitklassig. Zugegeben, sie stellten einen Durchschnitt dar, der hinlänglich breitgefächert war. Neben den führenden Leuchten der nordenglischen Gesellschaft war er Besuchern aus Neukastilien, von der anderen Seite des Atlantiks, vorgestellt worden, die ihn alle mit seidenweichen Stimmen daran erinnerten, daß der Prinz von Neukastilien Großmeister der Gesellschaft für Zeitenkunde war – ausgenommen jene, die glatte, schwarzglänzende Zöpfe trugen, was auf ihre indianische Abstammung hinwies: sie erinnerten ihn daran, daß der Administrator für den Außendienst bei der Gesellschaft ein Mohawk war. Außerdem hatte Don Miguel die Bekanntschaft von zwei leicht angesäuselten Mauren gemacht, deren Anwesenheit offensichtlich als konkrete Demonstration der aufgeklärten Toleranz der Marquesa gedacht war, und die man entgegen dem Gebot des Propheten dazu gebracht hatte, vom Wein zu nehmen; sie waren im Begriff, sich übermäßig zu betrinken. Und das fand Don Miguel äußerst geschmacklos.

Zweitklassig, alle miteinander. Das hohe Ansehen, das die Marquesa genoß, war offensichtlich unbegründet, und wenn sie der beste Wortführer – Korrektur: die beste Wortführerin – für die Gleichheit der Geschlechter in den nördlichen Provinzen war, dann würde es noch lange, lange Zeit dauern, bis ihre Bewegung vorankam!

Zumindest wenn es nach Don Miguel Navarro ging. Wiederum fragte er sich, wie seine Chancen standen, aus dem Haus zu schleichen und sich zum Schauplatz des Empfanges der Stadtverwaltung zu begeben. Lieber deren Clowns als *diese* Clowns hier!

Sein Glas war leer. Als er sich nach einem der Sklaven umblickte, die ohne Unterlaß mit Tabletts, auf denen volle Gläser standen, durch das Gewühl zirkulierten, fing ein schlankes Guineamädchen mit wissenden Augen und rotierenden Hüften seinen Blick auf, und als er zusah, wie sie sich von ihm wegbewegte, nachdem sie sein Glas ausgetauscht hatte, seufzte er erneut. Es gab so viele bessere Möglichkeiten, wie man die Zeit vertrödeln konnte!

Der Seufzer war wohl zu laut gewesen; ganz aus der Nähe kam ein glucksendes leises Lachen, und eine tiefe Stimme mit humorvollem Unterton sagte: »Euer Ehren sind wohl nicht gewöhnt an die Unterhaltungsabende der Marquesa?«

Don Miguel machte eine halbe Drehung und sah, daß es ein mittelgroßer Mann in einem kastanienbraunen Cape und weißen Samthosen war, der ihn angesprochen hatte; sein ingwerfarbenes Haar war in einer komplizierten Frisur hoch oben auf seinem Kopf befestigt. Etwas merkwürdig Anziehendes lag in seinem von Sommersprossen bedeckten Gesicht.

Nach der halben Verbeugung, die die Etikette verlangte, sagte er: »Miguel Navarro. Tatsächlich ist es das erste Mal, daß ich an etwas Derartigem teilnehme. Ich bin kein sehr häufiger Besucher in Jorque.«

»Arcimboldo Ruiz«, stellte sich der Sommersprossige vor. »Ihr seid der Zeitreisende, nicht wahr?«

Niedergeschlagen bestätigte Don Miguel das. Wiederum lachte Don Arcimboldo leise in sich hinein, diesmal jedoch mit einem Anstrich von Mitgefühl.

»Ich kann mir vorstellen, was Catalina mit Euch aufgeführt hat. Es ist immer das gleiche, wenn es ihr gelingt, irgendeine Berühmtheit dazu zu verleiten, eine ihrer Gesellschaften zu besuchen – der arme Junge wird herumgeschoben von Gruppe zu Gruppe, wobei der Abglanz des Ruhmes ihres Gastes auf sie zu fallen hat. Habe ich recht?«

»Nur zu recht«, murmelte Don Miguel.

»Es wäre nicht so arg, wenn sie wenigstens den Anstand hätte, den neu Dazukommenen über die beste Methode zu informieren, wie man ihre Empfänge übersteht. Ober vielleicht kann sie das gar nicht. Vielleicht weiß sie es selbst nicht.«

»Ihr wißt es jedoch, wie es scheint«, entgegnete Don Miguel. »Und habt ganz offensichtlich Euer Vergnügen daran.«

»O ja, das habe ich! Ich kenne Catalina schon sehr lange, versteht Ihr, und ich lasse mich nicht mehr von ihren – wie kann man sie nennen – ›intellektuellen Ambitionen‹ vielleicht, in die Irre führen. Wie Ihr jetzt vermutlich bereits selbst erkannt habt, kann man mit dem allerbesten Willen nicht umhin festzustellen, daß sie ihren eigenen Fähigkeiten allzusehr vertraut. Demzufolge muß man die wilden Versprechungen, die sie im Hinblick auf die sagenhaft tollen Gäste macht, die man hier kennenlernen wird, einfach ignorieren und sich auf die echten Vorteile konzentrieren – auf das exzellente Essen und die gelegentlich geradezu märchenhaften Weine. Und wenn man dann zufällig auf einen interessanten Fremdling stößt, dann betrachtet man das auschließlich als kleine Draufgabe.«

Don Miguels Gesicht verzog sich zu einem schiefen Lächeln – es war immer schief dank eines schwerbewaffneten griechischen Fußsoldaten auf der Ebene von Mazedonien. »Zu diesem Schluß bin ich auch gekommen«, gab er zu. »Doch dann erschien er mir unwahrscheinlich zu sein. Wie können sich all diese Leute so lange von ihr täuschen lassen?«

Don Arcimboldo stahl ein köstlich aussehendes Stück Kuchen von einem Tablett, das ein vorbeigehender Sklave trug, und zuckte die Achseln. »Wie viele von ihnen lassen sich schon täuschen? Würdet Ihr Euch als getäuscht betrachten, wenn Ihr ein zweitesmal eine von Catalinas Einladungen erhieltet? Nein, ich glaube, die meisten von uns sind hier, um sich selbst zu amüsieren und nicht die Gastgeberin. Aber es kostet so wenig, ihr als Gegenleistung ein wenig schönzutun – dazu reichen für gewöhnlich ein paar Minuten Schmeicheleien; und hinterher kann man tun und lassen, was einem beliebt.«

»Das«, sagte Don Miguel aus tiefstem Herzen, »ist mir ein großer Trost.«

In diesem Augenblick jedoch kam ein anderer Sklave –

die Marquesa di Jorque war wohlhabend und hatte um die hundert in ihrem Haushalt –, diesmal ein hochgewachsener Guineer, der alle Gäste überragte, suchend durch die Menschenmenge. Als er Don Miguel erblickte, beendete er seine Suche und eilte herbei.

»Ihre Ladyschaft erbittet das Vergnügen der Gesellschaft Eurer Ehren«, informierte er Don Miguel mit einer tiefen Verbeugung, bevor er sich wieder aufrichtete und wie eine Ebenholzstatue auf die Antwort wartete.

Zu Don Arcimboldo gewandt zog Don Miguel eine Grimasse und murmelte: »Ich dachte, Ihr sagtet, man dürfe sich darauf freuen, tun und lassen zu können, was einem beliebt?«

Don Arcimboldo breitete mit kläglicher Miene die Arme aus. »Aber in Eurem Fall ist es doch nicht ganz das gleiche, oder? Schließlich umgibt einen Mann, der in der Zeit gereist ist, eine ganz besondere Aura.«

»Ich ... ah ... ich nehme nicht an, daß ich ihm auftragen kann, zurückzugehen und zu sagen, er könnte mich nicht finden?« regte Don Miguel hoffnungsvoll an.

»Das wäre ihm gegenüber nicht fair. Er würde einen von Catalinas Wutanfällen hervorrufen, welche ebenso spektakulär wie häufig sind. Der arme Teufel würde die Nacht vermutlich in Ketten verbringen.«

»Ihr wollt sagen, daß nach Ansicht der hochverehrten Marquesa die Gleichheit aller Menschen bei Frauen und Mauren endet?«

»Ganz richtig. Ganz richtig.«

»Das hatte ich befürchtet«, brummte Don Miguel. »Na gut, ich denke, ich werde jetzt besser ihrem Wunsch nachkommen.« Er stürzte den Rest seines Getränks hinunter, und als er sich umwandte, um dem Sklaven zu folgen, fügte er der Form halber hinzu: »Dieses Zusammentreffen war mir eine große Ehre, Don Arcimboldo. Mögen wir einander wiedersehen.«

»Die Ehre ist ganz auf meiner Seite. Mögen wir einander wiedersehen.«

II

Die Marquesa stand in einer Laube aus Kletterpflanzen, die entlang von silbernen Ästen gezogen waren. Sie war tief im Gespräch mit zwei Herren versunken. Einen von ihnen erkannte Don Miguel wieder: Pater Peabody, dessen offizielle Stellung jene eines Sekretärs des Erzbischofs von Jorque war, der aber allgemein nur ›der Kaplan Ihrer Ladyschaft‹ genannt wurde. Die Leute flüsterten einander abfällige Spekulationen betreffend seine Funktionen in ihrem Haushalt zu. Der andere Mann war Don Miguel fremd.

»Ah, Don Miguel!« rief die Marquesa aus, als er vor ihr stand. Sie bedachte ihn mit einem Blick, der vermutlich ihre Freier reihenweise umgeworfen hätte, als sie zwanzig Jahre jünger war. »Ich hoffe inständig, Euch nicht in einem ungünstigen Augenblick hergebeten zu haben! Aber wir sprachen soeben über ein schwieriges Problem und würden Eure Expertenmeinung willkommen heißen. Laßt Don Marco Euch die Angelegenheit unterbreiten.«

Sie deutete auf den Mann, den Don Miguel nicht kannte, einen stutzerhaften Menschen in moosgrünem Umhang und gelben Hosen; der Griff seines Schwertes war so üppig mit Juwelen besetzt, daß die Waffe ganz sicher nicht zum Gebrauch, sondern nur zum Vorzeigen bestimmt war. Er nannte seinen Namen, hoch meckernd wie eine Ziege.

»Marco Villanova, Euer Ehren!«

»Miguel Navarro«, sagte Don Miguel kurz. »Wie lautet das Problem?«

»Wir haben gerade über das Privatleben der bedeutenden Männer der Geschichte diskutiert, Don Miguel. Ich behaupte nun – ja, in der Tat gebietet uns die Vernunft, davon überzeugt zu sein! –, daß die Größe von Individuen sich in ihrem Privatleben ebenso augenscheinlich zeigen muß wie in ihrem öffentlichen Leben.«

»Im besonderen sprachen wir über Julius Cäsar«, warf Pater Peabody ein und rieb sich die Handflächen an der Vorderfront seiner langen, schwarzen Soutane trocken. »Und dies ist ein Mann, dessen Größe außer Zweifel steht, wage ich zu behaupten.«

Er sprach mit dem breiten, flachen lokalen Akzent und zog bei jedem zweiten Wort demütig den Kopf ein, als sei er sich seines untergeordneten gesellschaftlichen Status übermächtig bewußt.

»Nun, was Cäsar betrifft«, entgegnete Don Miguel etwas barscher, als er vorgehabt hatte, weil er verärgert war, daß man unter einem so geringfügigen Vorwand nach ihm gesandt hatte, »so kann ich Euch über ihn ganz genaue Informationen geben. Zufällig habe ich mit ihm gesprochen. Ich halte ihn für einen parfümierten Geck. In seiner Jugend machte er sich eines schändlichen Umganges mit anderen Männern schuldig, und in reiferem Lebensalter waren seine wahllosen Geschlechtsbeziehungen Hauptthema des Klatsches in ganz Rom. Wenn Ihr das als Größe im privaten Leben bezeichnen wollt, so sei Euch das unbenommen; ich würde es nicht tun.«

Don Marco errötete und trat mit einem Seitenblick auf die Marquesa einen halben Schritt zurück. »Es scheint mir nicht sehr passend, in Gegenwart einer Dame über solche Dinge zu reden!« rief er aus.

»Würdet Ihr es freundlicherweise unterlassen, mir dafür die Schuld zu geben – sucht sie lieber bei Cäsar selbst«, antwortete Don Miguel eisig. »Ihre Ladyschaft hat mich um meine Expertenmeinung gebeten, und ich habe sie geäußert. Die Geschichte ist unparteiisch, Don Marco; sie kennt keine Nachsicht mit Dilettanten, die es vorziehen, das, was ihnen mißfällt, nicht wahrzunehmen – und sie ist voller Tatsachen, die unser Mißfallen erregen müssen, denen wir uns aber dennoch nicht entziehen können.«

Die Röte in Don Marcos Gesicht vertiefte sich noch mehr, und nach einem sekundenlangen Ringen mit sich selbst nickte die Marquesa nachdrücklich.

»In der Tat, Don Marco – Don Miguel hat völlig recht, wenn er das sagt. Es ist dies die Frucht einer vorgefaßten Meinung, die aus uns Frauen umhegte und umsorgte Geschöpfe gemacht hat, die man – ich will mir kein Blatt vor dem Mund nehmen – über die Natur und den Charakter der Welt *belügt!* Es dient den Interessen überheblicher Männer, uns mit einer Schwachheit auszustatten, die wir gar nicht haben!«

Sie hob ihren durchdringenden Blick zu Don Miguel und stieß einen Seufzer aus. »Aber daß wir in unserer Mitte einen Mann haben, der mit Julius Cäsar gesprochen hat! Ist es nicht ein Wunder?«

»Wir von der Gesellschaft für Zeitenkunde betrachten es nicht als ein solches«, entgegnete Don Miguel und bereute schon seine kleine Prahlerei. »Es ist nur eine Anwendung der Naturgesetze, nichts weiter. Ein Wunder wäre es etwa, eine Möglichkeit zu entdecken, zum Mond zu fliegen. Doch bisher hat noch niemand auch nur eine Andeutung gemacht, wie das zu bewerkstelligen wäre.«

»Mit ... ah ... mit Verlaub, Don Miguel!« sagte Pater Peabody und ließ seinen runden Kopf, in dem die Augen immer runder wurden, auf und ab zucken. »Wie kam es, daß Ihr mit Julius Cäsar *sprechen* konntet? Ich habe gehört – wenn ich mir erlauben darf, darauf hinzuweisen –, daß die Vorschriften Eurer Gesellschaft das Eingreifen in den Ablauf der Ereignisse verbieten und die Aktivitäten der Zeitreisenden auf die einfache Beobachtung beschränken!«

Ich habe gleich gewußt, daß ich in dieser Art von Gesellschaft den Mund nicht aufmachen sollte ...

Der Gedanke durchzuckte Don Miguels Hirn und ließ eine Spur aus Ärger zurück, der sich gegen ihn selbst richtete. Aber nun war es zu spät, und er mußte die scharfsinnige Frage des Geistlichen beantworten. Doch die veröffentlichten Informationen über die Nachforschungen der Gesellschaft im alten Rom gaben ohnedies zu verstehen, wie der Trick funktionierte, und ein wirklich kluger Mensch hätte daher die Frage nicht stellen müssen.

Er sagte müde: »Ich versichere Euch, Pater, daß die Vorschriften aufs genaueste eingehalten werden. Jedoch stellt es keine Form des Eingreifens dar, wenn eine wichtige historische Persönlichkeit wie Julius Cäsar in Hörweite einer anderen Person, die er nicht kennt und natürlich nicht wiedersehen wird, Worte äußert, die er in jedem Fall geäußert haben würde. Bringt das Licht in die Angelegenheit?«

Pater Peabody nickte eine Weile heftig, und es folgte ein kurzes Schweigen. Schließlich wurde es von der Marquesa gebrochen.

»Obzwar ich nur eine arme, dumme Frau bin«, sagte sie und machte eine kurze Pause in Erwartung des automatischen Widerspruchs, und als keiner kam, warf sie Pater Peabody einen giftigen Blick zu, war aber gezwungen weiterzusprechen.

»Mir«, fuhr sie fort, »scheint es, daß ein Eingreifen in die Vergangenheit überhaupt nicht zur Debatte steht. Was gewesen ist, ist gewesen! Wie kann es durch unser Handeln verändert werden?«

Don Miguel unterdrückte den Wunsch, ein noch finstereres Gesicht zu machen, als *sie* es eben getan hatte. Obwohl sie sich ihrer intellektuellen Talente so gerne rühmte, hatte die Marquesa soeben eine Frage gestellt, an die kein halbwegs intelligenter Schuljunge von fünfzehn Jahren auch nur ein Wort verschwenden würde. Er hätte die Antwort wohl auch bereits im Unterricht erfahren oder sie sich aus bruchstückhaften Informationen aus den Nachrichten zusammengereimt. Ja, selbst Don Marco – den Don Miguel nicht für einen außergewöhnlich hellen Kopf hielt – zeigte sichtlich Überraschung, diese Frage zu hören.

»Die Grundlagen für die Zeittheorie, Mylady«, sagte Don Miguel widerstrebend, »sind eher eine Sache für die spekulative Philosophie, als für einen Pragmatiker wie mich. Aber ich habe eine gewisse Ahnung davon, und wenn Ihr es wünscht, werde ich versuchen, sie Euch zu erläutern.«

Ein Schatten des Unbehagens flog über das Gesicht der Marquesa, der möglicherweise von der Erkenntnis verursacht worden war, daß sie sich da auf geistige Schwerarbeit eingelassen hatte. Doch sie bewahrte Haltung und zeigte einen Ausdruck höflichen Interesses.

»Ich bitte Euch darum«, murmelte sie.

»Nun gut.« Don Miguel zögerte, während er versuchte, seine Gedanken in für sie passende Worte zu kleiden. »Zunächst: es gibt in der Geschichte gewisse entscheidende Wendepunkte, nicht wahr? Und jeder dieser Wendepunkte setzt sich zusammen aus der Summe der riesigen Anzahl von individuellen Vorfällen, Taten und Verhaltensweisen, und nur sehr selten gelingt es uns, irgendein Ereignis der Geschichte soweit zu klären, daß wir es einem einzigen kausalen Faktor zuschreiben können. Die Mehrzahl dieser Ereignisse ergibt sich aus einem so breiten Spektrum von Einflüssen, daß wir sein ganzes Ausmaß nicht erfassen können – in der Folge müssen wir sie aber als zufällig betrachten. Der Fall Roms etwa war nicht nur der Invasion einer Horde Barbaren zuzuschreiben; er ist auch zurückzuführen auf die Dekadenz der Römer, die verhinderte, daß sie viel Widerstand leisteten.«

Die Marquesa nickte. Ihre Stirn umwölkte sich zusehends, aber Don Miguel fuhr fort, in der Annahme, daß dies alles immer noch über ihr Begriffsvermögen ging.

»Diesen unermeßlichen Strom von Ereignissen, die sich auf einen Wendepunkt hin zuspitzen, kann man in gewissem Sinne mit einem Fluß vergleichen. Das Vorhandensein oder Fehlen eines einzigen Steinchens im Flußbett wird keinen bedeutenden Unterschied machen, was die Flußrichtung angeht, und keinen sichtbaren Unterschied betreffend die Wassertiefe. Sichtbar oder nicht: Der Unterschied ist vorhanden – von der Wahrnehmung unabhängig! Und so kann man den Fluß der Zeit auch mit einem Erdrutsch vergleichen. Es liegt ganz und gar nicht außerhalb der Grenzen des Möglichen, daß etwas, das von einem Besucher aus der Zukunft getan wird, das erste Steinchen zum Halten bringt, ehe es noch den Erdrutsch auslösen kann und so den Lauf der Geschichte ändert. Wenn das geschieht, könnten wir uns ganz leicht selbst auslöschen aus der Geschichte! Ein einziger wesentlicher Gedanke, eingepflanzt in das Hirn eines Römers des Jahres 300, könnte, nach allem, was wir zu prophezeien imstande sind, in einer Niederlage Alarichs und dem Überleben des Römischen Reiches resultieren!«

»Die großen Reiche der Vergangenheit *faszinieren* mich!« sagte die Marquesa enthusiastisch. »Besonders das ...«

Sie bemerkte die Ärgerlichkeit in Don Miguels Zügen und hielt inne. »Ich habe mich mitreißen lassen«, schloß sie entschuldigend. »Bitte fahrt fort!«

»Konntet Ihr mir soweit folgen?« fragte Don Miguel.

»Ja-a ... außer ... wenn etwas, das wir täten, die Geschichte ändern könnte, wie würde sie sich dann ändern? Ich meine, ohne daß wir da sind, sie zu ändern?«

Mit großer Anstrengung gelang es Don Miguel, Geduld zu zeigen. »Die Frage würde sich einfach nicht stellen! Dies würde Geschichte *sein!* Eine andere Geschichte hätte es nie gegeben!«

Pater Peabody schüttelte mit einem Ausdruck verständnisloser Resignation den Kopf. »Es ist wahr, die Wege des Herrn sind unerforschlich!« sagte er.

Die Marquesa lächelte plötzlich. »Ich verstehe ...!« nickte sie und fügte zweifelnd hinzu: »Ich glaube zumindest ...«

Don Marco ergriff das Wort. »Aber gibt es nicht doch Wendepunkte in der Geschichte, an denen es völlig unmaßgeblich wäre, was wir nun tun und lassen – das Endergebnis wäre kaum davon berührt?«

»Oh, gewiß«, pflichtete Don Miguel bei. »Das klassische Beispiel dafür ist jenes, das wir alle kennen – der Orkan, unter dem die englische Verteidigung vor vierhundert Jahren zusammenbrach, der ihre Brander versenkte und die Eroberung Britanniens ermöglichte. Das Zusammenbrauen eines Sturmes könnte der Mensch kaum beeinflussen! Jedoch selbst in Fällen wie diesem ist es unumgänglich, in der Beurteilung sehr, sehr vorsichtig zu bleiben!«

»Aber sicher war das Ergebnis hier eine Selbstverständlichkeit«, widersprach die Marquesa. »Ich meine, die Armada war so groß und so gut gewaffnet ...«

»Ich kann Euch versichern, Mylady, wir haben die Angelegenheit erschöpfend studiert. Die bedeutendsten Strategen und Marinesachverständigen sind übereinstimmend der Meinung, daß die Galeonen, überladen, wie sie waren mit Besatzungstruppen und Vorräten, sehr wohl den kürzeren hätten ziehen können – insbesondere, wenn es den englischen Brandern gelungen wäre, mit einem stetigen Rükkenwind an sie heranzukommen. Nein, es steht zweifelsfrei fest, daß es der glückliche Zufall des ausbrechenden Sturmes war, der die Schlacht zu unseren Gunsten entschieden hat.«

»Ich glaube, ich weiß, was Ihr sagen wollt«, warf Don Marco mit gerunzelter Stirn ein. »Was daher in solch einem Fall unter gar keinen Umständen gemacht werden darf, ist – nun, ist die Verursachung einer Verzögerung der Ankunft der Flotte am Ort der Seeschlacht, weil sich sonst der Sturm möglicherweise schon gelegt hat. Habe ich recht?«

»Ja, ganz recht.«

»Sich vorzustellen, daß wir an einem solchen seidenen Faden hängen«, wunderte sich Pater Peabody laut.

An diesem Punkt wäre es Don Miguel sehr willkommen gewesen, in der Lage zu sein, den Faden, der ihn an die Marquesa band, abzureißen; sie war jedoch entschlossen, dies noch nicht geschehen zu lassen. Sie streckte eine schwerberingte Hand aus, legte sie auf seinen Arm und sagte: »Da gibt es noch etwas, Don Miguel, was ich Euch bei dieser Gelegenheit fragen möchte. Ich habe gehört, daß Eure Gesellschaft für Zeitenkunde in diesem vierhundertsten Jubiläumsjahr gewissen besonders begünstigten außenstehenden Personen gestattet, dem tatsächlichen Sieg beizuwohnen – ist es so?«

»Nein, nein, natürlich nicht!« Don Miguel war zutiefst schockiert. »Wer hat Euch diesen Unsinn erzählt? Die Vorschriften der Gesellschaft sind in dieser Hinsicht rigoros: Nur den Bevollmächtigten ist es gestattet, in der Zeit zurückzureisen. Der Zweck von Zeitreisen ist ernsthafte historische Forschungsarbeit. Sie sind kein – kein Karneval, kein Spektakel für Sensationshungrige!«

»Merkwürdig«, sann die Marquesa nach, »es wurde mir

versichert ... Nun, macht nichts. Dennoch würde ich tief in meinem Inneren wünschen, die Vorschriften wären nicht so streng. Ich verspüre den brennenden Wunsch, irgendeinem großen Ereignis der Vergangenheit beizuwohnen.«

»Wir haben Bilder mitgebracht ...«, begann Don Miguel.

»Ach, Bilder! Bilder sind langweilig und ohne Leben. Was sind Bilder anderes als ein Abklatsch der Realtität? Aber Euer Herz ist hart, Don Miguel, das sehe ich.«

»Mylady, eine Zeitreise ist alles andere als eine Vergnügungsfahrt. Der Schmutz, das Elend, die Grausamkeiten, die – die degoutanten Seiten des Lebens in früherer Zeit, kurz gesagt, sind dafür verantwortlich.«

»Oh, der Schmutz und das Elend sind doch immer noch vorhanden. Selbst drüben auf dem Markt außerhalb der Stadtmauern von Jorque gibt es Leute, die verlaust sind, die die Bedeutung des Wortes ›Seife‹ gar nicht kennen! Ich habe nicht den Wunsch, *ihre* Vorfahren zu sehen – sie waren zweifellos vor fünfzig Generationen nicht anders. Aber ich würde schrecklich gern einen Blick auf die Pracht und Großartigkeit der Vergangenheit werfen. Wie ich vorhin schon sagen wollte ...« – sie betonte den Satz mit einem Blick neckischen Vorwurfs, der in das Waffenarsenal einer weit jüngeren Frau gehörte –, »die großen Reiche vergangener Tage faszinieren mich sehr. Die mexikanischen Reiche etwa, mit ihren wundervollen Goldarbeiten und dem Federschmuck!«

»Und ihrem vergnüglichen Brauch, Menschen zu opfern, indem man ihnen das Herz bei lebendigem Leib aus der Brust riß«, ergänzte Don Miguel mürrisch.

»Habt Ihr denn überhaupt keine romantischen Gefühle?« rief die Marquesa aus.

»Nicht mir fehlen die romantischen Gefühle, Mylady, sondern den großen Reichen der Vergangenheit, die Ihr so bewundert.«

»Und doch ...« Sie ließ die Worte in der Luft hängen und hob zart und damenhaft die Schultern. »Nun, ich habe Euch um Eure Expertenmeinung gebeten, und da ich sie gehört habe, kann ich nichts anderes tun, als das zu akzeptieren, was Ihr sagt. Laßt mich Euch trotzdem zeigen, worauf sich meine Bewunderung gründet. Ich habe eine neue Kostbarkeit, eine goldene Maske, aztekische Handarbeit – ich möchte sie Euch gern zeigen und sehen, ob ich Euch nicht davon überzeugen kann, daß es zumindest einige gute Dinge gegeben hat in vergangenen Zeiten.«

»Wenn Ihr auch dazu meine Expertenmeinung hören möchtet«, entgegnete Don Miguel, »dann muß ich Euch enttäuschen, fürchte ich. Ich weiß nur sehr wenig über Goldschmiedekunst oder Juwelen.«

»Ah, es gibt niemanden, der von meiner großartigen Maske nicht beeindruckt sein könnte! Kommt!«

Sie klatschte in die Hände, und der hochgewachsene Guineer, der sie persönlich bediente, eilte herbei, um ihnen allen einen Weg durch das Gedränge freizumachen.

III

»Ich bin fest davon überzeugt, daß Ihr mich nicht für schamlos halten werdet«, sagte die Marquesa, »wenn ich Euch gestehe, daß die Maske in meinem Schlafzimmer hängt. Ich halte es für eine Beleidigung der Würde einer Frau anzunehmen, sie könne ihre Tugend nicht mehr schützen, wenn sie sich zufällig in einem Raum mit einem Mann und einem Bett befindet.«

Zu diesem Zeitpunkt war es ihr praktisch bereits gelungen, aus dem aufgeklärten und fortschrittlichen Don Miguel einen konservativen Frömmler zu machen; folglich erwiderte er: »Ihr müßt zugeben, Mylady, daß es zumindest ebensosehr eine Beleidigung für uns Männer ist anzunehmen, daß wir von Natur aus zu unschicklichen Annäherungsversuchen neigen.«

Die Lippen der Marquesa wurden zu einer schmalen weißen Linie; doch sie zwang sich zur Ruhe.

»Wie wahr, wie wahr! Jeder, der sich für die Gleichberechtigung der Geschlechter einsetzt, kann Euch nur zustimmen!«

Aber sie sah extrem unglücklich aus, als sie es tat.

Im Kielwasser des Guineers verließen sie den überfüllten Empfangssaal und gingen einen Korridor entlang, wo ihre Schritte auf wundervollen maurischen Fußbodenplatten hallten, bis sie zu einem Zimmer kamen, dessen Tür der sie begleitende Sklave mit einem Schlüssel von einer Kette öffnete, die von seinem Gürtel hing. Der Raum war groß und luxuriös eingerichtet und wurde von einem Bett dominiert, das als grüne bemooste Bank getarnt war. Die Wände und die Decke waren geschmückt mit Girlanden aus den geliebten Kletterpflanzen der Marquesa, und auf der anderen Seite des Zimmers sah man durch den Spalt in einem nicht vollständig zugezogenen Vorhang ins Bad.

Doch nach einem ersten flüchtigen Blick sah Don Miguel nichts mehr von dem Zimmer. Seine ganze Aufmerksamkeit war auf die glänzende Maske gerichtet, die an der Wand gegenüber dem Bett befestigt war. Kaum in der Lage zu atmen, ging er hinüber und blieb wie angewurzelt davor stehen.

Sie war tatsächlich, wie die Marquesa behauptet hatte, großartig. Und es war mehr als nur eine Maske. Es war die Darstellung von Kopfschmuck, Gesicht und Schulterplatten eines aztekischen Kriegers in gehämmertem Gold. Das Gesicht mit den gefletschten Zähnen war neun Zoll tief, Kopf und Kopfschmuck etwa doppelt so hoch, und die Schulterplatten gut fünfzehn Zoll breit nach jeder Seite. Don Miguel war fast betäubt von dem üppigen gelben Glanz.

»Ah, es ist also doch möglich, Euch zu beeindrucken!« rief die Marquesa. »Ich hatte schon angenommen, daß Euch alle Emotionen fehlen. Ist es also verständlich, wenn ich stolz bin auf die Maske?«

Don Miguel streckte die Hand aus, um das Ding zu berühren – in der halben Hoffnung, daß es sich als Illusion herausstellen würde. Aber das schwere Metall war hart und kalt unter seinen Fingern. Er trat zurück, und seine Gedanken wirbelten durcheinander, als er die Zeichen echter aztekischer Handwerkskunst bemerkte, die die Maske trug.

»Warum sagt Ihr nichts?« fragte die Marquesa.

Don Miguel fand seine Stimme wieder und hörte sie knarren wie die rostigen Angeln einer Kellertür.

»Alles, was ich sagen kann, Mylady, ist dies: Ich hoffe zu Gott, daß sie eine Fälschung ist.«

»Was?« Sie machte erstaunt einen Schritt auf ihn zu. »Nein, natürlich ist sie keine Fälschung!«

»Ich sage Euch doch, sie sollte besser eine sein. Denn wenn sie keine ist ...« Er konnte den Satz nicht zu Ende sprechen, weil sein Geist angesichts der Folgen dieser Vorstellung erzitterte.

»Aber warum sagt Ihr so etwas?«

»Weil dies hier makellos ist, Mylady. So makellos, als hätte es der Goldschmied heute erst fertiggestellt. Das heißt, es ist kein Relikt aus der Vergangenheit, das man aus der Erde gegraben und restauriert hat. Kein Restaurator der Gegenwart könnte den aztekischen Stil so perfekt nachempfinden. Ein Fälscher hingegen könnte – gerade eben – einen pseudoaztekischen Stil bei einem Werk wie diesem erreichen, wenn er sich vorher lange genug in diese Periode vertieft hat.«

»Aber ich will nicht, daß es eine Fälschung ist!« Die Marquesa war plötzlich den Tränen nahe. »Nein, ich bin sicher, daß sie echt ist!«

»In diesem Fall«, sagte Don Miguel unbarmherzig, »muß ich sie im Namen der Gesellschaft für Zeitenkunde als in die Gegenwart importiertes Schmuggelgut in Beschlag nehmen.«

Wieviel wiegt das Ding? Zwölf Pfund? Fünfzehn?

Wenn jedes einzelne Staubkorn aus seinen Kleidern geschüttelt werden mußte, ehe ein Zeitreisender zurückkehrte in die Gegenwart – was mochte dann wohl ein Diebstahl dieser Größenordnung hinsichtlich der Veränderung im Ablauf der Geschichte bedeuten?

»Woher habt Ihr die Maske?« setzte er der Marquesa zu. Veblüfft und wütend starrte sie ihn an und ignorierte die Frage.

»Ihr scherzt!« sagte sie vorwurfsvoll. »Es ist nur ein grausamer Scherz!«

»Nein, Mylady, ich bin weit davon entfernt zu scherzen, fürchte ich. Ein Glück für Euch, daß der erste Bevollmächtigte der Gesellschaft, der von diesem Gegenstand erfährt, als Gast unter Eurem Dache weilt und Euch als solcher verpflichtet ist. Andernfalls könnte ich mir die Folgen für Euch gar nicht ausmalen. Ist Euch nicht klar, daß Verletzungen von Gesetzen, welche die temporale Schmuggelei betreffen, direkt unter die Rechtssprechung des Heiligen Offiziums fallen?«

Nichts als harte Flecken von Rouge und Lippenstift blieben zurück, als alle übrige Farbe aus dem Gesicht der Marquesa wich. »Aber wie kann man denn ... bestraft werden für die Annahme eines Geschenks?«

Aha. Diese Worte machten Don Miguel klar, daß sie tatsächlich den Verdacht gehegt hatte, die Maske könnte Schmuggelgut darstellen; es wäre erstaunlich gewesen, wenn es sich anders verhalten hätte, da jedermann, der auch nur die Intelligenz eines durchschnittlichen Zweijährigen besaß, zu dieser Schlußfolgerung kommen mußte. Nur eine Kombination von Eitelkeit und Alkohol konnte bewirkt haben, daß sie ihm das Ding unter die Nase hielt, und nun bereute sie es zutiefst, dieser Regung des Augenblicks nachgegeben zu haben.

»Ein Geschenk!« wiederholte er. »Habt Ihr Euch über dieses *Geschenk* beim Büro der Gesellschaft hier in Jorque erkundigt? Habt Ihr geprüft, ob es für den Import amtlich zugelassen war?«

»Nein, natürlich nicht! Weshalb hätte ich sollen?«

Don Miguel unterdrückte die Antwort, die ihm auf der Zunge lag. Es hatte keinen Sinn, sie noch mehr in Wut zu bringen. In einem etwas versöhnlicheren Tonfall sagte er: »Ich verstehe. Es war Euch zwar bewußt, daß es sich um einen importierten Gegenstand handelt, aber Ihr habt selbstverständlich angenommen, daß es sich um einen genehmigten Import handelt?«

»Ja ... ja, natürlich!« Sie legte die Handflächen an die Schläfen und wankte.

»Wer hat Euch die Maske also geschenkt?«

»Ein ... ein Freund.«

»Es wäre besser, Ihr würdet ihn mir nennen, Mylady, als einem Inquisitor ... findet Ihr nicht?«

»Bedroht Ihr mich?«

»Nein – Ihr bedroht mich und die Existenz unserer ganzen Welt! Das müßte doch in Euren Kopf hineingehen – Platz genug wäre vorhanden, da ja sonst nichts drinnen ist!« Don Miguel fand kein Vergnügen an diesem Absinken zu plumper Beleidigung, aber es schien keine andere Möglichkeit mehr offen.

»Don ... Don Arcimboldo Ruiz!« Sie erstickte fast an dem Namen. Don Miguel wirbelte mit fliegendem Cape herum und herrschte den hünenhaften Sklaven, der an der Tür wartete, an:

»Such ihn! Bring ihn her, aber schnell!«

Nachdem der Sklave hinausgestürzt war, warf sich die Marquesa auf das Bett und brach in demonstratives Schluchzen aus. Don Miguel ignorierte sie und verbrachte die Zeit, während der er auf Don Arcimboldos Erscheinen wartete, damit, die Maske genauer zu inspizieren. Alles deutete auf die Schlußfolgerung hin, zu der er bereits gekommen war, ganz besonders die Frische der Spuren, die der Hammer des Goldschmiedes hinterlassen hatte. Nichts, was in der Erde gelegen und das man wieder ausgegraben hatte, wäre imstande gewesen, durch Jahrunderte hindurch in diesem Zustand zu verharren – nicht einmal unvergängliches Gold.

»Gott schütze uns«, flüsterte Don Miguel lautlos.

Die Tür flog abrupt auf, und der sommersprossige Mann, den Don Miguel bereits kennengelernt hatte, eilte in den Raum, einen überraschten Ausdruck im Gesicht.

»Don Miguel!« rief er. »Ihr wünscht meine Anwesenheit?« und fügte eine Verbeugung vor der Marquesa hinzu, die sich bei seinem Eintreten wieder aufgesetzt hatte und verzweifelt die Tränenspuren von ihren Wangen wegzuwischen versuchte.

Don Miguel vergeudete keine Zeit mit Formalitäten. »Sie sagt, Ihr hättet ihr diese Maske geschenkt – ist das wahr?«

»Nun ... ja, gewiß, das stimmt. Ist irgend etwas damit nicht in Ordnung?«

»Woher habt Ihr sie?«

»Ganz offen gekauft, bei einem Händler auf dem Markt außerhalb der Stadtmauer. Von einem Mann namens Higgins, um genau zu sein, bei dem ich bereits des öfteren Kunde war.«

»Habt Ihr überprüft, ob die Maske für den Import amtlich zugelassen war?«

»Nein, welchen Grund hätte ich haben sollen, das zu tun?« Ein Ausdruck des Entsetzens legte sich über Don Arcimboldos Züge. »O nein! Ihr wollt damit doch nicht sagen, daß es sich um ...?«

»Temporales Schmuggelgut handelt? Es sieht ganz so aus.« Besorgt fuhr Don Miguel sich mit den Fingern durch das Haar und zerstörte damit alle Anstrengungen seines Barbiers. »Ich zweifle nicht daran, daß Ihr in gutem Glauben gehandelt habt, aber ... Ehrlich, Don Arcimboldo! Seht Euch das Ding an, bitte. Es muß mehr als zwölf Pfund wiegen; es ist so sorgfältig gearbeitet, daß es zu seiner Zeit berühmt gewesen sein *muß;* es wäre mir sicherlich zu Ohren gekommen, wenn es die Gesellschaft zum Import zugelassen hätte. In keinem Fall jedoch hätten wir so ein Kunstwerk einfach abgestoßen, sondern es dem Reichsmuseum oder dem Mexikologischen Institut in Neu-Madrid zur Verfügung gestellt oder als Schenkung überlassen. Hat nicht schon sein exzellenter Zustand in Euch den Verdacht geweckt, daß damit etwas nicht stimmen könnte?«

»Ääh ... um die Wahrheit zu sagen, nein.« Don Arcimboldo trat von einem Fuß auf den anderen, aber in seiner

Lage, sagte sich Don Miguel, hätte auch er sich in Verlegenheit gebracht gefühlt. »Ich fürchte, ich bin kein besonderer Experte auf dem Gebiet neuweltlicher Artefakte; ich sammle angelsächsische, irische und altnorische Sachen. Das ist natürlich auch der Grund, weshalb ich die Maske nicht behalten habe.«

»Aber sicher ist doch jeder, der Interesse hat an irgendeiner Art von ...«

Don Miguel beendete den Satz nicht. Es hatte keinen Sinn, zu argumentieren. Viel wichtiger war es, die Folgen dieser Katastrophe zu bereinigen, wenn – und er erbebte ein wenig unter der Bedeutsamkeit dieses Vorbehalts – wenn es überhaupt noch möglich war, den Finger darauf zu legen.

»Gibt es irgend etwas, das ich tun könnte?« erkundigte sich Don Arcimboldo besorgt.

»Ja. Ja, es gibt etwas. Sendet zwei Sklaven zu den hiesigen Filialen des Heiligen Offiziums und der Gesellschaft für Zeitenkunde und laßt irgend eine diskrete und fähige Person herholen, und zwar so rasch wie möglich. Das wird dieses gesellige Beisammensein vermutlich etwas stören, fürchte ich, aber besser eine Geselligkeit zunichte, als die ganze Welt!«

Noch während er sprach, wurde Don Miguel sich bewußt, daß es von seinem eigenen Standpunkt aus gleich schlimm war, ob sich nun herausstellte, daß er recht hatte oder unrecht – die Gesellschaft hatte es nicht gern, wenn ihre Leute in der Öffentlichkeit blinden Alarm schlugen, und das, was sie als ihre ureigensten Angelegenheiten betrachtete, publik machten. Aber dagegen konnte man jetzt nichts mehr tun; um den Vergleich noch einmal zu beanspruchen, den er vorhin verwendet hatte, um der Marquesa das zeitliche Paradoxon zu erklären: Für jeden Erdrutsch gab es das eine auslösende Steinchen. In diesem speziellen Fall hatte er es soeben losgetreten, und es rollte.

In seinen Ohren grollte imaginärer Donner.

IV

Als ihm eine Woche später befohlen wurde, bei einer Sitzung des Generalkonziliums der Gesellschaft für Zeitenkunde in Londres anwesend zu sein – das erste Mal, daß dies geschah –, hatte man Don Miguel immer noch nicht davon in Kenntnis gesetzt, ob seine Schlußfolgerungen sich als korrekt erwiesen hatten oder nicht.

Die Atmosphäre im Sitzungssaal war vergleichbar mit jener in einer großen Kathedrale, welcher er in gewisser Hinsicht ähnelte. Prächtig und kostbar ausgestattet, überlagert von Autorität und Ritual, war er mit schönem, dunklem Holz getäfelt, in dem sich Intarisien aus Gold befanden. Einen Großteil des Raumes nahmen vier in einem Rechteck angeordnete Tische ein, zwischen denen entlang einer Diagonale zwei Durchgänge freigelassen worden waren. Diese Tische waren mit rotem Samt bespannt, mit dem auch die daran aufgereihten Stühle gepolstert waren – ausgenommen ein einziger, noch unbesetzter Sessel: er war in Purpur gehalten, der Farbe des Prinzen, und stand an der Ostseite des Saales, wie ein Schmetterling von einer Nadel durchbohrt von einem Strahl aus reinweißem Licht, der herabstach von der Decke. Ein zweiter Lichtstrahl, der horizontal verlief, querte ihn in etwa zwölf Fuß Höhe und ergänzte ihn zu einem Kreuz.

An dem Tisch, der an der Nordseite des Raumes stand, saßen in einer Linie fünf Männer in Kutten, die Kapuzen über Kopf und Stirn gezogen, in tiefem Schatten; Don Miguel wußte, daß es sich um die Generalbevollmächtigten der Gesellschaft handelte, aber im Augenblick war er nicht imstande zu sagen, wer nun wer war. Hinter ihnen standen reglos ihre Privatsekretäre und warteten respektvoll auf die Befehle ihrer Herren.

Don Miguel selbst saß auf halber Länge der westlichen Seite des Rechtecks, das von den Tischen gebildet wurde, und an seiner Südseite, gegenüber den Generalbevollmächtigten, warteten die ... wie sollte man sie nennen? Man konnte sie kaum als Gefangene bezeichnen, auch wenn sie unter Bewachung hergebracht worden waren, denn bisher hatte es weder einen Prozeß noch auch nur eine offizielle Anschuldigung gegeben. Vielleicht konnte man sie ›Zeugen‹ nennen, aber dann war wohl auch er, Don Miguel, ein Zeuge.

Jedenfalls gehörten dazu die Marquesa, begleitet von zwei ihrer Zofen, Don Arcimboldo, ohne Gefolge, und der Kaufmann Higgins, von dem die aztekische Maske gekauft worden war. Die Marquesa hatte geweint, das sah man deutlich. Higgins war sichtlich so zu Tode geängstigt, daß er wie versteinert schien. Don Arcimboldo umgab eine Aura verwirrter Langeweile, ganz so, als ob er überzeugt davon sei, daß sich dieses dumme Mißverständnis bald aufklären würde.

Und auf dem samtbezogenen Tisch vor dem noch unbesetzten Purpursessel ruhte schwer die Maske wie eine goldene Kröte.

Plötzlich ertönten Fanfarenstöße, und die Atmosphäre schien sich anzuspannen. Hinter dem leeren Sessel, beim Osttor des Sitzungssaales, entstand Bewegung, und ein Herold, gekleidet in Gold, schritt herein und sprach in einer Stimme, die dem Fanfarenton, der soeben verklungen war, sehr ähnelte:

»Erhebt Euch zum Erscheinen Seiner Königlichen Hoheit, des Prinzen von Neukastilien, auf Befehl Seiner Majestät Großmeister der Gesellschaft für Zeitenkunde!«

Alle Anwesenden standen auf und verbeugten sich tief.

Als sie eine krächzende Stimme wieder setzen hieß, hatte der Prinz seinen Platz bereits eingenommen. Bisher hatte Don Miguel den Großmeister der Gesellschaft nur aus einiger Entfernung gesehen, und zwar, wenn dieser in offizieller Funktion in der Öffentlichkeit erschien, wenn er stets umgeben war von seinem riesigen Gefolge, und ein armseliger Bevollmächtigter kaum eine Chance gehabt hätte, in seine Nähe zu kommen. Aus diesem Grunde studierte Don

Miguel ihn mit größtem Interesse und sah einen kleinen, rundlichen Mann mit kurzen, dicken Gliedmaßen und einem gestutzten schwarzen Bart; auf seinem Kopf zeigte sich eine erste kahle Stelle. Er trug die Galauniform eines Ritters des Heiligen Römischen Reiches, und auf seiner Brust glitzerten die Sterne aller Orden, mit welchen er als Prinz von königlichem Geblüt bereits überhäuft worden war. Die Wirkung war eindrucksvoll – und das sollte sie auch sein.

Das Gesicht des Prinzen war teilweise im Schatten, da sich die Lichtstrahlen über ihm befanden, aber es war anzunehmen, daß sich seine Augen sofort in Don Miguels Richtung gewandt hatten; nach ein paar Sekunden begann letzterer, sich unbehaglich zu fühlen, so, als ob er einem Inquisitor und seinem prüfenden Blick gegenüberstünde. Er widerstand der Versuchung, auf seinem Stuhl herumzurutschen.

Schließlich erklang die krächzende Stimme von neuem, schnarrte wie eine Säge, die sich in frische Eichenbretter fraß.

»Ihr seid Navarro, nicht wahr?«

»Jawohl, Herr«, antwortete Don Miguel. Sein Mund war trocken. Während der vergangenen Tage hatte er seine Handlungsweise des öfteren überdacht und war davon überzeugt, entsprechend den strengen Vorschriften der Gesellschaft korrekt gehandelt zu haben. Doch es blieb immer noch der nagende Zweifel, ob die Generalbevollmächtigten die Tatsachen genauso interpretierten wie er ...

»Und dieser lächerliche Tand hier vor mir ist das Ding, das die ganze Aufregung verursacht hat, nehme ich an?« Der Prinz beugte sich vor und streckte seine dicken Finger aus, auf denen dichte schwarze Härchen sprossen. Als er die Maske berührte, war es fast eine Liebkosung. Offensichtlich gefiel sie ihm – oder es gefiel ihm nur das pure Gold, aus dem sie gefertigt war.

Schließlich lehnte er sich zurück und warf den Gefangenen einen stechenden Blick zu, bevor er sich der dunklen

Reihe der Generalbevollmächtigten in ihren über den Kopf gezogenen Kapuzen zuwandte.

»Das ist etwas für Euch, Pater Ramón«, sagte er.

Don Miguel paßte auf, welcher der bis jetzt anonymen Männer darauf antworten würde; er war Pater Ramón, dem Jesuiten, dem Cheftheoretiker der Gesellschaft und größten lebenden Experten auf dem Gebiet der Zeit und der Implikationen der Reise durch diese, noch nie von Angesicht zu Angesicht gegenübergestanden, obwohl er seit seiner Kindheit immer und immer wieder von ihm gehört hatte.

»Ich habe das Objekt bereits in Augenschein genommen«, sagte die Gestalt zur unmittelbaren Rechten des Prinzen in einer trockenen, präzisen Stimme. »Es handelt sich um aztekische Handarbeit aus mexikanischem Gold – das steht ganz außer Frage. Und es wurde ohne Genehmigung und ohne Wissen der Gesellschaft importiert.«

Don Miguel verspürte eine Woge der Erleichterung. Zumindest in dieser Hinsicht hatte er sich nicht geirrt.

»Die Konsequenzen dieses temporalen Schmuggels können bis zu diesem Augenblick noch nicht zur Gänze abgeschätzt werden«, fuhr der Jesuit fort. »Gegenwärtig versuchen wir, die Herkunft der Maske auf einige Jahre genau zu bestimmen – und ihr Zustand ist so gut, daß es uns gelingen sollte, sie zumindest der Stadt zuzuordnen, in der sie entstand, vielleicht sogar einer bestimmten Werkstatt in dieser Stadt; und sobald wir ihren Ursprung kennen, müssen wir uns daranmachen, die Folgen ihres Entferntwerdens aus dieser Umgebung zu untersuchen. Wenn wir keine Folgen entdecken, dann befinden wir uns in einem ernsten Dilemma.«

»Wie das?« erkundigte sich der Prinz und drehte sich in seinem Sessel etwas seitwärts.

»Imprimis«, sagte Pater Ramón, stieß einen dünnen Finger aus der Dunkelheit seiner Soutane hervor und legte ihn auf den Tisch, »werden wir festzustellen haben, ob wir die Maske tatsächlich dorthin zurückgebracht haben, woher sie stammte. Wenn dem so ist, müssen wir den Zeitpunkt er-

mitteln, zu dem sie zurückgebracht wurde, und die Umstände, unter welchen das geschah, und ob es deswegen keine Folgen gab. *Secundo* müssen wir herausfinden – wenn sie *nicht* zurückgebracht wurde –, ob wir hier in der Tat den Fall eines abgeänderten Ablaufs der Geschichte vor uns haben.«

Von dieser klaren Logik eines Großteils seiner Komplexität entkleidet, erschien Don Miguel das Problem nichtsdestoweniger beängstigend.

»Ihr meint ...« Es überraschte ihn herauszufinden, daß er es war, der sprach, aber da alle Anwesenden sich ihm zuwandten, fuhr er mit dem Mut der Verzweiflung fort: »Ihr meint, Pater, daß wir das Verschwinden der Maske als vollendete Tatsache in unsere *neue* Geschichte eingebettet finden könnten, ohne jegliche Kenntnis des Geschichtsablaufs, den der Diebstahl abgeändert hat?«

Der Gesichtslose wandte sich ihm starr zu. »Eure kühne Mutmaßung«, sagte der Jesuit kühl und zögerte, so daß Don Miguel ein wenig Zeit blieb, sich zu fragen, in welchem Sinne er das Wörtchen ›kühne‹ verwendte, »ist – korrekt.«

Don Miguel murmelte ein kaum hörbares Wort des Dankes und entschloß sich, den Mund zu halten, bis man das nächstemal das Wort an ihn richtete.

»Dürfen wir die technischen Aspekte dieser Angelegenheit also in den Händen Eures Stabes lassen, Pater?« fragte der Prinz.

»Ich glaube, daß es im Augenblick das klügste wäre. Sobald ich über weitere Informationen verfüge, werde ich sie dem Konzilium unverzüglich zur weiteren Beschlußfassung vorlegen.«

»Gut!« Der Prinz schien sehr erfreut, diesen Teil der Diskussion fallenlassen zu können und wandte sich augenblicklich einem anderen zu, welcher ihn mehr zu interessieren schien. »Wir kommen nun zu den nachgeordneten Problemen dieser Affäre. Zuallererst – Navarro!«

Das letzte Wort wurde so barsch hervorgestoßen, daß Don Miguel zusammenzuckte.

»Navarro, was ist in Euch gefahren, als Ihr die Marquesa di Jorque festnehmen ließt, wenn es doch klar sein mußte, daß es sich bei ihr um eine arglose Beteiligte an dieser Sache handelte?«

Don Miguels Mut sank so rapide, daß er fast hören konnte, wie er in seinen Stiefeln ankam. Er sagte steif: »Ich handelte, Herr, genau entsprechend den Bestimmungen und Vorschriften der Gesellschaft.«

»Um Himmels willen, Mann! Hat Euch noch nie jemand gesagt, daß das starre Festkleben am Buchstaben des Gesetzes das Merkmal des Phantasielosen ist? Ich habe die Information, welche mir zugekommen ist, studiert, und es geht daraus einwandfrei hervor, daß Ihre Ladyschaft ganz und gar in unbestreitbar gutem Glauben gehandelt hat. Ich entlasse sie hier und jetzt aus dem Gewahrsam und fordere Euch auf, Abbitte zu tun bei ihr, bevor sie auf ihre Ländereien in Jorque zurückkehrt.«

Was?

Es stand außer Frage, mit dem Großmeister der Gesellschaft eine Diskussion zu beginnen, ganz besonders im Beisein von Außenstehenden, aber Don Miguel war entsetzt. War nicht das Gesetz, sowohl dem Buchstaben, als auch dem Geist nach, das wichtigste Bollwerk der Menschheit gegen die Kräfte des Chaos? Selbst von einem Prinzen von königlichem Geblüt konnte er nicht den Befehl annehmen, sich dafür zu entschuldigen, in Übereinstimmung mit dem Gesetz gehandelt zu haben!

Er wurde sich bewußt, wie jedermann darauf zu warten schien, daß er dem Wunsch des Prinzen entsprach. Die nicht erkennbaren Gesichter der Generalbevollmächtigten waren ihm zugewandt, und die Marquesa, plötzlich wieder im Besitz ihrer inneren Ausgeglichenheit, blickte ihn triumphierend an, während ihre manikürten Finger auf die Armlehne des Stuhles trommelten.

Um seine Unsicherheit zu verbergen, erhob Don Miguel sich langsam. Und zu dem Zeitpunkt, als er aufrecht stand, hatte er sich entschlossen, was er sagen würde.

»Herr, mit allem Respekt für Euch als mein Prinz und Großmeister, werde ich mich bei der Marquesa nicht dafür entschuldigen, daß ich getan habe, was das Gesetz vorschreibt. Jedoch will ich mich gern dafür entschuldigen, nicht erkannt zu haben, daß es sich bei ihr um eine *arglose* Beteiligte handelte.«

Arglos. Ein Einfaltspinsel. Er hoffte, die feine Betonung des Wortes würde durchsickern.

Und genau das tat sie. Die Marquesa erstarrte vor Wut, und das Antlitz des Prinzen wurde purpurn; Don Miguel stemmte sich bereits im Geiste gegen die Wucht des königlichen Zorns. Aber plötzlich zerriß die Spannung – riß an einem dünnen, ziemlich hohen Gelächter. Mit Erstaunen erkannte Don Miguel, daß es von Pater Ramón stammte.

»Großmeister, das ist eine Entschuldigung, die den Nagel auf den Kopf trifft!« rief der Jesuit aus. »Sicher würde sich jeder, bis auf ein argloses, naives Gemüt, fragen, wie es wohl kommt, daß solch ein wundervoller Kunstgegenstand in den freien Handel statt in ein Museum gelangt!«

Der Prinz überdachte das Argument einen Moment lang. Schließlich begann er zögernd, in sich hineinzulachen, und das Lachen entwickelte sich zu einem richtigen Gewieher, in das die anderen Generalbevollmächtigten einstimmten. Begleitet von diesem Heiterkeitsausbruch hastete die Marquesa aus dem Saal, die Schultern gebeugt unter dieser Demütigung.

Überrascht von seinem leichten Sieg nahm Don Miguel wieder Platz.

»Nun«, sagte der Prinz schließlich, »ich nehme an, daß ich mich jetzt auf einen kolossalen Krach mit meiner Kusine, der Herzogin von Jorque, gefaßt machen kann – aber das macht nichts, Pater, Ihr hattet natürlich ganz recht mit Eurer Ansicht über Navarros Entschuldigung, wie ich jetzt, wo ich darüber nachdenke, einsehe. Es wäre aber in jedem Fall gut, wenn wir den Rest der Angelegenheit einer Klärung zuführen könnten, bevor ihre Wut losbricht; dann hätte ich zumindest eine Chance, zurückzuschlagen!« Er hob streng einer Finger, um auf Don Miguel zu weisen. »Da Ihr nun einmal die Krise auslöstet, nehme ich an, daß Ihr selbst bereits Schritte unternommen habt, um sie einer Klärung zuzuführen. Habt Ihr, zum Beispiel, herausgefunden, woher die Maske in unserer eigenen Zeit herstammt?«

Mehr denn je seiner selbst nicht sicher, weil es ihm irgendwie unpassend für einen Prinzen königlichen Geblüts schien, sich in so lässiger Art und Weise auf die Wahrscheinlichkeit einer Familienfehde zu beziehen, sagte Don Miguel: »Äh ... nun, Herr, wie Ihr wißt, kaufte Don Arcimboldo Ruiz die Maske von dem Kaufmann Higgins, der hier anwesend ist. Und dieser wiederum behauptet, sie von einem Fremden erworben zu haben, der in seinem Laden auf dem Markt von Jorque vorsprach.«

»Ja, das wurde mir bereits berichtet.« Der Prinz warf Higgins, welcher versuchte, durch die Polsterung seines Stuhles zu sinken, einen nachdenklichen Blick zu. Der Kaufmann war ein Mann mittleren Alters ohne Persönlichkeit. »Was nun den Unbekannten betrifft: Welchen Beweis hat er angeboten, daß er sich rechtmäßig im Besitz dieser Maske befand?«

Der Kaufmann ließ seinen Blick von einem Ende des Saales zum anderen wandern, als würde er nach einer Fluchtmöglichkeit suchen. Als er keine fand, begann er in dem breiten, flachen Akzent, den auch Pater Peabody – wie, im übrigen, der Großteil der Menschen in Nordengland – hören ließ, zu stammeln: »Euer Hoheit, ich schwöre! Ich schwöre, alles, was ich sage, ist wahr! Ich habe die Maske von einem Fremden gekauft, soweit ich mich erinnere, am ersten April.«

»Macht Ihr immer so bereitwillig Geschäfte mit Fremden?«

»Nie, Herr! Nie zuvor in meinem Leben!« Higgins' Stimme wurde zu einem schwachen Flüstern. »Ich kann nur sagen, ich muß verrückt gewesen sein – ich muß wohl in einem Anfall von geistiger Verwirrung gehandelt haben, Euer Hoheit! Denn ich kann mich nicht an das Gesicht des Mannes erinnern und ich habe es darüber hinaus unterlassen, seinen Namen in mein Buch einzutragen! Nie zuvor in meinem Leben habe ich so etwas getan – fragt irgend jemanden aus Jorque, der mich kennt, er wird Euch bestätigen, daß ich ein ehrbarer Kaufmann bin und ...«

»Genug!« Der Prinz schnitt barsch die gestammelten Wortfluten ab. »Navarro, Ihr habt die Geschichte überprüft, die uns der Mann hier erzählt?«

»Jawohl, Herr. Und es scheint richtig zu sein, daß Higgins bis jetzt einen ausgezeichneten Ruf besessen hat. Ich habe mit mehreren Personen gesprochen, die an Higgins Objekte verkauft oder verpfändet haben, und sie sagen übereinstimmend aus, daß er stets sorgfältig darauf bedacht war zu überprüfen, ob jene, die ihm etwas anboten, auch wirklich das Eigentumsrecht daran besaßen. Eine ganze Menge extratemporaler Gegenstände ging bereits durch seine Hände – kleine Kuriositäten, die es nicht wert sind, in einem Museum Platz zu finden – und die Filiale der Gesellschaft in Jorque kennt ihn als einen Mann, der immer peinlich genau darauf bedacht war, die Importzulassung zu kontrollieren.«

»Doch diesmal kauft er Schmuggelgut von einem Wildfremden! Er muß tatsächlich einen Anfall von geistiger Verwirrung erlitten haben.«

»Und dann verkaufte er es an mich, Euer Hoheit!« ließ sich Don Arcimboldo schüchtern vernehmen. »An mich, der keinen Grund hatte, sein Recht am Besitz der Maske anzuzweifeln!«

Der Prinz zuckte die Achseln. »Das mag schon sein, Don Arcimboldo. Dennoch fragt man sich, weshalb Ihr nicht den Verdacht hattet, sie könne illegal importiert worden sein. Doch ich gestehe Euch zu, daß Higgins' angeblich guter Ruf es Euch wohl als überflüssig erachten ließ, Nachforschungen anzustellen.«

»Herr.« Ein einziges dürres Wort von einem der bisher schweigenden Generalbevollmächtigten. Don Miguel spürte, wie er sich verkrampfte, denn die Aussprache selbst dieses einen Wortes verriet den Mohawk.

Und schon in der nächsten Sekunde bestätigte der Prinz Don Miguels Vermutung.

»Ja, Roter Bär?«

Der Administrator für den Außendienst der Gesellschaft! Für diese Sache hatte man wirklich die ganz großen Kaliber zusammengerufen!

»Ein Antrag, Herr«, brummte Bär. »Auf weitere Befragung des Kaufmanns. Auf Freilassung Don Arcimboldos als schuldlose Partei. Auf die Weiterführung dieser Diskussion hinter verschlossenen Türen.«

Von seiten seiner Kollegen kam ein zustimmendes Murmeln. Mit einem Geräusch, das klang wie ein Pistolenschuß, ließ der Prinz seine Hand auf den Tisch fallen.

»Antrag angenommen!« rief der Prinz. »Schaff die Leute aus dem Saal!« fügte er mit leiserer Stimme und zu seinem persönlichen Adjutanten gewandt hinzu.

Don Miguel machte Anstalten aufzustehen, aber der Prinz bedeutete ihm mit einem Stirnrunzeln, seinen Platz nicht zu verlassen, und so fügte er sich, leicht beunruhigt. Es war nicht unbedingt üblich, daß ein bescheidener Bevollmächtigter der Gesellschaft mit nicht mehr als vier Dienstjahren und fünf aktiven Einsätzen eingeladen wird, während einer vertraulichen Sitzung der Generalbevollmächtigten anwesend zu sein.

Irgend jemand – und nach seinen soeben geäußerten Bemerkungen zu schließen, konnte es sich durchaus um Roter Bär handeln – nahm die Angelegenheit sehr, sehr ernst.

V

Sobald alle Nichtmitglieder der Gesellschaft den Sitzungssaal verlassen hatten, und die Türen mit einem geräuschvollen Vorschieben der schweren Riegel verschlossen worden waren, wurden alle Leuchter entzündet, und die Mitglieder des Konziliums setzten sich auf ihren Stühlen lockerer zurecht, bevor sie ihre Kapuzen zurückschoben. Don Miguel war fast überrascht, als er entdeckte, daß der Sitzungssaal bei voller Beleuchtung nicht mehr war als einfach ein Raum – groß, luxuriös, aber eben nur ein Raum. Und auch die Generalbevollmächtigten wurden plötzlich zu einfachen Menschen; in ihren Gesichtern stand geschrieben, welch außergewöhnlichen Charakter, welch unermeßliche Erfahrung sie besaßen – aber nichtsdestoweniger waren es doch nur Menschen.

Don Miguel bemerkte, daß auch er sich etwas entspannte.

Der Prinz suchte tastend in einem Beutel an seinem Gürtel nach seiner Pfeife und stopfte sie dann mit grobgeschnittenen Stücken Tabak. Er zündete sie an und nuschelte dann um ihr Mundstück herum:

»Nun, Navarro, mein Junge, ich stehe nicht an, Euch zuzugestehen, daß Ihr mit Eurem unbesonnenen Handeln den Fuchs in den Hühnerstall gesperrt habt!«

Ein schroffes Grunzen, das wohl ›Untertreibung‹ bedeutete, kam von Roter Bär, dessen langes Indianergesicht von glatten schwarzen Zöpfen eingerahmt wurde, die wie geölt glänzten.

Pater Ramón, der zwischen Roter Bär und dem Prinzen saß, ließ eine magere Hand über seinen kahlen Schädel gleiten, in einer Art, die verriet, daß er in seiner Jugend die Angewohnheit gehabt hatte, sich mit den Fingern durch die Haare zu fahren, und unbewußt erwartete, immer noch welche vorzufinden. Die Haut in seinem Gesicht, das Don Miguel an jenes eines Vogels erinnerte, war rund um eine schnabelartige Nase und die kleinen, überaus klugen Augen straff gespannt.

»Herr«, sagte Pater Ramón ruhig, »der Fuchs war möglicherweise unvermeidbar.«

Der Prinz hob die Schultern, während seine Pfeife mehr Rauch ausspuckte als ein Freudenfeuer. »Ich wäre versucht, das zu bestreiten ... wenn ich so wenig Verstand hätte, mich mit einem Angehörigen Eures Ordens auf einen Streit einzulassen, Pater! Aber es ist nun einmal meine Meinung:

Navarro hat uns eine Menge unnötige Scherereien verursacht.«

Der Jesuit machte ein sorgenvolles Gesicht. »Wiederum kann ich Euch nicht beipflichten, Herr. Meiner Meinung nach hat er recht vernünftig gehandelt, wenn man davon absieht, daß er die Marquesa in Gewahrsam nehmen ließ.« Er wandte sich an Don Miguel.

»Wie alt seid Ihr, mein Sohn?«

»Ah ... ich bin fast dreißig, Pater.«

»In diesem Fall solltet Ihr die Menschen bereits besser beurteilen können. Ein Fünfminutengespräch mit der Marquesa häte Euch doch genügen müssen, um herauszufinden, daß es ihr in tausend Jahren nicht in den Sinn gekommen wäre, sich wegen der Maske bei der Filiale der Gesellschaft zu erkundigen. Wie ein Kind mit einem neuen Spielzeug hätte sie zu sehr gefürchtet, sie zu verlieren.«

Don Miguel wollte nicht einsehen, daß es die Habgier einer alternden Schönheit gestattete, eine Verletzung der Gesetze der Gesellschaft zu rechtfertigen; doch er war glücklich, daß der Vorwurf des Jesuiten so mild ausgefallen war, und hielt den Mund.

»Andererseits«, fuhr Pater Ramón fort, »muß ich zugeben, daß mich die Geschichte, die der Kaufmann erzählt, vor ein Rätsel stellt. Mir scheint, ich erinnere mich, in der unter Eid gemachten Aussage unseres Bruders Navarro gelesen zu haben, daß er verärgert war über die Marquesa, weil sie ihn den anderen Gästen vorführte wie ein dressiertes Tier. Diese Bemerkung traf ins Ziel, denn – ich muß Euch nicht extra darauf hinweisen – die Arbeit der Gesellschaft ist tatsächlich in Gefahr, zu einem bloßen Spektakel für Sensationshungrige zu werden.«

Wie Funke und Schießpulver kamen zwei Fakten in Don Miguels Kopf zusammen und ließen ihn auf seinem Stuhl nach vorn schießen. »Dann ist es also wahr!« platzte er heraus.

Der verwunderte Blick der Generalbevollmächtigten traf ihn erneut, aber nur Pater Ramón schien den Ausbruch zu verstehen. Er sagte: »Ihr habt von dieser Schande für die Gesellschaft gehört?«

»Ich ... ich weiß nur das, was die Marquesa mir sagte: daß anläßlich des Vierhundertjahrejubiläums bestimmte Personen ausgewählt wurden, die den Sieg der Armada miterleben dürfen.«

»Hah!« rief Roter Bär. »Wenn das alles wäre! Wenn es damit zu Ende wäre!«

»Dann *ist* es also wahr!« drängte Don Miguel. »Aber wie konnte man erlauben, daß so etwas passiert?«

Der Prinz hüstelte. »Pater Ramón, wie immer unterwerfe ich mich Eurer Urteilskraft – aber ist das wirklich weise?«

»Unseren Bruder mit den Tatsachen zu konfrontieren? Ich denke, ja. In der Affäre, mit der wir uns momentan beschäftigen, hat er beträchtlichen Mut bewiesen – nicht jeder Bevollmächtigte wäre Manns genug, einer mächtigen Edelfrau Widerstand entgegenzusetzen. Leider!« Nun, da er sich dieses Urteilsspruches entledigt hatte, wandte sich der Jesuit wieder Don Miguel zu und sprach weiter.

»Ihr fragt, wie man *erlauben* konnte, daß so etwas passiert. Nun, es ist natürlich nicht erlaubt; ganz im Gegenteil, es ist streng verboten. Jedenfalls sind einige Bevollmächtigte auf eine Möglichkeit gestoßen, die sie bislang in die Lage versetzte, das Verbotene zu tun und dennoch der Strafe zu entgehen – obwohl ich Euch versprechen kann, daß sie, sobald sie entlarvt sind, ihre Vollmacht keinen Tag länger behalten werden als ihre Freiheit! Ihr müßt wohl vertraut sein mit der normalen Funktion einer Zeitapparatur, aber seid Ihr auch vertraut mit den Effekten einer Vergrößerung der Raumvektoren des Antriebsfeldes?«

Don Miguel runzelte die Stirn. »Sehr oberflächlich, Pater. Ich weiß nur, daß die richtige Wahl der Faktoren es zuläßt, auch Objekte aus einiger Entfernung vom Standort der Zeitapparatur in das Zeitfeld zu ziehen, oder in einiger Entfernung davon abzusetzen ... Oh!«

»Ich denke, Ihr wißt, was ich sagen will«, erklärte Pater Ramón erfreut. »Und der Trick, von dem ich sprach, funktioniert so: Die bestechlichen Bevollmächtigten akzeptieren also gewisse Geldsummen von Personen, die den Sieg der Armada, die Spiele im Kolloseum von Rom, die Schlacht vor der Küste von Guinea oder die schändlichen Vorgänge in den ägyptischen Tempeln oder was auch immer, miterleben wollen, und planen dann einen harmlosen Routineeinsatz, der natürlich von unserem Bruder Roter Bär genehmigt wird. Dieser offizielle Einsatz geht stets weiter zurück als der echte Zielpunkt. Dann holen sie ihre Klienten aus einer Zeit und von einem Ort, wo sie unbeobachtet sind, bringen sie dorthin, wo sie hinwollen, führen ihren dienstlichen Einsatz noch weiter in der Vergangenheit durch und treffen sich mit ihren Klienten auf dem Weg zurück in die Gegenwart – wo sie sie natürlich genau in der Sekunde ihrer Abreise abliefern. So ausführlich besprochen, scheint die Sache kompliziert, aber in Wirklichkeit kann es teuflisch einfach sein. Wer kann, zum Beispiel, sagen, aus welcher Richtung ein Zeitreisender kommt?«

»Und diese Leute verwenden die Zeitapparaturen der Gesellschaft für diese ... diese Gaunerei?« In Don Miguels Kopf drehte sich alles, als ihm die volle Wucht der Enthüllungen des Jesuiten klar wurde.

»Illegale eigene Zeitapparaturen zu konstruieren würden sie wohl kaum wagen, so leicht dies auch sein mag. Warum sollten sie auch? Das lief schon über ein Jahr lang so, ehe wir es bemerkten.«

»Sind ... sind viele von uns der Versuchung erlegen, Bestechungsgelder anzunehmen?«

Der Jesuit zögerte. Schließlich sagte er verdrießlich: »Mehr als dreißig Bevollmächtigte werden überprüft, weil sie für ihre Einkommensverhältnisse auf zu großem Fuße leben.«

»Dreißig!« Aus seiner Stimme konnte man Don Miguels Entsetzen heraushören. Der Prinz entdeckte, daß seine Pfeife ausgegangen war, und suchte nach einer Möglichkeit, sie wieder anzuzünden, während er düster sagte:

»Es wäre nicht so schlimm, würde es sich dabei um nichts

anderes als ... äh, *nicht offiziell genehmigte Beobachtungen* drehen. Ich meine, ich selbst habe meinen Vater bereits gelegentlich auf Reisen mitgenommen, ohne daß damit Schaden angerichtet worden wäre.«

»Aber das ist doch nicht ganz das gleiche!« sagte Don Miguel langsam. Der Prinz lachte leise.

»Ja, Könige können sich einiges erlauben! Aber wie Pater Ramón mir schon erklärt hat – und zwar zu Recht! –, erkennt das göttliche Gesetz das Königtum nicht als etwas Besonderes an. *Ich* weiß das. Aber die Leute, über die wir sprechen, scheinen das nicht zu wissen. Und offenbar haben sie diesen illegalen Reisenden auch gestattet, Souvenirs von ihren Ausflügen in die Vergangenheit mitzubringen.«

Pater Ramón nickte. »Zu denen diese großartige goldene Maske vermutlich auch gehört.«

Eiseskälte lief Don Miguel über das Rückgrat. »Gibt es denn einen ... einen regulären Handel mit solchen Schmuggelgegenständen? Was das zu bedeuten hätte, wäre ja nicht auszudenken!«

»Richtig«, bestätigte Pater Ramón. »Glücklicherweise ist das hier das einzige bedeutende Objekt, auf das wir bisher gestoßen sind; alles andere war eigentlich wertlos, nichtige alte Dinge.« Er lehnte sich zurück, stützte die Ellbogen auf die Armlehnen des Stuhles und preßte die Fingerspitzen gegeneinander.

»Doch auch wenn es sich um nichts anderes als Haushaltsmüll handelte, müßten wir uns Gedanken machen über den Import von Dingen, die von uns nicht genehmigt sind. Unsere Vorschriften sind genau und streng: Wir importieren nur Gegenstände, von denen unzweifelhaft feststeht, daß sie in jener Zeit, aus der wir sie herüberholen in die unsere, nicht mehr für die Umwelt vorhanden waren – ein Schatz etwa, den jemand vergraben hat, der starb, ohne sein Geheimnis preisgegeben zu haben, oder etwas, das in den zeitgenössischen Annalen als spurlos verschwunden erwähnt wird. Diese Regel ist natürlich nicht absolut verläßlich, da wir nie sicher sein können, daß diese ›verschwundenen‹ Gegenstände nicht durch zukünftige Interventionen entfernt wurden. In jedem Fall müssen wir Vertrauen haben in die göttliche Vorsehung.« Sein hageres, skelettartiges Gesicht verzog sich zu einem Lächeln.

»Das Entfernen eines solchen Gegenstandes«, wagte Don Miguel einen Vorstoß, »muß unausweichlich gefährliche Folgen haben ...« Er zeigte auf die Maske. »Die Masse allein ist enorm!«

»Oh, es könnte sich herausstellen, daß die Maske in den Annalen als eingeschmolzen erwähnt wird, so daß der Verlust von einfacher Masse – auch wenn es sich dabei um Gold handelt – unbemerkt vonstatten gehen konnte. Ich bete, daß es sich so verhält, denn es wäre die einfachste Lösung. Was wirklich furchteinflößend auf mich wirkt, ist das psychologische Problem an der Sache. Eine Maske wie diese war gewiß kein reiner Ziergegenstand, sondern unzweifelhaft ein Objekt heidnischer Verehrung, in seiner Zeit Tausenden Menschen bekannt. Es ist nicht das Einwirken auf Dinge oder selbst auf Menschen, welches die größte Abweichung der geschichtlichen Abläufe zur Folge haben könnte, sondern das Einwirken auf die Entwicklung von *Ideen*. Könnt Ihr mir folgen?«

»Ich glaube schon«, murmelte Don Miguel. Die ruhigen, emotionslosen Worte trafen ihn ins Mark.

»Angenommen, wir finden das Verschwinden oder den Verlust der Maske in den Annalen vermerkt, Pater«, warf der Prinz ein, »würde das heißen, daß wir sie behalten können?«

Der Jesuit hob die Schultern. »Das wage ich noch nicht zu sagen. Wir müßten dann entscheiden, ob die Geschichte tatsächlich bereits durch das Eingreifen verändert wurde, und, wenn dem so wäre, ob es geboten ist, den früheren Zustand wieder herzustellen.«

Das Lächeln, das diese Worte begleitete, war in Wahrheit ein sehr freundliches, doch auf Don Miguel wirkte es nicht tröstlicher als das Grinsen eines Totenkopfes. »Pater, ich bin froh darüber, nur mit der praktischen Arbeit der Gesellschaft zu tun zu haben«, sagte er. »Angesichts dieser tiefschürfenden philosophischen Probleme will mein Hirn nicht weiter.«

»Möglicherweise werdet Ihr morgen nicht sehr erfreut sein«, polterte der Prinz, »denn wir konfrontieren Euch mit einem Problem, das in seiner Art möglicherweise ebenso tiefschürfend ist.« Er ließ einen fragenden Blick über die anderen gleiten und erhielt von allen ein zustimmendes Nikken. »Ihr werdet die Herkunft der Maske – und zwar die Herkunft in unserer Zeit! – bestimmen und den Fremden identifizieren, von dem Higgins sie gekauft hat. Um diese Aufgabe zu lösen, geben wir Euch zwei Wochen.«

»Zwei Wochen!« In Schrecken versetzt sagte Don Miguel: »Herr, ich ... ich fühle mich nicht würdig, eine solche ...«

Der Prinz schnaubte geringschätzig. »Würdig oder nicht würdig, Navarro, Ihr habt diesen Fall angefangen. Und nun befehlen wir Euch, ihn auch abzuschließen.«

VI

In ihrer Art war diese Aufgabe eine außerordentliche Ehre, denn wenn die Generalbevollmächtigten wegen der dem Gesetz zuwiderhandelnden Zeitreisenden und ihrer gefährlichen Mitbringsel so besorgt waren, wie Pater Ramón angedeutet hatte, würden sie nie jemand mit diesem Auftrag betrauen, wenn sie ihm seine Ausführung nicht zutrauten.

Doch es war auch eine furchtbare Belastung, und je mehr Don Miguel darüber nachdachte, desto mehr Bedenken kamen ihm, und Mutlosigkeit wollte ihn überfallen.

Er war, wie er gesagt hatte, immer noch unter dreißig; seine Zeitreiselizenz war nur wenig älter als vier Jahre, und die Erfahrung im Außendienst beschränkte sich auf fünf Einsätze. Von deren letztem war er mit einer Verwundung aus der mazedonischen Schlacht zurückgekehrt, deren

Narbe sein Gesicht bis zu seinem Tod kennzeichnen würde, weil die Wunde von einer extratemporalen Infektion befallen worden war, gegen deren Erreger sich die Medikamente der Ärzte der Gesellschaft als unwirksam erwiesen hatten. (Schließlich hatten sie eine Behandlungsmethode entdeckt, aber erst, nachdem die Wunde bereits vernarbt war.)

Nichtsdestoweniger hätte ihn sein Pflichtbewußtsein relativ kalten Blutes an die Aufgabe herangehen lassen, wäre da nicht die Hiobsbotschaft gewesen, die ihm Pater Ramón bei der Sitzung enthüllt hatte: dreißig Bevollmächtigte der Gesellschaft unter Verdacht, Bestechungsgelder angenommen zu haben? Das schien kaum glaublich. Für Don Miguel war die Arbeit mit der Zeit eine heilige Verpflichtung; eine der Heldenfiguren seines ganzen Lebens war immer schon der Gründer der Gesellschaft, Borromeo, gewesen, den seine epochale Entdeckung im Jahre 1892 mit derartigen Befürchtungen erfüllt hatte, daß er keine Ruhe mehr fand, bis sämtliche Zeitapparaturen und Organisationen, die deren Verwendung kontrollierten, unter päpstliche Oberaufsicht gestellt waren. Im Königreich selbst hatte er die Gesellschaft für Zeitenkunde gegründet, während in der Östlichen Konföderation entsprechend dem Prager Pakt eine ähnliche Körperschaft namens Zeitenkollegium ins Leben gerufen worden war.

Kein Mensch im Vollbesitz seiner geistigen Kräfte, hätte Don Miguel immer gedacht, würde je die Notwendigkeit in Frage stellen, das Reisen in der Zeit gewissen Gesetzen und Vorschriften zu unterwerfen. Doch nun fragte er sich, wieviel von der rigoros überwachten Einhaltung dieser Gesetze dem gesunden Menschenverstand entsprang – und wieviel der nackten Angst, welche möglicherweise mit der Zeit durch die Gewöhnung einem Abstumpfungsprozeß unterworfen war.

Es gab keinen Mangel an rationalen Rechtfertigungen für die Vorschrift der Gesellschaft, welche das Reisen in den Zeiten auf Beobachtung beschränkte und keinerlei Einmischung duldete; es wurde, zum Beispiel, häufig darauf hingewiesen, daß bei Nichtvorhandensein oder Nichteinhaltung einer solchen Vorschrift Zeitreisende aus der Zukunft, die das besuchten, was für sie die Vergangenheit war, auch heute gelegentlich als solche erkannt würden. Dies war nicht der Fall – also wurde die Vorschrift eingehalten.

Nach fast einem Jahrhundert routinemäßigem Reisen in der Zeit war es jedoch kaum verwunderlich, wenn dieses Element der Vorsicht, das sich mehr auf Furcht denn auf Vernunft gründete, langsam dahinschwand. Im Normalfall stumpfen die Menschen all dem gegenüber ab, was zur bloßen Routine geworden ist – selbst wenn nicht nur ihr eigenes Leben, sondern der ganze Ablauf der Geschichte, welcher zu ihrer eigenen Existenz führte, von diesem Nicht-Eingreifen abhängt.

Und wenn nun die Vorschrift geradezu massenhaft gebrochen wurde ...

Don Miguel litt bereits an nebelhaften Visionen von riesigen Abschnitten der Zeit, die in irgendein unvorstellbares Vakuum, in die Formlosigkeit des absoluten Nicht-Seins, gezerrt wurden. Und wenn er dann nachsann über die möglichen Folgen, bekam er Kopfweh. Wie jeder andere Bevollmächtigte auch, hatte er sich durch einen volle drei Jahre dauernden Lehrgang in der Theorie der Zeitreise gekämpft – zusätzlich zum normalen Universitätsabschluß, welch letzterer für ihn Geschichte, Mathematik und Physik eingeschlossen hatte –, um vom Status des Anwärters zu dem des Bevollmächtigten aufsteigen zu können. Er hatte sich den Kopf zerbrochen über das Verhältnis zwischen der vertrauten Normalzeit, in der das tägliche Leben gemessen wurde, und der schwer zu erfassenden Relativzeit, in der man die Ereignisse während einer Zeitreise erlebte. Don Miguel hatte seine Abschlußarbeit über das Thema der sogenannten Hyperzeit geschrieben, jener Barriere, welche einen Zeitreisenden, der aus der Vergangenheit zurückkehrte, davor schützte, weiter zukunftswärts zu gehen als bis zu dem Augenblick, der gerade ›jetzt‹ von der Apparatur erreicht war, die ihn in die Vergangenheit gesandt hatte.

Aber all das war nichts im Vergleich zur Komplexität der hypothetischen spekulativen Zeit, in welcher die Abläufe der Geschichte nicht so vor sich gehen, wie es die Historiker berichten.

Welche Realität würde wohl den Platz jener einnehmen, überlegte Don Miguel, die er als die seine betrachtete, wenn es jemand tatsächlich wagte, das eherne Gesetz des Nichteingreifens zu zerschmettern? Wäre Jorque dann York? Würde ein englischer Monarch auf dem königlichen Thron sitzen? Würde ein Mohawkprinz Neukastilien regieren und seine Untertanen Krieger und Squaws nennen? Würde es – könnte es – eine Welt geben, in der der Mensch durch den Raum reiste anstatt durch die Zeit, möglich gemacht von irgendeinem unvorstellbaren Wunderantrieb?

Doch nachzugrübeln über so ausgefallene Spekulationen war nicht nach Don Miguels pragmatischem Geschmack. Nachdem er sein Bestes getan hatte, seine Gedanken zu einer logischen Analyse der Implikationen zu zwingen, erkannte er, daß er kein Mann des Geistes, sondern ein Mann der Tat war, und machte sich daher auf den Weg zu einer neuerlichen Befragung von Higgins, dem Kaufmann.

Bevor sie ihn in die Zelle ließen, kontrollierten die Wachen seine Vollmacht; als sie herausfanden, daß sich darauf das persönliche Siegel des Prinzen befand, traten sie mit vielen Verbeugungen und Kratzfüßen zur Seite. Nachdem Don Miguel die Schwelle übertreten hatte, befand er sich in einer Kammer, die – für Kerkerverhältnisse – geräumig war, jedoch nur schwach beleuchtet und praktisch überhaupt nicht belüftet.

In ihrem Zentrum lehnte Higgins mit ausgestreckten Beinen auf einem Stuhl, den Kopf auf einer Schulter, den Mund halb geöffnet. Er war mit Lederriemen an den Stuhl gebunden. An einem Tisch ihm gegenüber saßen zwei Inquisitoren, die mit seinem Verhör beauftragt waren, und berieten sich mit leiser Stimme und gerunzelter Stirn. Ihre Züge schienen besorgt. Als sie Don Miguel erblickten, erhoben sie sich, um ihn zu begrüßen.

»Wie kommt ihr voran?« erkundigte sich Don Miguel, und die beiden Inquisitoren tauschten Blicke aus.

»Schlecht«, sagte schließlich der größere der beiden. »Wir hegen die arge Befürchtung, daß er verhext ist.«

Eine Sekunde lang fragte sich Don Miguel, ob diese Bemerkung ein Scherz sein sollte, als er aber erkannte, daß dem nicht so war, sank sein Mut. Schien ihm schon schlimm genug, daß er gezwungen war, sich mit den Paradoxa der zeitlichen Intervention zu beschäftigen – mußte er sich jetzt noch unbedingt auf eine Konfrontation mit der fragwürdigen, nicht allgemein anerkannten Grenzwissenschaft der Hexerei einlassen?

Mit einiger Anstrengung seine Selbstbeherrschung bewahrend fragte er: »Wie das?«

»Wir haben alle gesetzlich gestatteten Mittel, seine Zunge zu lösen, erschöpft«, erklärte der kleinere der beiden Inquisitoren. »Wir haben Arzneien und alkoholische Getränke verschiedenster Art versucht und wir haben Spiegel und Pendel eingesetzt. Da der Mann noch keines Verbrechens für schuldig befunden wurde, ist es uns nicht erlaubt, zu drastischeren Mitteln zu greifen. Bisher konnten wir nur feststellen, daß er sich zwar daran erinnert, die Maske gekauft zu haben, nicht aber an das Gesicht des Mannes, von dem er sie erworben hat, noch an seinen Namen oder an irgendeinen Hinweis auf seine Identität.«

Don Miguel verspürte ein plötzliches Gefühl der Verzweiflung. Er hatte gehofft, daß zumindest ein neuer Hinweis aus dieser Vernehmung hervorgehen würde. »Soll das heißen, daß wir außer dem Datum des Handels immer noch nichts Konkretes haben?« fragte er.

»Ich fürchte, daß es so ist«, seufzte der kleinere Inquisitor. »Und das Datum hat er ja freiwillig und wahrheitsgemäß angegeben. Aber habt Ihr Euch bei den Behörden in Jorque über die Reisenden erkundigt, die sich an diesem oder um diesen Tag eintragen ließen?«

»Natürlich, aber ...« Don Miguel hob die Schultern. »Der Mann, der die Maske verkauft hat, konnte nicht ausfindig gemacht werden. Zweifellos hat er die Erfordernisse des Meldegesetzes mißachtet.«

»Der Sinn eines Gesetzes liegt in seiner Befolgung durch den Menschen«, erklärte der größere Inquisitor in belehrendem Tonfall. Eine Bemerkung, die, wie Don Miguel schien, nicht sehr viel zur Diskussion beitrug.

»Nun, zumindest könnt Ihr mir verraten, welche Art von Zauber der Gauner verwendet haben könnte«, sagte Don Miguel.

»Hier gibt es viele Möglichkeiten. Man könnte sich eine Droge vorstellen, die die Willenskraft lähmt. Oder er hat Higgins genötigt, die Augen auf einen glänzenden Punkt zu richten – vielleicht sogar auf einen Lichtreflex an der Maske selbst – und ihn dann mit suggestiven Worten zum Vergessen gebracht.«

»Und so etwas ist möglich?« fragte Don Miguel.

»Ja, sicher, Herr. Obzwar wir es vorziehen, wenn um diese Tatsachen nicht viel Lärm gemacht wird; Ihr versteht, es handelt sich um Techniken, die wir selbst in der Inquisition anwenden, und es wäre falsch, die Menschen vorzuwarnen.«

Don Miguel schüttelte verwundert den Kopf. Er fand dies alles kaum glaubhaft; die Inquisitoren waren jedoch Experten auf ihrem Gebiet, und er war gezwungen, ihren Worten Glauben zu schenken.

»Und habt Ihr noch Hoffnung auf einen Fortschritt?« fragte er zaghaft.

»Wenig, Herr. Eigentlich sehr wenig – obwohl wir natürlich fortfahren werden, unser Möglichstes zu versuchen.«

Wenn die Vernehmung von Higgins an einem toten Punkt angelangt war, blieb Don Miguel nichts anderes übrig, als nach Jorque zurückzukehren und die Nachforschungen an der Stelle voranzutreiben, wo die Maske aufgetaucht war. Und so verließ er am selben Abend Londres mit der Eilkutsche und verbrachte eine gräßlich ungemütliche Nacht, während der er wünschte, daß es jemandem gelingen möge, einen sicheren Weg zu finden, wie man die Zeitapparatur für gewöhnliche Überlandreisen adaptieren konnte. In der Theorie konnte man sie tatsächlich in extremen Notfällen dafür verwenden, indem man den Raumverschiebungsfaktor anwandte; jedoch wurde es nicht für ungefährlich gehalten, dies der praktischen Anwendung zuzuführen, weil die Reisenden dabei unweigerlich einen Sekundenbruchteil früher ankamen, als sie den Startpunkt verließen, und die Folgen dieses Phänomens waren naturgemäß unvorhersagbar.

Daher gab es Kutschen, und Pferde, die sie zogen – und möglicherweise brauchte es nicht mehr als bessere Straßen, klagten Don Miguels gemarterte Knochen, als er sich nach einem hastigen Frühstück im Gasthaus der Posthalterei auf den Weg machte zum Büro der Gesellschaft in Jorque, einem großen Haus auf einem weitläufigen Grundstück nahe der Kathedrale.

Dort wurde er von einem jungen Mann mit einem alten, bleichen Gesicht und einer hohen, stockenden Stimme empfangen, dessen Augen sich gierig auf dem Siegel des Prinzen am unteren Ende von Don Miguels Vollmacht festsogen. Vermutlich war er ein gescheiterter Bevollmächtigter, das schloß Don Miguel aus seinem Tonfall und seinem Benehmen.

»Wir alle haben die Angelegenheit, die Ihr nun untersucht, sehr viel diskutiert«, sagte der junge Mann katzbukkelnd, nachdem er sich als Don Pedro Diaz vorgestellt hatte. »Wir sind sehr beeindruckt von der Art und Weise, wie Ihr augenblicklich alles durchschaut habt.«

Aber Don Miguel war nicht in Stimmung für hohle Schmeichelei. Er entgegnete brüsk: »Es ging nicht über das hinaus, was jedermann, dessen Intelligenz der Gesellschaft Ehre machen soll, notgedrungen auch gefolgert hätte. Außerdem habe ich die Angelegenheit doch noch nicht so ganz durchschaut. Wurde seit meiner Abreise nach Londres irgend etwas herausgefunden, was den Fremden betrifft, der angeblich die Maske zum Verkauf hergebracht hat?«

Der andere schien aus der Fassung gebracht. »Nein, wir hatten keinen Befehl, dies zu tun!« wandte er ein. »War es nicht genug, den Kaufmann Higgins und seine Angestellten zu verhaften?«

Manchmal wunderte sich Don Miguel, daß in dieser unvollkommenen Welt fast ein Jahrhundert glücklich vorbeigehen hatte können, seit Borromeo das Geheimnis der Zeitreise auf die Menschheit losgelassen hatte. Im Augenblick war er versucht, sein Schwert zu ziehen und die Haut dieses Idioten mit einer Botschaft zu beschriften, betreffend die Pflichten der Mitglieder der Gesellschaft. Doch er beherrschte sich.

»Es war nicht genug«, sagte er kurz. »Aber wenn das alles ist, was Ihr mir anzubieten habt, dann will ich damit beginnen. Wo sind diese Angestellten, von denen Ihr spracht?«

»Sogleich!« rief Don Pedro. »Sogleich führe ich Euch persönlich zu ihnen!«

Aber die Angestellten waren eine noch geringere Hilfe als Higgins. Sie berichteten nur – und die hiesigen Inquisitoren bestätigten den Wahrheitsgehalt ihrer Aussagen –, daß ihr Herr sowohl den Ankauf wie den späteren Verkauf der Maske persönlich abgewickelt habe, wie er es so oft tat, wenn der Kunde von hohem Stand war. Das schien ganz logisch, mußte Don Miguel zugeben – er konnte sich vorstellen, daß ein Adeliger, der gezwungen war, sich des Familienerbes zu entledigen, um eine leergewordene Kasse zu füllen, es vorzog, mit einem diskreten Kaufmann vertraulich zu verhandeln, und er wußte bereits, daß Higgins' Ruf der Diskretion ihm bereits viele solcher Transaktionen eingebracht hatte.

Die Angestellten behaupteten außerdem hartnäckig, nichts von der Existenz der Maske gewußt zu haben, bevor ihr Herr verhaftet worden war, und ihre Geschichte hatte bisher – so wie jene von Higgins – allen Anstrengungen der Inquisitoren, sie zu untergraben, getrotzt.

Seufzend verließ Don Miguel die Zelle, in der sie untergebracht waren, und steuerte durch den Garten zurück auf das Büro der Gesellschaft zu. Nachdem er, Don Pedro schweigend an seiner Seite, eine Zeitlang dahinmarschiert war, ergriff er plötzlich das Wort.

»Dieser Markt da, wo Don Arcimboldo die Maske erworben hat – er liegt außerhalb der Stadtmauern, nicht wahr?«

»In der Tat, Herr, so ist es«, antwortete Don Pedro. »Nur den freien Bürgern von Jorque – welche sich jedoch selten mit dem Handel beschäftigen – ist es erlaubt, innerhalb der Stadtgrenzen Waren zu kaufen oder zu verkaufen. Diese städtische Verordnung wurde in den letzten Jahren des vergangenen Jahrhunderts erlassen. Und so entstand der Brauch, jeden Handel vor den Toren der Stadt abzuwickeln, und nun ist der Marktdistrikt schon zu einer eigenen Stadt geworden.«

»Gut. Ich möchte diesen Markt inspizieren. Ruft mir eine Kutsche, und ab mit uns!«

»Gern, Herr«, erklärte Don Pedro unterwürfig.

Während sie vor der Filiale der Gesellschaft darauf warteten, daß das Fahrzeug kam, wandte Don Miguel sich dem anderen Objekt zu, an dem er im Augenblick interessiert war.

»Sagt mir, Don Pedro, was wißt Ihr über Don Arcimboldo Ruiz? Ist er hier in Jorque eine prominente Persönlichkeit?«

»Er ...« Don Pedro zögerte merkwürdig lange. »Er stammt aus einer prominenten Familie im Norden.«

Don Miguel nickte. »Und er persönlich?«

»Ich fürchte, ich kann Euch nicht viel über ihn sagen. Ich weiß nur, daß er große Ländereien jenseits der schottischen Grenze geerbt hat, es aber vorzieht, wegen des Gesellschaftslebens hier in Jorque zu leben. Ich weiß auch, daß er ein anerkannter Sammler von angelsächsischen und irischen Antiquitäten ist – man hört von ihm, daß er großes Fachwissen auf diesem Gebiet besitzt. Darüber hinaus ...« Er schloß mit einem Achselzucken.

Natürlich war das nichts Neues für Don Miguel; Don Arcimboldo hatte geradeheraus erklärt, Antiquitäten zu sammeln, jedoch eingeschränkt, daß Gegenstände aus der

Neuen Welt nicht seine Spezialität seien. Sein Urteil über die Persönlichkeit der Marquesa hatte auf einen gesunden Zynismus schließen lassen, und weiters darauf, daß er Schritte unternommen hätte, sich zu schützen, wäre ihm der Verdacht gekommen, Higgins könnte ihm Schmuggelgut verkaufen wollen. Hätte er die Befürchtung gehegt, bei der Maske könnte es sich um einen nicht genehmigten Import handeln, würde er der Marquesa wohl kaum dieses großartige Geschenk gemacht haben, da er damit rechnen mußte, daß seine Existenz noch am selben Tag allgemein bekannt wäre. Entweder hätte er die Maske nicht erstanden oder sie im geheimen seiner eigenen Sammlung einverleibt. Ja, dieses Argument klang plausibel.

Und doch ...

Don Miguels Gedankenkette wurde von der Ankunft der Kutsche unterbrochen, die Don Pedro angefordert hatte. Aber die kleine nachdenkliche Falte, die zwischen seinen Brauen entstanden war, blieb dort während der ganzen Fahrt.

Es hieß zwar der ›Markt‹, aber wie Don Pedro vorhergesagt hatte, war dieser Markt schon so gewachsen, daß man ihn eine eigene Stadt hätte nennen können. Breite, gut gepflasterte Straßen durchquerten ihn und teilten die Grundstücke ab, die man an die verschiedensten Händler verpachtet hatte, und auf denen Marktbuden vor festen, gemauerten Lagerhäusern standen. Tagsüber brachte man die Waren aus letzteren nach vorn, wo sie unter Planen ausgestellt wurden oder, von den reicheren Kaufleuchten, in kleinen, mit Seitenteilen aus Glas versehenen Hütten, bewacht von braunen keulenbewaffneten Sklaven. Des Nachts wurden sie zurückgebracht in die Lagerhäuser und gut gegen Räuber gesichert.

Don Miguel gab Don Pedro den Auftrag, die Kutsche für eine Stunde wegzuschicken, und begab sich zu Fuß auf einen Rundgang durch den Markt. Hin und wieder blieb er stehen, offenbar rein zufällig – etwa, um die Qualität von

Muskatnüssen bei einem Gewürzhändler zu prüfen, um einige herrliche Brokate aus dem Osten bei einem Tuchhändler zu befühlen, um eine Garnitur Kerzenhalter bei einem Silberschmied zu betrachten – und während er dies tat, stellte er beiläufig wirkende Fragen. Und irgendwie schien es ihm bei jeder der sich daraus ergebenden Konversationen zu gelingen, die Namen von Higgins und Don Arcimboldo einzuflechten – was sich in einer wachsenden Bewunderung seiner Person seitens Don Pedros auswirkte.

Als die Stunde um war, traten sie soeben aus der Werkstatt eines Buchbinders, in der Blattgold auf feinen Kalbledereinbänden glänzte, und wo die Luft erfüllt war vom Geruch des Leders und des Leims; und nun konnte Don Pedro sich nicht mehr zurückhalten.

»Herr!« rief er aus. »Die Gewandtheit und Geschicklichkeit, mit der Ihr Eure Nachforschungen betreibt, erstaunt mich – wirklich, sie erstaunt mich!«

»Gewandtheit? Geschicklichkeit?« fragte Don Miguel mit finsterem Gesicht und schritt auf die Stelle zu, wo die Kutsche wieder auf sie beide warten würde. Ihr Weg führte sie mitten durch das Herz des Marktes, und zu diesem Zeitpunkt, nämlich gegen Mittag, war alles überfüllt von Menschen. Gefolgsleute adeliger Familien mit auffällig geschmückten Hauben auf dem Kopf erkämpften sich arrogant und mit Gewalt ihren Weg durch die Menge, etwas, das Don Pedro zutiefst verärgerte, womit sich Don Miguel hingegen stoisch abfand. Die beiden hätten sich mit einem einfachen Erwähnen der Gesellschaft, gar nicht zu reden von einem Vorweisen ihres Wappenschildes – Sense und Stundenglas, die Borromeo persönlich als Insignien gewählt hatte – einen Weg freimachen können; aber es war kein guter Zeitpunkt, die Aufmerksamkeit auf ihre Person zu lenken.

»Gewandtheit? Geschicklichkeit?« wiederholte er und fügte ein hartes kleines Lachen hinzu. »Nun, wenn es gewandt ist und geschickt, im Versuch, eine äußerst wichtige Frage zu klären, Schiffbruch zu erleiden, dann habt Ihr meine Zustimmung ... Und jetzt laßt mir einen Moment lang meine Ruhe, wenn Euch das möglich ist! Ich versuche verzweifelt nachzudenken.«

In Verlegenheit gebracht, klappte Don Pedro den Mund zu wie eine Mausefalle und gab kein weiteres Wort von sich, ausgenommen die Einladung an Don Miguel, mit der er ihm beim Besteigen der Kutsche den Vortritt ließ, bis dieser auf halbem Wege zurück zum Büro der Gesellschaft wieder zu sprechen begann.

»Don Pedro! Gebt mir einen Rat!«

»Eure Forderung ehrt mich sehr«, entgegnete Don Pedro nervös. »Ich hoffe, Euch geben zu können, was Ihr erwartet.«

»Nun, ich komme auf keinen grünen Zweig. Also nehmt Euch ein Herz! Stellt Euch vor, Ihr wärt an Don Arcimboldos Stelle, der Erbe großer Ländereien in Schottland und ein hochangesehener Sammler von Antiquitäten: Weshalb würdet Ihr eine sehr außergewöhnliche und kostbare Maske aus purem Gold einer Dame zum Geschenk machen, welche – um es ganz offen auszudrücken – weit über das Alter hinaus ist, in dem einer Frau der Hof gemacht wird?«

Don Pedro riß die Augen auf. Ein Weilchen sagte er gar nichts. Dann machte er sich versuchsweise an eine Erklärung: »Nun, vielleicht aus einfacher Freundschaft ...«

Was Don Arcimboldo während der Abendgesellschaft über die Marquesa gesagt hatte, schloß nach Don Miguels Ansicht diese Möglichkeit aus. Er schob den Vorschlag mit einer Handbewegung zur Seite, ohne sich die Mühe einer Begründung zu machen.

»Eine andere Erklärung?« lud er Don Pedro ein.

»Nun ...« Don Pedro schluckte krampfhaft. »Es liegt mir fern, einer so angesehenen Persönlichkeit wie Don Arcimboldo etwas Schlechtes zuzuschreiben, aber ... Vielleicht könnte man annehmen, daß er aus diesem Vorgehen einen Vorteil hatte?«

»Ich fürchte sehr, das könnte man tatsächlich annehmen. Don Pedro, sagt dem Kutscher, einen Umweg an Higgins'

Haus in der Stadt vorbei zu machen! Hoffentlich seid Ihr nicht zu sehr in Eile, zu Eurem Mittagessen zu kommen, denn es könnte sich noch ein wenig verzögern.«

Der Aufenthalt bei Higgins' Haus dauerte jedoch kaum zwanzig Minuten, aber als sie von dort wegfuhren, machte Don Miguel ein Gesicht wie Blitz und Donner und antwortete auf Don Pedros Versuche einer Konversation nur mit eiskaltem Brummen.

Ins Büro der Gesellschaft zurückgekehrt, fand Don Miguel eine Botschaft vor, die einige Minuten zuvor mit dem optischen Telegraphen aus Londres übermittelt worden war. Es handelte sich dabei um einen Bericht der Einsatztruppe von Roter Bär, der ihn davon informierte, daß die Goldmaske fast sicher ein Werk des berühmten aztekischen Goldschmiedes Nezahualcoyotl – Hungriger Wolf – sei. Und das bewies seine Herkunft aus der Mitte des fünfzehnten Jahrhunderts, sehr wahrscheinlich aus der großen Stadt Texcoco.

Ein neues Rätsel für ihn! Wenn die Maske die Arbeit eines so berühmten Künstlers war, daß der Stab von Roter Bär sie so zweifelsfrei identifizieren konnte, warum sollte ein Sammler von Kunstwerken sie dann *verschenken,* selbst wenn er sie für seine eigene Sammlung nicht haben wollte? In dem Fall wäre es doch das logischte, sie zu verkaufen, und den Erlös für die Erweiterung ...

Plötzlich ging Don Miguel ein riesengroßes Licht auf. In seinem Kopf rasteten die Tatsachen ineinander und formten ein Gefüge, welches einen brauchbaren, klaren Sinn ergab. Er hieb seine Faust in die Handfläche der anderen Hand und wandte sich Don Pedro zu.

»Jetzt verstehe ich – und doch verstehe ich nicht ... Don Pedro, sendet rasch zum Heiligen Offizium hier in Jorque und bittet um einen erfahrenen Inquisitor, der mich aufsuchen und mir gewisse Fragen beantworten kann. Dann laßt mir eine Kutsche reservieren und überzeugt Euch, daß der Kutscher den Weg zum Haus Don Arcimboldos kennt, denn ich habe vor, ihm noch heute abend einen Besuch abzustatten.«

»Es wird geschehen, Herr«, versprach Don Pedro und eilte davon.

Don Miguel führte ein längeres, vertrauliches Gespräch mit dem Inquisitor, der auf seine Bitte hin gekommen war. Als die beiden auseinandergingen, war es fast dunkel, aber dennoch lehnte er Don Pedros Einladung ab, zu bleiben und ein paar Bissen zu essen. Statt dessen schnallte er sein Schwert um, warf sich einen Umhang über die Schultern und steuerte hinaus in die Dämmerung, als wäre ihm der Teufel an den Fersen.

VII

Obwohl weit davon entfernt, neu zu sein, war Don Arcimboldos Haus hübsch und geräumig und stand auf einem ausgedehnten Grundstück. Die Inneneinrichtung verriet Luxus und guten Geschmack. Die gleichen Ausstattungsmaterialien, die Don Miguel im Haus der Marquesa vorgefunden hatte – Kletterpflanzen, gezogen auf geschnitzten künstlichen Zweigen, Treibhausblumen, die die Räume in Miniaturgärten verwandelten, kostbare Täfelungen und Bodenplatten, sowie viele unschätzbar wertvolle antike Kunstgegenstände – waren auch hier verwendet worden, wenngleich von jemandem mit weitaus besserem Urteilsvermögen.

Es war beinahe eine Schande, dachte Don Miguel, zum ersten Mal hierherzukommen und eine solche Aufgabe vor sich zu haben. Doch er wappnete sich gegen alle Gefühle, die Last seines Verdachtes eine schwere Bürde auf seinen Schultern.

Der Majordomo, der ihn eingelassen hatte, überbrachte die Bitte um Entschuldigung seines Herrn, der sich bei Tisch befand und in Kürze seinem hochgeschätzten Gast zur Verfügung stehen wollte; würde Don Miguel in der Zwischenzeit wohl die Freundlichkeit haben, sich in der Bibliothek die Zeit ein wenig zu vertreiben?

Don Miguel hatte die Freundlichkeit. Von einem Guineamädchen – einem außergewöhnlich schönen Guineamädchen, das daher entweder sehr kostspielig gewesen oder bereits in die Dienste der Familie hineingeboren war, denn Sklaven waren heutzutage bereits unerschwinglich teuer – wurde ihm Wein gebracht; das Mädchen goß ihm das erste Glas ein und bot es ihm mit einem Knicks an, dann zog es sich in den hintersten Winkel zwischen den Bücherregalen zurück, und nur ihre Augen und die weißen Zähne leuchteten aus der Dunkelheit.

Gedankenverloren wanderte Don Miguel in dem Raum umher, das Glas in der Hand. Obwohl er diesen Namen trug, war er nicht nur eine Bibliothek. Er war fast ein Museum, und Fach um Fach der Vitrinen enthielt Kunstgegenstände und Raritäten. In der Mehrzahl waren sie, wie zu erwarten, angelsächsischer, altnordisch-skandinavischer und irischer Herkunft; doch es gab auch viele maurische und orientalische Gegenstände in Gold und Türkis und sogar Jade.

Er nickte in bitterer Befriedigung und wandte seine Aufmerksamkeit den Büchern zu, die bewiesen, daß sich Don Arcimboldo eines wahrlich vorurteilslosen, toleranten Geschmacks erfreute. Pater Peabody wäre vermutlich in hysterische Zuckungen verfallen – oder vielleicht auch nicht. Als er den Gedanken noch einmal überlegte, kam Don Miguel zu dem Schluß, daß die lange Bekanntschaft mit der Marquesa den Priester wahrscheinlich von jeglicher Neigung zur Hysterie geheilt hatte. Davon abgesehen stand ein Großteil dieser Bücher auf dem Index, und keineswegs alle wegen simpler Ketzerei.

Don Miguel wählte eine sorgfältig illustrierte Ausgabe des *Satyricons* von Petronius Arbiter, um sich die Zeit bis zum Erscheinen Don Arcimboldos zu vertreiben, und ließ sich in einem prachtvollen Lederfauteuil nieder, der sehr bequem und über und über mit Goldprägungen verziert war.

Als nach ziemlich langer Zeit der Gastgeber erschien, floß er über von Entschuldigungen, weil er Don Miguel warten hatte lassen. Don Miguel tat seine Beteuerungen mit einer Handbewegung ab.

»Ich hätte einen Boten senden sollen, um Euch mitzuteilen, daß Ihr mich erwarten müßt«, sagte er. »Aber ich habe die Wartezeit nicht bereut. Das Schmökern hier hat mir Einblick erlaubt in Euren Geschmack als Sammler sowohl von Kunstgegenständen als auch von Büchern.«

Don Arcimboldo ließ sich in einen Fauteuil fallen, der der Zwillingsbruder dessen war, in dem Don Miguel saß, und schnippte mit den Fingern nach dem Guineamädchen, das ihm Wein bringen sollte. »Mein Geschmack wird, um aufrichtig zu sein, von nicht viel mehr beherrscht, als dem Wunsch, mich mit schönen Dingen zu umgeben. Wenn jedoch meine Genußsucht anderen Freude bereitet, so sehe ich keinen Grund, ihnen diese zu verweigern.« Er lachte leise in sich hinein und nippte an seinem Glas.

»Ihr habt unbestreitbar eine bemerkenswerte Sammlung«, nickte Don Miguel. »Sagt mir, habt Ihr alle diese Stücke hier in Jorque erworben?«

»Sehr viele davon, einschließlich der besten. Unser großer Markt – Ihr habt ihn doch bereits besucht, oder? – ist ein wunderbares Revier für die Jagd nach Raritäten. Tatsächlich habe ich das meiste von dem Gold und Silber hier bei Higgins gekauft, der ein Spezialist ist auf dem Gebiet. Ich frage mich: Habt Ihr etwas Neues von ihm erfahren?«

»Er bleibt bei der fadenscheinigen Geschichte, die aztekische Maske von einem Unbekannten gekauft zu haben.«

»Der arme Kerl«, murmelte Don Arcimboldo. »Er muß vom Teufel besessen gewesen sein.«

Eine Gesprächspause entstand, während der das Mädchen herbeikam, um nachzusehen, ob ihre Gläser nachgefüllt werden sollten. Nachdem sie in beide einen symbolischen Tropfen gegossen hatte, wollte sie in ihre Ecke zurückkehren, aber ihr Herr schickte sie aus dem Raum.

»Eine interessante Wahl der Worte«, stellte Don Miguel fest, nachdem sich die Tür hinter der Sklavin geschlossen hatte.

Don Arcimboldo blinzelte verständnislos in seine Richtung. »Ich glaube, nicht ganz zu ...«

»Eure Bemerkung, er muß wohl vom Teufel *besessen* gewesen sein«, erläuterte Don Miguel und drehte das Weinglas in seinen Fingern. »Der Ausdruck ist fast zu buchstäblich, wißt Ihr? Die Inquisitoren glauben, er sei verhext worden.«

»Wie schändlich!« rief Don Arcimboldo aus. »Was für eine widerliche Art, einem ehrsamen Handelsmann mitzuspielen!«

»In der Tat«, pflichtete Don Miguel ihm bei, und wieder entstand eine kurze Gesprächspause.

»Apropos«, ergriff Don Arcimboldo schließlich das Wort, »da ist etwas, das ich Euch vermutlich schon in Londres sagen hätte sollen.«

Don Miguel beugte den Kopf vor und sah sein Gegenüber mit betonter Aufmerksamkeit an.

»Ich trage Euch nicht nach, daß Ihr in dieser Angelegenheit so gehandelt habt, wie Ihr gezwungen wart zu handeln. Das ist ja klar. Es ist mir vollkommen klar, welches Gewicht jedem Verdacht der temporalen Schmuggelei beigemessen werden muß.«

»Es freut mich, das zu hören«, murmelte Don Miguel. »Manche Leute scheinen die Gefahren zu sehr auf die leichte Schulter zu nehmen.«

»Das tue ich niemals! Nun, ich sollte da wohl nicht das große Wort führen – ich gebe zu, ich hätte Erkundigungen über die Maske einziehen müssen, angesichts ihres perfekten Zustandes. Aber da Ihr wißt, daß dies nicht mein Spezialgebiet ist ... Jedoch sagt mir, falls Euch das gestattet ist: Wie ist die Maske in die Gegenwart gebracht worden? Es ist doch nur Bevollmächtigten erlaubt, in der Zeit zu reisen, und die Vorstellung, ein Bevollmächtigter sei bestechlich, erscheint absurd!«

»Es ist wohl so«, sagte Don Miguel nach einem kurzen Kampf mit sich selbst, »daß gewisse ... ah ... *Außenstehende* es zustandegebracht haben, die dafür notwendigen Hände zu schmieren und auf Reisen in die Vergangenheit mitgenommen worden sind. Zweifellos brachte einer von ihnen die Maske mit.«

»Schrecklich!« Don Arcimboldo riß die Augen auf. »Und doch ... Nun ja, tief in meinem Innersten würde ich solche Außenstehende fast beneiden.« Er grinste mit entwaffnender Ehrlichkeit. »Ihr würdet den Drang gewiß nicht schätzen, den jemand wie ich fühlt: sich unter jenen Menschen frei bewegen zu dürfen, für die diese kostbaren und wunderschönen Dinge, die ich sammle, modern waren, ja alltäglich! Nehmt Ihr an, Don Miguel, daß es eines Tages privaten Bewerbern, die man entsprechend unterwiesen hat, um das Risiko eines Eingreifens in den Ablauf vergangener Ereignisse auszuschalten, gestattet sein könnte, Anteil zu haben am Wunder des Reisens in der Zeit?«

»Wenn Ihr Euch fragt, ob ich zu jenen Bevollmächtigten gehöre, welche die Hände auftun, um sie sich schmieren zu lassen«, entgegnete Don Miguel kalt, »dann kann ich Euch versichern, daß dem nicht so ist.«

»Nein, nein, natürlich nicht!« Don Arcimboldo erhob sich betrübt. »Ich hatte nicht die Absicht, Euch zu unterstellen ...«

»Dann wollen wir doch das Thema wechseln, ja?« Mit voller Absicht nahm Don Miguel die vage Beleidigung zum Anlaß, seiner Stimme einen beißend-scharfen Tonfall zu verleihen. »Wollen wir über Eure Sammlung sprechen? Wollen wir, zum Beispiel, die Tatsache diskutieren, daß sie nicht nur angelsächsische, irische und altnordische Antiquitäten enthält, sondern auch maurische, orientalische und andere Objekte, die ich nicht in der Lage bin zuzuordnen?«

In Verlegenheit gebracht, entgegnete Don Arcimboldo: »Nun, gewiß, das ist richtig, aber ...«

»Kurz gesagt, Euer Geschmack schöpft doch aus mehr Quellen, als ich glauben gemacht wurde.« Don Miguel stellte sein Glas hin, sah aber sein Gegenüber nicht direkt an. »Was es verwunderlich erscheinen läßt, daß Ihr die aztekische Maske nicht behalten habt, nachdem Ihr sie gekauft hattet. Sagt mir, weshalb habt Ihr sie der Marquesa geschenkt, Don Arcimboldo?«

Das Gesicht seines Gastgebers verdunkelte sich. »Es ist unpassend, die Nase in so persönliche Angelegenheiten eines anderen zu stecken.«

»Ich habe keine andere Wahl. Ich habe einen Auftrag auszuführen, der mir vom Prinzen von Neukastilien übertragen wurde.«

»Nichtsdestoweniger ist Euer Benehmen plump und unmanierlich! Dennoch will ich Euch antworten – wenn Ihr mir gute Gründe dafür liefert, daß Ihr diese Information benötigt.«

Don Miguel erhob sich aus seinem Fauteuil und ging, das Glas wieder in der Hand, auf eine Vitrine zu, in der fein gearbeitete angelsächsische Halsringe und Gürtelschnallen aus gehämmertem Gold, etliche der letzteren mit Granaten besetzt, zur Schau gestellt wurden. Ohne in Don Arcimboldos Richtung zu blicken, sagte er: »Ihr müßt doch einen Grund gehabt haben, Eure Schulden bei Higgins so gewaltig zu vermehren. Was Euch dazu trieb, Eure schon seit sehr langer Zeit offenstehenden Zahlungsverpflichtungen fast zu verdoppeln, kann nicht der Regung eines Augenblicks entsprungen sein.«

Es kam keine umgehende Entgegnung. Als sich Don Miguel von den antiken Kunstgegenständen, die er gerade bewundert hatte, umwandte, bemerkte er, daß Don Arcimboldo eine zart gearbeitete Silberkette aus einem Täschchen seines Gürtels gezogen hatte; am Ende der Kette hing eine Art glitzernder Kristall, den Don Arcimboldo, anscheinend plötzlich sehr nervös geworden, von seinen Fingern hin- und herpendeln ließ.

»Ich nehme an, Ihr habt Higgins' Aufzeichnungen in Euren Besitz gebracht«, murmelte er schließlich. »Doch die kalten Zahlen geben Euch einen falschen Eindruck der Situation, das versichere ich Euch. Er hatte keinen Grund, an meiner Kreditwürdigkeit zu zweifeln, letztlich bin ich weit davon entfernt, ein armer Mann zu sein!«

»Tatsächlich?« erwiderte Don Miguel eisig.

»Was meint Ihr damit?« Don Arcimboldo errötete und warf beleidigt den Kopf zurück, ohne daß sich jedoch der Pendelrhythmus der Kette veränderte. »Denkt Ihr, daß dieses Gebäude, in dem Ihr Euch befindet, das Zuhause eines Almosenempfängers ist?«

»Ja.«

Das einzelne, barsche Wort schien Don Arcimboldo all seines Elans zu berauben. Er gab einen Seufzer von sich. »Ich gebe mich geschlagen, ich gebe mich geschlagen ... Es ist ein Körnchen Wahrheit in dem, was Ihr sagt, denn in letzter Zeit haben meine Güter in Schottland nicht so viel abgeworfen wie früher. Und daher will ich Euch sagen, weshalb ich der Marquesa die Maske gab. Ich hoffte, sie würde mir eine bestimmte Summe zur Verfügung stellen, um mich aus meinen vorübergehenden – vorübergehenden! – Schwierigkeiten zu bringen.«

Die Kette schwang weiter hin und her. Die beiden Männer schwiegen, und Don Miguel erlaubte dem Schweigen, sich in die Länge zu ziehen. Nach einiger Zeit begann Don Arcimboldos Gelassenheit abzubröckeln. Er sah verwirrt aus, und dann bestürzt. Als ihm die Bestürzung akut genug schien, ergriff Don Miguel wieder das Wort.

»Es hat keinen Sinn, Don Arcimboldo! Bevor ich hierher kam, führte ich ein langes Gespräch mit einem Inquisitor, der ein Experte ist auf dem Gebiet der Seele und der Sinne des Menschen. Ich habe ein Gegenmittel eingenommen, das jene Droge neutralisiert, die Ihr mir in diesem sehr guten Wein verabreicht habt. Und so könnt Ihr mein Hirn mit Eurem Kristallpendel nicht einlullen und mein Erinnerungsvermögen nicht ausschalten – wie es Euch bei Higgins gelang!«

Der letzte Satz schnitt durch den Raum wie das Knallen einer Peitsche. Don Arcimboldo ließ die Hände fallen; schneeweiß im Gesicht wimmerte er: »Ich schwöre Euch, ich verstehe nicht!«

»Euer Eid ist falsch. Ihr versteht mich sehr gut. Was geschah, ging folgendermaßen vor sich: Die Versuchung, zu jenen glücklichen Außenstehenden zu gehören, welche dem Gesetz zuwiderhandelnd in die Vergangenheit reisten, wurde zu stark, und Ihr konntet ihr nicht widerstehen. Doch um den korrupten Bevollmächtigten bestechen zu können, der Eure Reise möglich machte, wart Ihr gezwungen, Euch übermäßig zu verausgaben. In der Folge wuchsen Eure Schulden bei Higgins – eine unwürdige Situation! Zweifellos hat er Euch arg zugesetzt, um zu seinem Geld zu kommen, und Ihr hattet Angst, er könnte die anderen Kaufleute des Marktes warnen, daß Ihr Euren Verpflichtungen nicht mehr nachkommt. Wahrscheinlich – denn im Grunde seid Ihr kein dummer Mensch – war Eure ursprüngliche Absicht beim Schmuggeln dieser aztekischen Maske, den wunderbaren Gegenstand im Verborgenen aufzubewahren und Euch heimlich daran zu weiden. Doch als Higgins Euch lästig zu werden begann, kamt Ihr wohl auf den Gedanken, sie ihm an Zahlungs Statt zu übergeben. Ihr ließt diesen Gedanken aber wieder fallen, weil Euch sein Ruf als vorsichtiger Mann und seine Gewohnheit nachzuprüfen, ob die extratemporalen Gegenstände, die man ihm anbot, von meiner Gesellschaft zugelassen waren, bekannt war. Also verfielt Ihr auf einen raffinierten Ausweg: Ihr machtet ihm vor, er hätte die Maske von jemand anderem erworben.

Kein Wunder, daß er den Inquisitoren nicht sagen kann, von wem! Wie kann er sich an eine Person erinnern, die nicht existiert? Nur an seine Angestellten seid Ihr nicht herangekommen, oder? Ich habe mit ihnen gesprochen, und selbst der Mann, der Higgins' Bestandsliste führt, kann sich an die Maske nicht erinnern.

Aber vielleicht war das durchaus gewollt, um dem erhofften Ergebnis, nämlich der Einkerkerung Higgins' wegen temporaler Schmuggelei, etwas Farbe zu verleihen. Denn im Gefängnis konnte er Euch kaum wegen Eurer Schulden in den Ohren liegen! Das schließe ich daraus, daß Ihr die Maske ausgerechnet der Marquesa geschenkt habt, die damit verläßlich innerhalb von Tagen so prahlen würde, daß sie die Aufmerksamkeit von jemandem wie mir auf sich zog, jemandem, der die Unrechtmäßigkeit des Vorhandenseins der Maske hier, in unserer Zeit, erkennen würde. Ihr hingegen wolltet das ahnungslose Opfer einer Täuschung spielen und Higgins von der vollen Härte des Gesetzes treffen lassen.

Ihr habt gut gespielt. Ich selbst war mir halb im Zweifel, betreffend meine eigenen Schlußfolgerungen – bis Ihr diese Kette aus dem Gürtel zogt. Der Inquisitor hat mich heute nachmittag vor solchen Tricks gewarnt, und nun bin ich ohne jeden Zweifel von Eurer Schuld überzeugt.«

Don Arcimboldo warf die Kette wütend zu Boden. »Alles ein Haufen Lügen!« schrie er. »Dieser Unsinn wird niemals irgend jemanden außer einen Narren wie Euch überzeugen können!«

»Ich bin darauf vorbereitet, dieses Risiko einzugehen«, erwiderte Don Miguel. Er ließ sein Schwert aus der Scheide gleiten und berührte mit seiner Spitze die Brust seines Gegenübers. »Don Arcimboldo Ruiz, kraft der Machtbefugnis, welche mir von der Gesellschaft für Zeitenkunde verliehen wurde, verhafte ich Euch unter der Beschuldigung der temporalen Schmuggelei und begehre, daß Ihr mir folgt, um Euch vor Gericht zu verantworten. Ihr mochtet einem korrupten Bevollmächtigten begegnet sein, Don Arcimboldo, aber in diesem Augenblick könnt Ihr die Erfahrung machen, daß zumindest einige von uns die Vorschriften ernst nehmen. Denn schließlich und endlich haben wir es hier mit der Zeit zu tun – dem Stoff, aus dem das Universum gemacht ist.«

VIII

Der leere Raum zwischen den Kristallsäulen summte leise; die Anwesenden im Saal wurden unruhig und trockneten sich hin und wieder die Stirn. Es war stets ziemlich heiß in der Nähe der Säulen, wenn die Rückkehr eines Reisenden von einem Ausflug in eine fremde Zeit unmittelbar bevorstand.

Dem Prinzen von Neukastilien schien die Hitze noch mehr zuzusetzen als seinen Kollegen, denn er brummte und murmelte in sich hinein. Plötzlich konnte er die Hitze nicht mehr ertragen und schnalzte mit den Fingern nach dem Adjutanten, der aufmerksam neben ihm stand.

»Wein!« bellte er. »Die Hitze ist ja fürchterlich!«

»Jawohl, Hoheit«, antwortete der Adjutant flink. »Auch für die Herren Generalbevollmächtigten?«

Roter Bär bewegte sein langes Indianergesicht einmal in einer Geste der Einwilligung nach unten, doch Pater Ramón rührte sich nicht. Nach einer kurzen Pause winkte der Prinz den Adjutanten ungeduldig davon.

»Glaubt Ihr, daß wir gut daran getan haben, Pater?« fragte der Prinz kurz angebunden.

Pater Ramón schien von einer privaten Reise ins Irgendwann in die Gegenwart zurückzukehren. Er setzte ein kurzes, schiefes Lächeln auf und wandte sich dem Prinzen zu.

»So gut, wie uns möglich war«, parierte er die Frage. »Zumindest wissen wir, daß die goldene Maske zurückerstattet wird; ob die Zurückerstattung selbst weise ist – das können wir nur hoffen.«

Roter Bär schnaubte ungehalten. »Wenn Ihr solche Zweifel an der Weisheit einer Rückgabe dieses Dinges habt, warum macht Ihr mir dann soviele Ungelegenheiten damit?«

»Wir müssen unsere eigene Weisheit stets in Frage stellen«, entgegnete Pater Ramón friedfertig. Er wies mit der Hand auf die Kristallsäulen. »Ich glaube, der große Moment steht bevor – das Summen wird lauter.«

Die diensthabenden Techniker in der Halle der Zeit erstarrten. Plötzlich ein Geräusch wie Donnerschlag und ein Geruch nach heißem Metall, und in dem Raum zwischen den Säulen erschien ein Schatten: eine merkwürdige Form aus Eisen- und Silberstäben, die eine Sekunde lang zu erglühen schienen, als im Verlauf des Zurückrotierens in normale Dimensionen die gespeicherte Energie aus der Materie gedrängt wurde.

Und inmitten dieses Gehäuses sah man die Gestalt eines Mannes in sich zusammensinken.

Pater Ramón sprang auf die Füße: »Rasch, rasch!« befahl er den Technikern. »Helft ihm!«

Die Männer schossen nach vorn, einige, um das Gehäuse aus Metallstäben auseinanderzunehmen, andere, um Don Miguel hochzuhelfen und zu einer Chaiselongue zu führen, auf der er sich ausruhen konnte. Sklaven eilten davon, um Stärkungsmittel und Becken mit sauberem, warmem Wasser zu holen.

Kaum eine halbe Stunde war in der Halle der Zeit verstrichen, seit man ihn als Boten in die Vergangenheit geschickt hatte. Aber ganz offensichtlich war für ihn viel mehr Zeit verflossen: seine Haut war von der Sonne zur Farbe von Leder verbrannt, und seine Augen waren rot und entzündet vom Sand. Besorgt drängten sich die Generalbevollmächtigten um seine Chaiselongue, als sie sahen, wie sehr ihn das alles mitgenommen hatte. Nicht so arg wie befürchtet, stellte sich heraus, denn nachdem er ein, zwei Schluck stärkenden Likör genommen hatte, lehnte er jede weitere Hilfeleistung ab und brachte sich mühsam in sitzende Stellung. Er leckte sich über die rissigen Lippen und begann, mit undeutlicher Stimme langsam zu sprechen.

»Es ist vollbracht«, sagte er und sah sich um, als sei er noch nicht ganz überzeugt von seiner Rückkehr in die vertraute Welt. In seinem Kopf drehte sich noch alles um die Erinnerung an die große Stadt Texcoco, die unter der tropischen Sonne glühte; er war immer noch in nicht mehr als den Lendenschurz eines Indianers jener Zeit gekleidet. Die

Sklaven hatten damit begonnen, die aufgemalten Symbole von seinen Wangen zu waschen, hatten ihre Aufgabe aber erst zur Hälfte vollendet: die Teilung seines Gesichts in zwei so unterschiedliche Hälften schien bezeichnend für die Art und Weise, wie er immer noch zwischen zwei Realitäten schwebte.

Die Generalbevollmächtigten ließen Seufzer der Erleichterung hören, und Roter Bär fragte streng: »Vollbracht? Seid Ihr da ganz sicher?«

»Absolut sicher. Ich fand ohne Schwierigkeit die Werkstatt von Hungriger Wolf, genau zu einem Zeitpunkt, als er an der Maske arbeitete. Als sie vollendet war, wartete sie in seinem Haus auf die Festlichkeit, zu der sie, zusammen mit anderen Opfern, dem großen Gott Tezcatlipoca dargebracht werden sollte. Ich bewerkstelligte es, sie vor dem Tag der Festlichkeit noch einigemale zu Gesicht zu bekommen. Und am Vorabend dieses Tages kam ein Mann in die Werkstatt und stahl die Maske.«

»War es Don Arcimboldo?« fragte der Prinz.

»Vermutlich. Vielleicht.«

»Seid Ihr nicht sicher?« Zornig beugte sich der Prinz vor, aber Pater Ramón legte ihm die Hand einhaltgebietend auf den Arm.

»Unser Bruder Navarro hat seine Sache gut gemacht«, sagte er.

»Wie das, wenn er nicht bekunden kann, wer der Dieb war?« gab der Prinz zurück und blinzelte ärgerlich.

»Nun, er mußte um jeden Preis vermeiden, von Don Arcimboldo gesehen zu werden. Wären sie in der Werkstatt von Hungriger Wolf zusammengetroffen, hätte Don Arcimboldo ihn im Haus der Marquesa wiedererkannt. Das geschah nicht. Daher war es richtig, ihm nicht gegenüberzutreten.«

»Das war auch meine Überlegung«, sagte Don Miguel und stützte das Kinn müde auf eine Hand. »Und als ich nachher feststellte, daß die Maske verschwunden war, habe ich sie daher ganz einfach ersetzt – ich meine, ich ersetzte sie mit jener, die ich aus unserer Zeit mitgebracht hatte. Ich blieb noch lange genug, um mich davon überzeugen zu können, daß sie, wie geplant, bei der Festlichkeit diesem Gott geopfert wurde und ... hier bin ich nun.«

Der Prinz knurrte: »Und Ihr glaubt, Pater Ramón, daß damit alles in Ordnung ist?«

»Soweit wir das sagen können.«

»Gut. Dann muß ich schleunigst zurück nach Neukastilien. Wäre diese Verzögerung nicht dazwischengekommen, hätte ich Londres schon vor Tagen verlassen. Roter Bär, ich beauftrage Euch mit der Abwicklung der restlichen Details. Guten Tag, meine Herren.«

Er bedachte seine Kollegen mit einem kurzen Nicken und verließ die Halle der Zeit mit fliegendem Umhang und seinem Adjutanten im Schlepptau. Nach einer gedankenvollen Pause trat Roter Bär weg von Don Miguels Chaiselongue, um den Abbau der Zeitapparatur zu überwachen, und Pater Ramón blieb allein bei Don Miguel.

»Wie fühlt Ihr Euch, mein Sohn?« fragte er schließlich.

»Ich beginne, mich langsam zu erholen«, sagte Don Miguel und akzeptierte einen weiteren Schluck Likör. »Doch mein Körper ist weniger mitgenommen als mein Geist. Vor weniger als einem Tag war ich Augenzeuge eines Menschenopfers für Tezcatlipoca, und davon ist mir immer noch übel.«

»Verständlich«, meinte der Jesuit mitfühlend.

Don Miguel setzte sich aufrecht hin, verschränkte die Arme um die Schienbeine, legte das Kinn auf seine Knie und starrte ins Nichts. Nach kurzem Schweigen sagte er: »Wißt Ihr, Pater, manchmal frage ich mich, welcher Blindheit *wir* uns schuldig machen.«

»Erklärt mir, was Ihr meint«, bat der Jesuit.

»Also ... also, was ich meine, ist das: Ich entsinne mich, daß mir die Marquesa erklärte, wie sehr sie die Goldarbeiten und den Federschmuck der Azteken bewundere, und das ist wahr – ihre Handwerkskunst war einzigartig. Doch mit all ihrer Kunstfertigkeit, ihren Steinmetzarbeiten, ihren gesellschaftlichen Regeln, waren diese Leute, unter denen ich mich vor kurzem noch befand, Wilde, daran gewöhnt, dutzendweise Menschen auf die grausamste Art und Weise zu opfern. Mit all ihrem Verständnis für den Lauf der Sterne und Planeten, haben sie nie das Rad verwendet – außer, um die Spielzeugtiere ihrer Kinder beweglich zu machen. Fraglos sind wir selbst in vieler Hinsicht höherstehend. Und dennoch könnten auch wir mit Blindheit geschlagen sein für gewisse Dinge. Obwohl Borromeo uns gezeigt hat, wie wir die räumlichen Dimensionen der Materie so rotieren lassen können, daß die Welt flach wird, und wir zurückreisen können in der Zeit; obwohl wir in einer geordneten Welt leben, die im großen und ganzen von den Schrecken des Krieges frei ist – müssen wir uns dennoch fragen, ob nicht auch wir gewisse wunderbare Dinge an Kinderspielzeug verschwenden, die eine spätere Ära ihrem gerechten Nutzen zuführen wird.«

»Ja«, nickte Pater Ramón und verfolgte mit den Augen die Bewegung der Techniker, die das Gebilde aus Eisen und Silber in seine Bestandteile zerlegten. Und dann wiederholte er langsam: »Ja-a-a ...«

»Und was vielleicht noch schlimmer ist«, fuhr Don Miguel fort, »ist das Wissen, daß es – so unwürdig wir dessen sind – in unserer Macht steht, die Geschichte neu zu schreiben! Bisher ist es uns gelungen, diese Macht auf eine kleine Gruppe verläßlicher Individuen zu beschränken. Doch wenn sich von etwa tausend Bevollmächtigten dreißig als korrupt erwiesen haben – nun, dann könnten unsere Habgier, unsere Unvorsichtigkeit und unsere Gleichgültigkeit eines Tages die Geschichte zu einem Trümmerhaufen machen, zu einem Nichts im Augenblick der Schöpfung!«

Pater Ramón schien sich in seiner Soutane zusammenzuziehen. Er sagte: »Wir sind ausgestattet mit freiem Willen, mein Sohn. Und das ist fraglos eine sehr schwere Bürde.«

Mit einem ungläubigen Ausdruck auf dem Gesicht drehte Don Miguel sich auf der Chaiselongue um und starrte den Jesuiten an. »Aber ...! Pater, wie ist es möglich, daß mir dieser Gedanke noch nie gekommen ist? Mit dem Mittel der Zeitreise zu ihrer Verfügung wäre es den Sendboten des Bösen doch möglich, sich mit dem Vorsatz in die Vergangenheit zu begeben, die positiven Folgen der Handlungen anderer rückgängig zu machen? Und wäre es solchen Personen nicht auch möglich, die großen Männer der Vergangenheit mit Vorbedacht zu Schlechtem zu verführen?«

»Ihr seid sehr scharfsinnig«, bemerkte Pater Ramón nach sekundenlangem Überlegen. »Es wurde tatsächlich bereits vermutet, daß der Einfluß des Bösen, welchen wir manchmal in unserer Geschichte wahrnehmen können, die Folge eines solchen Eingriffs ist, wie Ihr ihn andeutet. Manche Theoretiker stehen sogar auf dem Standpunkt, daß es sich beim Fall der Engel, die vom Himmel herabgeschleudert wurden, möglicherweise nicht um ein Stürzen durch den Raum, sondern um ein Stürzen durch die Zeit gehandelt hat. Dies ist heutzutage eine der tiefschürfendsten theologischen Fragen.«

Don Miguel kam kurz der Gedanke, daß er eigentlich überrascht sein sollte, mit einem der erlauchten Generalbevollmächtigten ein so zwangloses Gespräch zu führen, und ganz besonders mit diesem Jesuiten, dem man nachsagte, ein sehr zurückhaltender Philosoph zu sein, der sich für gewöhnlich in den esoterischen Gefilden der höheren Metaphysik bewegte. Doch er schien außergewöhnlich zugänglich zu sein – weit mehr als etwa Roter Bär.

»Ich persönlich sehe keinen Weg, wie diese Frage überhaupt beantwortet werden könnte«, sagte Don Miguel.

»Ihr meint, die Frage, ob die guten Auswirkungen menschlicher Handlungen durch zeitliche Eingriffe zunichte gemacht werden können? Das Gute kann natürlich nicht zerstört werden, und es wäre ketzerisch, das Gegenteil zu behaupten.«

Die Schärfe der Mißbilligung in der Stimme des Jesuiten zerfetzte Don Miguels Selbstsicherheit. »In diesem Fall war es dumm von mir, meine Überlegung in Worte zu kleiden«, sagte er demütig.

»Paradoxerweise war es das Gegenteil von dumm. Es zeugt von ungewöhnlichem Scharfblick.« Pater Ramón erhob sich und schien zu einem Entschluß zu kommen. »Wenn Ihr ausgeruht seid, mein Sohn, besucht mich in meinem Privatbüro. Ich denke, Ihr verdient es, Informationen zu bekommen, die Euch bislang vorenthalten wurden.«

IX

Pater Ramóns Büro war völlig kahl; es gab keine Ziergegenstände, außer einem Elfenbeinkruzifix und einer Kerze davor, nicht einmal das übliche Porträt des heiligen Ignatius'. Es enthielt nur Bücherregale, einen Schreibtisch und zwei Stühle – einen gepolsterten, einen ungepolsterten. Der Jesuit saß auf dem ungepolsterten, als Don Miguel eintrat, was darauf schließen ließ, daß der gepolsterte seinem Besucher zugedacht war. Don Miguel setzte sich und fragte sich unsicher, in welche Informationen er eingeweiht werden sollte. Pater Ramón bot ihm Pfeife und Tabak an, welche er dankend ablehnte, und lehnte sich dann zurück, die Fingerspitzen gegeneinander gelegt.

»Bedenkt, was einen Akt des freien Willens ausmacht«, sagte er.

Die unvermutete Frage brachte Don Miguel aus der Fassung. Er murmelte eine verwirrte Antwort, die Pater Ramón ignorierte.

»Nein, er besteht darin: daß *alle* möglichen Ergebnisse verwirklicht werden.«

»*Was?*«

»Genau das. Wenn es einen freien Willen gibt – und *a priori* stehen wir auf dem Standpunkt, daß es ihn gibt –, dann müssen alle Möglichkeiten für Entscheidungen in ebensovielen Arten enden, wie es Alternativen gibt. Zu töten und nicht zu töten und nur mehr oder weniger schwer zu verwunden – *all* das muß einer Wahl unter diesen Möglichkeiten folgen.«

»Aber ich verstehe nicht! Es ... es gibt keinen *Platz,* um das wahr zu machen!«

»Nein?« Pater Ramón setzte sein schwaches Lächeln auf. »Dann geht doch an die Sache anhand eines konkreten Beispiels heran. Ihr reist in die Vergangenheit. Ihr entfernt ein entscheidendes Objekt – sagen wir, die Kugel aus der Waffe, die ein Attentäter auf einen König gerichtet hält. Das Leben oder Sterben eines Königs könnte die Geschichte verändern. Würdet Ihr daher in dieselbe Gegenwart zurückkehren, die Ihr verlassen habt?«

»Nein, natürlich nicht«, sagte Don Miguel und hörte das Zittern in seiner Stimme.

»Aber Wissen ist unzerstörbar, oder? Das Wissen, zum Beispiel, wie man eine Zeitreiseapparatur konstruiert! Gibt es daher irgendeinen Grund, warum Ihr nicht aus diesem alternativen Geschichtsablauf zurückkehren solltet, um die Kugel wieder an Ort und Stelle zu bringen? Der König stirbt – *noch einmal,* sozusagen. Und die Gegenwart, in die Ihr zurückkehrt, nachdem Ihr den Status quo ante wiederhergestellt habt, ist ... die ursprüngliche Gegenwart!«

»Pater, wollt Ihr damit sagen, daß diese Sorte von Unternehmen bereits durchgeführt wurde?«

»Seit beinahe vierzig Jahren.«

»Aber das ist doch weitaus gefährlicher als das, was die korrupten Bevollmächtigten tun!« rief Don Miguel und hatte das Gefühl, das Universum würde um ihn zu kreisen beginnen. Jedermann in der Gesellschaft wußte – und ein paar Außenstehende vermuteten es –, daß die höheren Ränge Träger ungeahnter Geheimnisse waren; es war, zum Beispiel, üblich, einen neuen Papst bei Amtsantritt auf eine Reise in die Zeit und den Wirkungskreis Jesu mitzunehmen – eine Zone der Geschichte, die jedermann sonst absolut verschlossen blieb. Aber die Versicherung zu bekommen, daß Jesus Christus nur eine Erfindung sei, hätte für Don Miguel kein schrecklicherer Schlag sein können als das, was Pater Ramón ihm soeben eröffnet hatte.

Der Jesuit betrachtete ihn ruhig.

»Daran ist nichts Verwerfliches. Wir haben nur den ehrlichen Wunsch, die Werke unseres Schöpfers zu erforschen, so daß wir Seine Allmacht um so besser verstehen lernen. Würdet Ihr einen Dieb, der eine wertvolle Uhr stiehlt, um sich ihrer um teures Geld zu entledigen, im gleichen Atemzug verdammen wie einen Lehrling der Uhrmacherkunst, der sie an sich nimmt, um den Mechanismus zu studieren und nachzubauen, damit er seine eigenen Fähigkeiten verbessern kann?«

»Natürlich nicht«, antwortete Don Miguel, während seine Gedanken wild kreisten. »Aber ... aber wenn das alles wahr ist, dann scheint es doch kaum von Wichtigkeit, ob wir in die Abläufe der Vergangenheit eingreifen oder nicht! Wir selbst stellen dann doch nicht mehr dar, als den labilen Zusammenhalt von Möglichkeiten, der Veränderung unterworfen, sobald es jemandem einfällt, die Vorschrift des Nichteingreifens zu mißachten!«

»Richtig«, sagte Pater Ramón mit steinerner Miene. »Das ist eine logische Konsequenz des Vorhandenseins von freiem Willen; in Seiner Weisheit gab Gott sie nicht nur einigen Auserwählten, sondern der ganzen Menschheit.«

Ein Schweigen folgte. Schließlich ergriff Don Miguel von neuem das Wort: »Ich nehme an, daß jedermann das voraussehen konnte, der sich die Mühe machte, in allen Einzelheiten zu durchdenken, welche Art von Zukunft uns Borromeos Entdeckung eröffnet hat.«

»Wir müssen dankbar sein, daß bis jetzt eben nur wenige Menschen dieses Problem genau durchdacht haben.« Wieder lächelte Pater Ramón fein. »Nun, Don Miguel Navarro, wie gefällt Euch das Universum, in dem wir leben?«

»Überhaupt nicht«, entgegnete Don Miguel und fand keine Worte, das Gefühl von Unbeständigkeit, Flüchtigkeit und Veränderlichkeit zu beschreiben, welches sein Gegenüber in ihm geweckt hatte.

»Nichtsdestoweniger«, sagte Pater Ramón trocken, »stehen die Dinge so. Geht nun zu Roter Bär und berichtet ihm von Eurer Reise! Und sprecht mit niemandem über das, was ich Euch gesagt habe! Denn wenn diese Wahrheit denen bekannt würde, die noch nicht bereit sind, sie zu hören – nun, dann würden die Himmel einstürzen.«

Als Don Miguel sich umdrehte und zur Tür schritt, war er überrascht, daß der Boden unter seinen Füßen immer noch fest war.

Teil Zwei

Wie es nicht geschrieben stand…

I

In strahlender Pracht und Herrlichkeit ging das Jahr des vierhundertsten Jubiläums zu Ende. Das Winterwetter war freundlich gewesen, und der Silvesterabend erwies sich als schön und mild, gewürzt mit einem Wind, dessen sanftes Kneifen gerade ausreichte, einem den Schritt zu beschleunigen und Farbe in die Gesichter der Menschen zu bringen. Bei Sonnenuntergang waren in den meisten Hauptstraßen von Londres Freudenfeuer entzündet worden, in deren Nähe Nußkrämer, Kartoffelbrater und Verkäufer von degenartigen Spießen, auf denen abwechselnd Fleisch, Nierenstücke und Zwiebeln steckten, ihre Waren ausriefen.

In der Dämmerung hatte auf der Themse ein großes Spektakel stattgefunden; Einheimische und Besucher von außerhalb waren zu Tausenden herbeigeeilt, um die beste Rekonstruktion mitzuerleben, die je von der Schlacht zwischen der allzeit siegreichen Armada und der tapferen, aber mitleiderregend unterlegenen englischen Flotte vor vierhundert Jahren präsentiert worden war – eine dank der Gesellschaft für Zeitenkunde in jedem Detail korrekte Wiedergabe.

Dennoch gab es in der Menschenmenge ein paar konservative Dickschädel, die ihre Proteste gegen das Spiel lautstark kundtaten, weil es, ihrer Meinung nach, eine Beleidigung für sie und ihre Vorfahren darstellte. Aber die meisten Zuschauer applaudierten laut, denn sie betrachteten sich alle als Untertanen des Königreiches, gleichgültig, welches Blut zufällig in ihren Adern floß: spanisches, englisches, französisches, Mohawk-, Cherokee- oder Sioux-Blut ... Bald stellte die Zivilgarde die Ordnung wieder her, und als die goldene Prunkbarkasse mit Seiner Allerkatholischesten Majestät, Philipp IX., *Rey y Imperador,* an Bord in Sicht kam, hallte der begeisterte Schrei, der sein Erscheinen begrüßte, durch ganz Londres.

Der König verbeugte sich huldvoll lächelnd nach allen

Seiten, während er durch dieselben Gewässer gerudert wurde, die kurz zuvor noch von den Bränden der nachgespielten Schlacht blutrot gewesen waren. Ein zweites Galaboot folgte, diesmal mit dem Kronprinzen, seiner Gemahlin, der Kronprinzessin, und ihren Kindern an Bord. Und gleich danach erschien die Barkasse des Prinzen von Neukastilien. Das königliche Schiff trug sechzehn Ruderer an jeder Seite, die Boote seiner Söhne zwölf, und an einem der Ruder schwitzte und fluchte Don Miguel Navarro.

Wer, zum Teufel, auch immer sich diese feinsinnige Huldigung an die königliche Familie ausgedacht hat, sollte sich, der Gerechtigkeit halber, zusammen mit allen anderen in die Riemen legen, dachte Don Miguel. Aber er war ziemlich sicher, daß dies nicht der Fall war, denn dieser Mensch umgurrte und umtänzelte in diesem Augenblick ganz gewiß den König oder den Kronprinzen.

Obwohl es flußabwärts ging, kämpften die Ruderer gegen das letzte Branden der Flut an, und es war Schwerarbeit, den Anschluß an die Prunkbarkasse des Königs nicht zu verlieren, da diese acht Ruder mehr besaß und weniger schwer beladen war. Als Geste der Huldigung schien die Idee großartig; als Tätigkeit war sie scheußlich.

Es war nur ein geringer Trost zu wissen, daß diese Zeremonie das Ergebnis monatelanger Intrigen bei Hof war, und daß der Prinz von Neukastilien, weil er Großmeister der Gesellschaft für Zeitenkunde war, an diesem Silvesterabend als Gastgeber für seinen Vater, seinen älteren Bruder und eine Meute ausländischer Würdenträger fungierte, von denen der höchstrangige der Botschafter der Östlichen Konföderation war. Sicherlich stellte es eine große und außergewöhnliche Ehre für die Gesellschaft dar, daß man sie als Zentrum für den Höhepunkt des Jubiläumsjahres gewählt hatte, aber wie so viele königliche Gunstbezeigungen hatte auch diese ihre Nachteile. Don Miguel bemühte sich, den Schmerz in seinen Armen zu ignorieren, und dachte an die weißen Elefanten – heilig, daher gezwungenermaßen durchzufüttern, ungeachtet der Kosten –, welche die Könige von Siam angeblich jenen Untertanen zum Geschenk machten, welche sie vorhatten zu ruinieren.

Doch Don Miguel war ohnedies nicht in der Stimmung für Lustbarkeiten; zu sehr litt er noch an den Nachwirkungen dessen, was Pater Ramón ihm vor kurzem betreffend die Erforschung alternativer Zweige der Geschichte seitens der Gesellschaft anvertraut hatte. Mit Freunden, an einem Ort und in Gesellschaft seiner eigenen Wahl, hätte er möglicherweise einen passablen Silvesterabend verbringen können, aber wie die Dinge standen, war er gezwungen, nach dieser unangenehmen Pflicht auch noch den ganzen Abend im Palast des Großmeisters in Greenwich als Betreuer für allerlei noble Idioten zu fungieren. Und er wußte genau, daß er unter den jüngeren Bevollmächtigten auf den Ruderbänken nicht der einzige war, der dachte, daß sich dies möglicherweise als unerträgliche Bürde herausstellen könnte.

Wahrscheinlich konnten die vielen Menschen, die dieser prächtigen Prozession auf dem Wasser vom Ufer aus zusahen, sich nicht vorstellen, daß jemand Einwände gegen eine Teilnahme an diesem Empfang hätte. Und wenn das Spektakel vorbei war, dann würden sie neidisch seufzend auseinandergehen, an das großartige Fest beim König denken und sich wünschen, sie wären prominent genug, dazu eingeladen zu sein.

In bitterem Gegensatz dazu saßen Don Miguel und seine Leidensgenossen schwitzend an ihren Rudern und beneideten die einfachen Leute, die weggingen, um den Silvesterabend mit ihren Familien zu verbringen oder in die lauten Vergnügungen einzustimmen, die bis in die frühen Morgenstunden die Straßen mit ihrem Lärm erfüllen würden.

»Man möchte meinen«, knurrte er und wählte eine von den vielen Schmerzen aus, die ihn plagten, »daß in der Prunkbarkasse eines Prinzen zumindest die Sitze ordentlich gepolstert sein müßten!«

Sein Gegenüber auf der anderen Seite des Bootes, auch ein Bevollmächtigter seines Alters, dessen Name Don Felipe Basso war, zog die Oberlippe kraus. »Mir scheint, Miguel, du wärst heute abend lieber woanders!« entgegnete er mit leiser Stimme.

»Da war Mazedonien noch besser als das hier«, nickte Don Miguel und bezog sich damit auf seinen dienstlichen Einsatz im Zeitalter Alexanders des Großen; von dort stammte die Narbe, die sonst nur sein Lächeln etwas verzerrte, heute aber aus seinem finsteren Ausdruck einen geradezu grimmigen machte. Damals hatte er auch Don Felipe kennengelernt ...

»Don Miguel, haltet den Takt!«

Von seinem Platz im Heck des Bootes stieß Don Arturo Cortés den Befehl in seiner schrillen, beißenden Stimme aus. Er saß in seinem prächtigsten pflaumenfarbenen Cape und den schneeweißen Samthosen auf einem hochrückigen goldenen Stuhl mit Plüschpolster und versuchte, sich als Aufseher der Amateurruderer ins beste Licht zu stellen. Er war einer der ältesten Bevollmächtigten der Gesellschaft unter dem Rang eines Generalbevollmächtigten und hatte bereits etliche Expeditionen in die Vergangenheit geleitet; er galt allgemein als Nachfolger von Roter Bär als Administrator für den Außendienst. Irgendwie war er in den Besitz eines Zeremonienstabes der Generalbevollmächtigten gekommen, den zu tragen er noch kein Recht hatte, und benutzte ihn als Stock, mit dem er für die Ruderer den Takt schlug. Solch eine dünkelhafte, anmaßende Geste war typisch für seine übertriebene Einschätzung der eigenen Person.

Don Miguel schluckte die Antwort hinunter – er saß zu nahe an dem Gobelinpavillon, in dem sich der Prinz befand, und mußte flüstern, um nicht drinnen gehört und möglicherweise deshalb heruntergeputzt zu werden – und legte sich gehorsam in die Riemen. Als Don Arturos Aufmerksamkeit sich einem anderen Objekt zugewandt hatte, sprach Don Felipe leise weiter:

»Er scheint dich nicht zu mögen, Miguel!«

»Wer – Don Arturo? Das beruht auf Gegenseitigkeit. Ich mag ihn auch nicht.«

»Schneller, ein bißchen schneller!« krächzte Don Arturo, erhob sich und streckte seinen Stab aus wie ein Dirigent. »Wir fallen zu weit zurück!«

Als schließlich die Barkasse sanft am Kai neben dem Palast des Großmeisters anlegte, war Don Miguels Hinterteil blaugeklopft, seine Hände waren wund vom Ruder und seine Gereiztheit fast am Siedepunkt. Groll im Gesicht, blieb er auf seiner Bank sitzen und sah zu, wie Don Arturo mit gewohnt übertriebener Geschäftigkeit das Anlandgehen des Prinzen leitete. Doch mit einem Teil seiner Gedanken beschäftigte er sich mit der Frage, ob er nicht in seinem eigenen Interesse versuchen sollte, der Abneigung, auf die sich Felipe bezogen hatte, entgegenzuwirken. Es war Don Miguel klar, wo sie ihren Ursprung hatte. Jedermann schien der Ansicht zu sein, daß er die jüngste Affäre um die geschmuggelte Aztekenmaske recht geschickt angefaßt hatte, und in der Tat trug er heute zum erstenmal das äußere Zeichen des Wohlwollens vom Großmeister, nämlich den juwelenbesetzten Kragen mit dem Stern des Ordens der Sense und des Stundenglases, welche der zynische alte Borromeo persönlich als Emblem der Gesellschaft gewählt hatte.

Es ging ihm kurz durch den Kopf, daß er mit ein wenig Klugheit diese neue Ehre dazu benutzen hätte können, der Verpflichtung auf der Ruderbank zu entgehen. Aber es lag nicht in seiner Natur, an solche Dinge zu denken.

Don Arturo stand in dem Ruf, es jedem jüngeren Mitglied der Gesellschaft übelzunehmen, wenn es einen zu auffälligen Erfolg errang. An der Art, wie er Don Miguel in letzter Zeit behandelt hatte, bestätigten sich diese Behauptungen. Und es wäre seinem eigenen Wohlbefinden sicher zuträglicher, dachte er, vor Don Arturo ein wenig zu katzbuckeln.

Aber damit würde er heute abend sicher noch nicht beginnen. Nicht nach Don Arturos Benehmen auf der Barkasse.

»Willst du die ganze Nacht hier sitzen bleiben, Miguel?« fragte Don Felipe und schlug seinem Freund auf die Schulter. »Hast du plötzlich deine Liebe für diesen schlecht gepolsterten Sitz entdeckt?«

Don Miguel seufzte und erhob sich mit einem trübseligen Blick auf seine Handflächen. »Warum habe ich nicht daran gedacht, ein Paar Lederhandschuhe mitzubringen, statt meine besten seidenen, die sich am Rudergriff in Fetzen gerissen hätten? Was soll's, es ist vorbei, und dafür bin ich dankbar. Wie lange, glaubst du, werden wir brauchen, um etwas Trinkbares zu finden?«

Mit Don Felipe gesellig Arm in Arm schritt er auf die Laufplanke zu.

Der Prinz war bereits an Land gegangen. Ein roter Teppich bedeckte den Kai, und eine Bahn aus demselben Material führte über den grünen Rasen hinüber zum großen Säulengang des Palastes. An jeder Seite des Teppichs standen unbeweglich riesige Guineer mit lodernden Fackeln, um den Weg zu beleuchten; als hätte eine Fee sie dort hingehängt, pendelten verschiedenfarbige Glaskugeln mit brennenden Kerzen darin von den Ästen der Bäume und glühten rot, gelb und blau zwischen künstlichem Laub. Jedes Fenster des Palastes war hellerleuchtet, mit Ausnahme jener in den beiden oberen Stockwerken, wo die Diener und Sklaven unter dem Dach ihre Quartiere hatten. Ebenso dunkel waren die hohen Fenster des großen Mittelturms, wo sich des Großmeisters eigene Zeitapparatur befand. Don Miguel hatte das unbestimmte Gefühl, daß, noch ehe die Nacht um war, zumindest eine Person dazu überredet sein würde, einen königlichen oder adeligen Gast hinaufzuführen in diesem Turm, um ihm das faszinierende Spielzeug zu zeigen – was die bedauernswerten Techniker natürlich dazu zwingen würde, morgen in langwieriger Arbeit die komplizierten Einstellungen neu zu justieren.

Die Klänge einer Musikkapelle, die die neueste Tanzmusik spielte, drangen vom Palast herab. Momentan waren die monoton gesungenen Melodien der Mohawks, zu denen intensiv getrommelt wurde, in Mode, und als Prinz von Neukastilien verfügte der Großmeister natürlich über die besten amerikanischen Musiker.

Durch die riesigen Fenster neben der Eingangstür der Haupthalle konnte Don Miguel die Generalbevollmächtigten der Gesellschaft ausmachen, die darauf warteten, den König zu begrüßen, der jetzt schon fast vor der Schwelle stand. Naturgemäß war Roter Bär mit seinen schweren schwarzen Zöpfen am leichtesten zu identifizieren – und genauso naturgemäß war einer der Generalbevollmächtigten nicht anwesend. Pater Ramón würde erst später kommen.

Umgeben von einer schwatzenden Schar Höflinge folgten die beiden königlichen Brüder und die Kronprinzessin dem König zu dem Gebäude, während die Bootsleute der Gesellschaft die dickbäuchigen Schiffe wieder übernahmen, um sie zurück in die Bootshäuser zu rudern; ihre Gesichter verrieten ihren Verdacht, daß diese hochrangigen Amateure ihren wertvollen Barkassen irgendeinen schrecklichen Schaden zugefügt haben könnten. Ein Großteil der provisorischen Besatzung hatte sich bereits im Schlepptau des Königs in Richtung Palast auf den Weg gemacht.

»Los, bewegt euch, ihr beide!« Seine Stimme noch schärfer als sonst, kam Don Arturo geschäftig über den Kai und gestikulierte wild mit der Hand. »Seht ihr nicht, daß die Anlegestelle freigemacht werden muß? Dort draußen auf dem Fluß ist schon die Barkasse des Botschafters der Konföderation – wir dürfen ihn nicht warten lassen!«

Jetzt, wo der Großmeister außer Hörweite war, hätte Don Miguel ihm eine scharfe Antwort gegeben, aber Don Felipe hielt ihn besonnen davon ab, indem er seine Finger fest um seinen Oberarm schloß. Zusammen gehorchten sie Don Arturos Anordnungen, während die Bootsleute hastig davonruderten, um den nächsten Ankommenden Platz zu machen.

»Komm, Miguel«, drängte Don Felipe, »sonst geraten wir in das Gefolge des Botschafters. Wir wollen es uns nicht verdrießen lassen, oder?«

»Ach, ich bin schon verdrossen genug.« Don Miguel riß seinen Blick los von dem hochaufragenden, von Laternen beleuchteten Schiff, das sich mit klatschenden Rudern den Fluß herab auf sie beide zu bewegte, und wandte sich hinauf zum Rasen. »Du erwartest, dich heute abend recht gut zu amüsieren, nicht wahr, Felipe?«

»Ich? Ich amüsiere mich überall. Aber du siehst aus, als hätte sich die Hand der Verderbnis auf dich gelegt!«

»So? Dann weiß ich auch genau, wohin«, seufzte Don Miguel trübsinnig und rieb sich den Hosenboden.

Don Felipe lachte, hakte sich bei seinem Freund unter und drängte ihn den Hang hinauf zu den Lichtern des Palastes.

II

Die große Halle des Palastes, das Zentrum des feierlichen Empfanges, war prunkvoll geschmückt und bemerkenswert warm – in den Augen der meisten jüngeren Bevollmächtigten ein großer Vorteil, nicht, weil sie selbst die Hitze so sehr schätzten, sondern weil sich die hübschen Mädchen, die man eingeladen hatte, in ihren dünnsten und durchsichtigsten Abendkleidern zeigen konnten. Doch Don Miguel, der vom Rudern in seiner unbequemen, formellen Aufmachung bereits in Hitze geraten war, fand daran nichts Beeindruckendes. Außerdem setzte ihn ein erster Blick schon davon in Kenntnis, daß das Gewühl da drinnen ärger war als jenes in einem Ameisenhaufen, wenn man darin stocherte. Das chaotische Kommen und Gehen rührte von der Tatsache her, daß die Gäste von beiden Seiten des Hauses eintraten: von der Landstraße her und vom Kai am Fluß aus. In der Folge bewegte sich alle paar Sekunden eine Woge von Standespersonen mit einem Guineer an der Spitze in der einen oder anderen Richtung durch die Halle, damit sie den Vorschriften des Protokolls entsprechend die Neuankömmlinge begrüßen konnten.

Paradoxerweise hob der Anblick dieses Tumults die Laune Don Miguels ein wenig. Bei einer solchen Ansammlung von Menschen war es vorstellbar, daß er es schaffte, übersehen zu werden, daß es ihm gelang, sich in irgendein ruhiges Kämmerchen zurückzuziehen und seine düstere Stimmung mit einem Krug Wein zu würzen. Er gab eine bedeutungslose Antwort auf eine Bemerkung Don Felipes betreffend die Qualität der anwesenden Damen und ließ die Augen herumwandern auf der Suche nach einer Fluchtmöglichkeit.

Und dann hörte er, wie sein Name gerufen wurde.

Seine Stimmung verdüsterte sich noch mehr, als er sich umwandte und Roter Bär sah, der gebieterisch in seine Richtung gestikulierte, während er gerade auf dem Weg war vom Eingang am Flußufer – wo der Botschafter der Konföderation soeben eintrat – zur landseitigen Tür. Eine Aufforderung wie diese konnte man nicht ignorieren. Er drängte sich also in das Kielwasser von Roter Bär, und Don Felipe, den die Aufforderung mit eingeschlossen hatte, begleitete ihn.

»Ich glaube, das wird uns Spaß machen«, sagte Don Felipe leise. »Kannst du erkennen, wer das ist, der gerade aufgetaucht ist?«

Der Majordomo neben dem landseitigen Eingang hatte eine volltönende Stimme, aber das Plätschern der Konversation und der Lärm der Musik machten es schwer, die Namen zu verstehen, die er ausrief. Offenbar bezog Don Felipe sich auf die Gruppe von drei Personen – einen älteren Mann und zwei junge Mädchen –, die unter dem breiten, doppelten Torbogen stand, doch Don Miguel kannte keinen von ihnen.

Er wollte das soeben aussprechen, als Roter Bär, der das Trio bereits gesehen hatte, sich umwandte und die beiden jungen Männer erneut herbeiwinkte. Sie traten vor und verbeugten sich.

»Euer Gnaden!« Man hatte das Gefühl, daß diese Förmlichkeit Roter Bär mit seinem Mohawk-Hintergrund außerordentlich zusagte. »Ich habe das große Vergnügen, Euch Don Felipe Basso, Ordentlicher Bevollmächtigter der Gesellschaft für Zeitenkunde, und Don Miguel Navarro, Ordentlicher Bevollmächtigter und Ritter des Ordens der Sense und des Stundenglases, vorzustellen. Don Miguel, Don Felipe: Seine Gnaden, der Herzog von Scania, Botschafter des Vereinigten Königreiches von Schweden und Norge – Lady Ingeborg, Lady Kristina.«

Also vermutlich seine Töchter. Don Miguel machte eine weitere Verbeugung und warf einen zweiten Blick auf die beiden. Sie sahen einander sehr ähnlich und auch dem Herzog – sie waren beide groß und schlank und hatten das glänzende blonde Haar, welches auf dem Löwenschädel ihres Vaters schon fast schneeweiß war. Ihre Augen waren groß und blau, die Haut wie Milch und beider Abendkleider sichtlich von einem Meister seines Fachs angefertigt. Ohne Verzierung und ohne Stickerei sahen sie hinreißend aus und übertrafen den barocken Putz der meisten anderen Damen bei weitem.

»Es ist mir eine Ehre!« sagte Don Felipe enthusiastisch, und Don Miguel imitierte ihn einigermaßen überzeugend.

»Don Miguel, Don Felipe«, schloß Roter Bär, »ich beauftrage Euch – und ich bin sicher, daß Ihr den Auftrag erfreulich finden werdet –, diese beiden jungen Damen heute abend zu begleiten.«

Don Felipe verbeugte sich wieder, diesmal mit bravourösem Schwung, und grinste wie eine sattgefressene Katze. Lady Ingeborgs Augen begannen zu glänzen; sie war, nach Don Miguels Schätzung, etwa ein Jahr jünger als ihre Schwester.

Im Vergleich zu Don Felipe fühlte Don Miguel sich wie ein unbeholfener Bauer, als er ein paar leere Floskeln der Förmlichkeit äußerte. Nicht, daß Lady Kristina, der er zufällig gegenüberstand, nicht außergewöhnlich hübsch gewesen wäre: doch in seiner momentanen Stimmung wäre die letzte Art von Gesellschaft, die er sich gewünscht hätte, jene eines emanzipierten Mädchens gewesen. Er war noch nie in

Schweden oder Norge gewesen, die beide eine merkwürdige Enklave bildeten, wo die Menschen einer schismatischen Religion angehörten und sich verbissen nur um ihre eigenen Dinge kümmerten, ja, sich auch weigerten, Bündnisse mit dem Königreich oder der Konföderation einzugehen; er wußte jedoch, daß in ihrem Gesellschaftssystem die Frauen sogar das Recht hatten, an der Wahl der Mitglieder des Things teilzunehmen. Alle seine Freunde, die mit Mädchen aus diesem Teil der Welt bereits einen Flirt gehabt hatten, hatten ihn warnend darauf aufmerksam gemacht, daß diese Mädchen es erwarteten – ja verlangten –, so behandelt zu werden wie zu Hause.

Und was den momentanen Zeitpunkt anging, so hatte ihm zumindest sein letztes Scharmützel mit der Marquesa das Thema der Gleichstellung der Geschlechter komplett vergällt.

Aber vielleicht würden die Töchter eines Herzogs in ihrem Auftreten ein bißchen konventioneller sein ...? Nein, das würden sie nicht. Undenkbar, daß ein anderes Mädchen dieses gesellschaftlichen Ranges bei einem solchen Empfang ohne zumindest eine Anstandsdame und zusätzlich einem halben Dutzend Zofen als Gefolgschaft erschienen wäre ...

Aber was soll's ...

»Ich bin sicher, daß gut auf euch aufgepaßt werden wird, meine Lieben«, sagte der Herzog in exzellentem Spanisch und lächelte. »Geht nur und unterhaltet euch gut. Ich habe bereits einige Leute gesehen, mit denen ich vorhabe, heute abend ein paar Worte zu wechseln. Also braucht sich um mich niemand zu kümmern.« Er nickte Roter Bär zu.

Don Miguel unterdrückte den Drang zu seufzen.

Die ersten Schritte wurden ganz automatisch getan: Beschaffung von Getränken, ein paar Bemerkungen über das milde Wetter in diesem Winter und einige Worte über die Schlacht am Nachmittag. Und dann versiegte Don Miguels Phantasie. Aus irgendeinem Grund wanderten seine Gedanken ab in ein Seitengäßchen der lebhaften Erinnerung an seine wunden Hände und die harte Ruderbank, und wenn sie wieder in die Gegenwart zurückkehrten, dann fand er sich unweigerlich inmitten eines langen und unhöflichen Schweigens. Don Felipe und Lady Ingeborg schwatzten immens lebhaft an der Rückseite einer dicken Säule, neben der alle vier ihren Platz eingenommen hatten; und Don Miguel war vage davon überzeugt, dazustehen wie ein Tölpel.

Es kam als große Erleichterung, als Lady Kristina sich entschloß, mit dieser nordischen Direktheit, von der er erwartet hatte, sie abstoßend zu finden, seine Unzulänglichkeit wettzumachen. Sie hob einen Finger und berührte den Stern, der auf der Brust seines zerknitterten Hemdes hing.

»Navarro«, sagte sie. »Natürlich! Seid Ihr nicht jener Don Miguel Navarro, der dafür verantwortlich war, diese Sache mit der aztekischen Maske wieder auszubügeln, die zu solch einer Katastrophe hätte werden können?« Sie sprach so gut Spanisch wie ihr Vater.

Leicht in Verlegenheit gebracht nickte Don Miguel. »In der Tat ... Aber wie, um alles in der Welt, habt Ihr davon erfahren? Es war nicht ... ah ... nicht unbedingt Gegenstand öffentlicher Bekanntmachungen!«

Lady Kristina ließ ein quecksilbriges Lachen hören. »Oh, diese Bescheidenheit eines spanischen Edelmannes! Treibt Ihr die hier, im Königreich, nicht manchmal ein bißchen zu weit? Auch wenn es nicht wortwörtlich in den Zeitungen stand, so muß doch etwas, das zu der Auszeichnung führt, die Ihr da tragt, unweigerlich zum Gegenstand des Klatsches werden. Und eines verrate ich Euch: Von allen Orten der Welt sind Botschaften jene, wo sich der Klatsch – und ganz besonders der skandalumwitterte – am liebsten und schnellsten niederläßt!«

Sie lachte leise und boshaft, und Don Miguel spürte, wie sich ein schiefes Lächeln auch auf seine eigenen Züge legte. Er sagte: »In diesem Fall, Mylady, bin ich sicher, daß der Klatsch die Rolle, die ich bei dieser Affäre gespielt habe, ins Übertriebene verzerrt hat!«

Sie hob die milchweißen Schultern, die aus ihrem glatten, doch vollkommenen Abendkleid hervorblühten. »Zweifellos, zweifellos! Dennoch – wenn ich Euch darum bäte, mir zu erzählen, was tatsächlich geschah, würdet Ihr Euren eigenen Part sicherlich in höchstem Maße herunterspielen, und dann noch davon überzeugt sein, die Wahrheit zu sprechen.«

Unwillkürlich formten sich steife, abwehrende Worte auf Don Miguels Lippen, hervorgerufen von dem Verdacht, sie würde ihn nun gleich darum ersuchen, seine Version der Geschehnisse zum besten zu geben, und diese Aufforderung mit jener Sorte überschwenglicher Schmeichelei tränken, die man erwarten könnte von jemandem wie ... nun, Catalina di Jorque, zum Beispiel. Er wollte gerade sagen: ›Ich fürchte, ich kann darüber nicht sprechen. Ich stehe als Mitglied der Gesellschaft für Zeitenkunde unter dem Siegel der Verschwiegenheit.‹

Gerade noch rechtzeitig erkannte er, daß sie nichts dergleichen vorhatte, sondern sich umsah nach einem Platz, wohin sie ihr leeres Glas stellen konnte. »Nun gut«, sagte sie, »wenn Ihr schon nicht willens seid, Euch mit mir zu unterhalten, so könnt Ihr mich wenigstens um diesen Tanz bitten.«

Etwas aus der Fassung gebracht führte er sie zur Tanzfläche. Tatsächlich erwies sie sich als sehr gute Tänzerin, die mit ihrer muskulösen Grazie alles vergessen ließ, was er bisher an züchtigem Jungmädchengetrippel kennengelernt hatte. Obwohl sie ihm fremd waren, fand er diese kraftvollen Bewegungen höchst erfrischend, und als sie den Saal zum erstenmal umrundet hatten, fand er beinahe schon Gefallen an diesem Tanz.

Und als er Don Felipe und Lady Ingeborg vorbeiwirbeln sah, bemerkte er, daß er nicht allein war damit: Sein Freund zwinkerte ihm über die schöne Schulter seiner Partnerin hinweg verschwörerisch zu – was das Mädchen nicht sehen konnte, da die beiden bereits Wange an Wange tanzten. Offenbar enthielten die etwas verleumderischen Behauptungen über die Moral der skandinavischen Mädchen doch ein Körnchen Wahrheit, auch wenn es sich dabei um die Töchter eines ...

Seine Gedanken machten einen plötzlichen Sprung, und er hielt mitten in einem Tanzschritt inne.

»Du lieber Himmel, was ...?« begann Lady Kristina. Sie drehte sich um und folgte Don Miguels Blick. »Oh, oh!« flüsterte sie halblaut. »Möchtet Ihr Euch aus dem Staub machen?«

Er wünschte sich viel zu sehr, verschwinden zu können, um sich zu fragen, wieso sie eigentlich auf diese Idee kam. Automatisch reichte er ihr den Arm, um sie von der Tanzfläche zu führen, ließ es sich aber gefallen, in einen der Seitengänge gezogen zu werden, die von dem großen Saal wegführten. Und erst, als sie um eine Ecke gebogen und damit in Sicherheit waren, bemerkte er seinen Faux-pas und sah sie verwirrt an.

»Ääh ... es tut mir schrecklich leid!« rief er aus.

»Warum?«

»Nun, Euch so jäh wegzureißen ... Das war unverzeihlich rüde. Ihr müßt mich für einen ungehobelten Klotz halten!«

Wiederum ließ sie ihr Quecksilberlachen hören, nur warf sie diesmal den Kopf dabei zurück und genoß es. »Mein lieber Don Miguel, wollen wir der Sache doch auf den Grund gehen! War das nicht die Marquesa di Jorque, die Ihr soeben eintreten saht?«

Er nickte.

»Und – Klatsch oder kein Klatsch – ist es nicht richtig, daß Ihr kürzlich in etwas verwickelt wart, das sie in aller Öffentlichkeit zum Narren gemacht hat?«

Wiederum nickte er.

»Und wart Ihr nicht erschüttert bis ins Mark, als sie jetzt hier auftauchte, bei einer offiziellen Feier, zu der sie – wie Ihr erwartet habt – nicht in tausend Jahren eingeladen werden könnte?«

Er fand seine Stimme wieder. »Ja, Mylady«, gab er kläglich zu. »Ich kann nur annehmen, daß einer ihrer Freunde oder Verwandten ihr auf ... ah ... verschlungenen Wegen eine Einladung beschaffen hat können, möglicherweise um die schroffe Behandlung wieder gutzumachen, die sie seitens der Gesellschaft erfahren hat.«

»Also habt Ihr den verständlichen Wunsch, ihr aus dem Weg zu gehen. Nun, ich habe keine Einwände. Das wenige, das ich über Euch weiß, läßt darauf schließen, daß Ihr innerhalb Eures Schneckenhauses ein recht interessanter Mensch seid; und was ich von Catalina di Jorque weiß, läßt darauf schließen, daß sie es wert ist, ihr aus dem Weg zu gehen – auch wenn sich das als aufwendig erweisen sollte. Wir wollen ein Plätzchen suchen, wo wir uns niederlassen und plaudern können, ja? Ich nehme an, diese Räume sind uns zugänglich. Und, nebenbei bemerkt, hört auf, mich ›Mylady‹ zu nennen – daheim nennt mich niemand außer Bauern und Händlern so. Ich heiße Kristina.« Sie öffnete die nächste Tür und lugte in den Raum dahinter. »Ja, das geht. Und wir wollen uns auch etwas Trinkbares besorgen, damit wir in Form bleiben.«

Etwas benommen folgte Don Miguel ihren Gedankengängen und holte sie an diesem Punkt angekommen ein. Er blickte sich um und sah ein Guineamädchen den Gang entlangkommen, ein Tablett mit Weingläsern in den Händen. Er rief sie, und sie folgte ihm gehorsam in das Zimmer, wo sie ihnen mit einem Knicks das Tablett entgegenhielt.

Kristina nahm sechs Gläser und reihte sie zur sichtlichen Verblüffung des Guineamädchens ordentlich auf einem Tischchen auf. Als die Sklavin wieder ging, warf Kristina ihr einen Blick nach. »Mmm! Sehr hübsch! Ich wollte, ich würde so aussehen. Guineamädchen sind so sexy, findet Ihr nicht? Don Miguel, ich mag Euch, Ihr seid so nett schockiert. Das läßt Euer Gesicht von innen erglühen, wie die Glaskugeln mit den Kerzen darin, die sie an alle Bäume gehängt haben.«

Sie setzte sich lächelnd an das Ende eines weichen Sofas mit dicker, goldgeprägter Lederpolsterung und griff nach dem ersten Glas Wein auf dem Tisch. Don Miguel tat hastig das gleiche, um ihr »Skol!« erwidern zu können.

Sie wischte sich über die Lippen und fuhr fort: »Aber sagt mir eines. Schon bevor die Marquesa di Jorque auftauchte, war ganz deutlich zu erkennen, daß Ihr Euch gar nicht amüsiertet. Hoffentlich ist das nicht meine Schuld – doch wenn es so ist, dann braucht Ihr es nur zu sagen, ich werde nicht beleidigt sein! Ich hasse diesen verstaubten Brauch, die Leute einander so aufzudrängen, nur damit keine Mauerblümchen übrigbleiben, und es würde mir wirklich nichts ausmachen ...«

»Keineswegs, keineswegs!« unterbrach Don Miguel sie. »Es hat überhaupt nichts damit zu tun, daß ich gebeten wurde, als Euer Begleiter zu fungieren.«

»In dem Fall ist es dann vermutlich die Aussicht, diesen Abend schwitzend durchstehen zu müssen, die Euch so trübsinnig macht. Sagt mir, was wird heute abend noch geschehen?«

Plötzlich brach Don Miguels Gegenwehr zusammen. Es war unmöglich, sich zu dieser gewinnend freimütigen jungen Frau nicht hingezogen zu fühlen. Er lachte leise in sich hinein, und die Fröhlichkeit blies die Wolken von seinen Gedanken weg.

»Um ganz ehrlich zu sein«, begann er, »wird vermutlich folgendes geschehen: Roter Bär, der die Schwäche der Mohawks für Feuerwasser besitzt, wird um etwa neun oder zehn Uhr feststellen, daß er ein besserer Trommler ist als jeder Berufsmusiker. Es wird *jedermann* äußerst peinlich sein. Der Botschafter der Konföderation wird abschätzige Bemerkungen über unsere Festlichkeit fallen lassen und sie heruntermachen im Vergleich zum Winterkarneval auf der Neva. Alle werden wild drauflostrinken, weil die Konversation plötzlich flau zu werden beginnt. Gegen Mitternacht wird Pater Ramón erscheinen, um die Messe in der Kapelle der Gesellschaft zu zelebrieren, und danach sind wir wenigstens die königliche Familie los. Daraufhin werden alle das würdevolle Auftreten sein lassen, und die anwesenden jüngeren Bevollmächtigten und Anwärter werden vielleicht noch zu ihrem Vergnügen kommen. Viele sind nicht anwesend. Sie hatten genügend gesunden Menschenverstand, um in der Stadt zu bleiben und sich dort zu unterhalten, ausgenommen jene Bedauernswerten, die heute im Hauptquartier Dienst haben.«

»Das klingt entmutigend«, murmelte Kristina nachdenklich. »Lieber wäre ich mit Leuten zusammen, die wirklich Spaß an dem allen haben ... Ich nehme an, Ihr müßt an dieser Mitternachtsmesse teilnehmen?«

Don Miguel nickte heftig. »Jedes Mitglied der Gesellschaft, das nüchtern ist – und das heißt, daß man verdammt gut daran tut, wenigstens nüchtern auszusehen! – ist verpflichtet dazu. Sie ist eines der Hauptereignisse des Jahres bei uns.«

Er vermied es, die Einzelheiten anzuführen, die es zu einem solchen Ereignis machten. Es gab gewisse Dinge, die man Außenstehenden gegenüber einfach nicht erwähnte.

Kristina kam zu einem plötzlichen Entschluß. Sie erhob sich und sagte resolut: »Miguel, laßt uns gehen und uns zu Leuten gesellen, die fröhlich sind! Wir haben genug Zeit, nach Londres hineinzukommen und rechtzeitig zum Mitternachtsgottesdienst wieder zurück zu sein, nicht wahr? Wie wäre es, wenn Ihr Euch nach einer Kutsche umsehen würdet?«

Unbeschreiblich erstaunt spürte Don Miguel, wie ihm die Kinnlade herabfiel. Unter großen Anstrengungen hob er sie wieder und sagte: »Wißt Ihr – das ist eine absolut großartige Idee!«

III

Es gab keinen Zweifel, dachte Don Miguel zufrieden, daß dies eine weitaus bessere Art und Weise war, die Silvesternacht zu verbringen, als im Palast des Großmeisters: herumzuwandern in der Menge fröhlicher Menschen, ein schönes Mädchen am Arm, und hinter der Anonymität allgemein üblicher Halbmasken, die sie von einem ambulanten Händler gekauft hatten, aus gar keinem besonderen Grund allerlei Dummheiten zu machen und häufiger zu lachen als je zuvor in seinem ganzen Leben. Er war von Natur aus ein ernster Mensch, und der Gedanke kam ihm, daß er vielleicht allzu ernst war.

Kurz nachdem sie die Nordseite des Flusses erreicht hatten, verließen sie die Kutsche. Bei fahrbaren Buden hatten sie heiße Kastanien und heißen, gewürzten Wein gekauft, waren stehengeblieben, um eine Weile einem Akrobaten und einem Zauberkünstler zuzusehen, hatten dann auf der Königin-Isabella-Allee eine Zurschaustellung afrikanischer Tiere besucht und anschließend in die frivolen Gesänge einer Truppe Straßenkomödianten eingestimmt. Und nun waren sie im Zentrum der Stadt angelangt, auf dem Reichsplatz, wo fünf breite Straßen zusammenliefen. Hier spuckte und fauchte ein Freudenfeuer, wenn Feuerwerkskörper hineingeworfen wurden; eine Musikkapelle spielte alte Volkslieder, und die Menschen tanzten im Licht der Flammen auf der Straße.

In der letzten Stunde war es ziemlich kalt geworden, und Kristina, die über ihrem dünnen Abendkleid nur einen leichten Reiseumhang trug, rannte vor, um sich die Hände an dem Feuer zu wärmen. Sie warf das lange Haar zurück, drehte sich nach Don Miguel um, und ihre Augen glitzerten hinter der schwarzen Maske.

»Ach, Miguel! Ich hätte nie gedacht, daß die Menschen dieser feuchten, nebligen Inseln es so gut verstehen, sich zu amüsieren!«

»Wir Spanier haben ein bißchen Sonne aus dem Süden mitgebracht, als wir England eroberten, und eine Spur davon steckt immer noch in unseren Knochen.« Don Miguel grinste. »Sicher, man trifft hie und da Leute, die gegen Festlichkeiten wie diese hier wettern, als wäre es Sünde, sich zu unterhalten, aber Gott sei Dank sind die meisten Leute zu vernünftig, um auf ihre Argumente zu hören. Ist das, was

Ihr hier gesehen habt, sehr verschieden von den Festen in Eurer Heimat?«

»Oh, nur oberflächlich gesehen. Natürlich ist es daheim weitaus kälter, also gehen wir monatelang zum Eislaufen oder Schlittenfahren – so lange eben der Schnee liegt. Aber im Prinzip ist es das gleiche.« Sie wärmte sich ein letztes Mal die Hände am Feuer und wandte sich davon ab, die Wangen von der Hitze gerötet. »Oh, Miguel, Ihr seht plötzlich so traurig aus! Was ist los?«

»Ich dachte gerade ...« Er zögerte. Normalerweise würde er zu einem Mädchen nicht über das gesprochen haben, was ihn bewegte, sei sie nun adliger Abstammung oder nicht. Jedoch war Kristina merklich anders als jedes andere zwanzigjährige Mädchen, das er bisher getroffen hatte.

»Ich dachte gerade«, fuhr er fort, »an andere Festlichkeiten, die ich schon miterlebt habe, an anderen Orten und zu anderen Zeiten. Zum Beispiel das Fest der Azteken zu Ehren von Xipe, dem Gehäuteten Gott, bei dem die Priester in menschliche Haut gekleidet waren und bei dem es rituellen Kannibalismus gab, nachdem den Opfern das Herz aus dem Leib gerissen worden war.«

»Das habt Ihr gesehen?«

»Ja, das habe ich gesehen. Und die *Ludi* im Circus Maximus im alten Rom, wo die Menschen aus keinem anderen Grund starben als aus dem, die Blutgier der Zuschauer zu befriedigen. Und ...« Er beendete das Gesagte mit einem Achselzucken.

»Kein Wunder, daß Ihr ein so düsterer Mensch seid«, sagte Kristina nach einer Weile. »Es tut mir leid, daß ich Euch vorhin deshalb verspottet habe. Es muß eine schreckliche Belastung sein, diese Erinnerungen mit sich herumzutragen.«

»Nein, es ist nicht so arg, wie man glauben würde. Einerseits, versteht Ihr, gibt es immer wieder harmlose Belustigungen, so wie diese hier. Die Prüden und die Puritaner, die so rundweg die Fröhlichkeit der Silvesternacht verdammen, sollten sich dessen schämen – finde ich. In dieser Beziehung hat sich die Welt sicherlich zum Besseren gewandelt. Wie würden sie sich fühlen, würden wir immer noch Menschen öffentlich ermorden, nur um ein Spektakel zu inszenieren.«

Kristina antwortete mit einem ernsthaften Nicken des Einverständnisses, und es folgte ein Schweigen. Dann lachte sie kurz und hell auf und nahm seinen Arm, um ihn vom Feuer wegzuziehen.

»Ah, diese Möglichkeit mich aufzuwärmen war mir sehr willkommen. Seltsam, obwohl es hier viel weniger kalt ist als daheim, spüre ich die Kälte doch bis in die Knochen. Das muß die Feuchtigkeit sein, an die ich einfach nicht gewöhnt bin. Wie sie wohl die Kälte erträgt?« Kristina streckte eine Hand aus dem Umhang und zeigte hinüber auf die andere Straßenseite.

Einen Augenblick lang sah Don Miguel nicht, was sie meinte, aber ein, zwei junge Burschen neben ihnen nahmen Kristinas Handbewegung auch wahr, blickten auf und pfiffen erstaunt. »Schau«, drängte der eine seinen Freund, »sieh dir das an! Was sagst du dazu?«

Die Augen des anderen traten fast aus ihren Höhlen. »Betrunken oder verrückt ... sich so zu benehmen ...!« rief er aus. »Vermutlich verrückt.«

»Eine interessante Art von Verrücktheit«, entgegnete der erste.

Auch Don Miguels erste Reaktion war es, nach einem Blick auf das Objekt ihrer Bemerkungen anzunehmen, daß das Mädchen von allen guten Geistern verlassen sein mußte. Ihr Kostüm war – selbst für eine Nacht, die phantasievolle Kleidung erlaubte – lächerlich. Es schien ausschließlich aus blauen Federn zu bestehen, die direkt auf ihre Haut geklebt waren – auf Hüften und Hinterteil und Bauch bis in Nabelhöhe. An ihren Füßen trug sie rote Schuhe, an den Handgelenken Perlenschnüre in verschiedenen Farben, und davon abgesehen nichts als Hautbemalungen in gelber Farbe auf Gesicht, Schultern und Brüsten. Sie schien aus der nach Süden führenden Allee gekommen zu sein, die den Reichsplatz mit dem Kai verband, und stand nun mitten auf der Straße und starrte um sich. Sie schien sowohl geblendet von der Helligkeit hier, als auch verwirrt von ihrer Umgebung, denn sie blickte wild um sich, wie ein gefangenes Tier, das nach einer Fluchtmöglichkeit sucht.

Zotige Rufe ertönten aus der Menschenmenge, und die Gesänge erstarben, als sich die Leute umwandten, um das Mädchen anzustarren. Nicht weit entfernt von Kristina und Don Miguel standen zwei Mann der Zivilgarde; ein indignierter Herr mittleren Alters marschierte auf die beiden zu und sprach in wütendem Tonfall, wobei er mit dem Finger auf das gefiederte Mädchen zeigte. Don Miguel konnte die Worte selbst nicht verstehen, aber ihre Bedeutung war klar, denn ein grinsender Junge neben ihm schrie: »Behaltet Eure Meinung für Euch – ein paar von uns mögen es, wenn sie so 'rumrennen!«

Don Miguel dachte kurz daran, daß der Anblick von jemandem, der nahezu unbekleidet war, wohl kaum das richtige schien für die Tochter eines Herzogs, aber die Erkenntnis kam zu spät und war völlig unangebracht, denn Kristina starrte, die Stirn ihres hübschen Gesichts in Falten der Neugier gelegt, schon wie gebannt auf das Mädchen in den blauen Federn. Sie sagte: »Miguel, ich habe noch nie so ein Kostüm gesehen. Woher, glaubt Ihr, kommt es? Aus einem tropischen Land? Aus Asien? Afrika ...?«

In Don Miguels Kopf machte etwas ›klick‹, und das Wort ›Vorahnung‹ schoß ihm durch den Sinn. Aber er versuchte nicht, dem Gedanken auf den Grund zu gehen. Eine Gruppe betrunkener Männer am Rand der Menschenansammlung ganz nahe bei dem Mädchen war sichtlich zu dem Schluß gekommen, daß es mit dem rechnen mußte, was sie mit ihm vorhatten, wenn es sich halbnackt in der Öffentlichkeit zeigte. Mit lüsternen Mienen bewegten sie sich langsam auf das Mädchen zu, fünf oder sechs in einer Gruppe. Es hielt inne in dem verängstigten Umsichblicken und duckte sich wie ein Tiger den Männern entgegen.

Es sah so aus, als würde die Situation ekelhaft werden.

»Kristina«, sagte Don Miguel mit leiser Stimme, »ich glaube, ich sollte Euch von hier wegbringen.«

»Noch besser wäre es«, kam die Antwort so beißend wie Zitronensaft, »den beiden Männern der Zivilgarde Feuer unter dem Hintern zu machen und zuzusehen, daß sie dem armen Mädchen helfen, bevor diese Kerle sie vergewaltigen!«

Gewöhnt an eine konventionellere Ausdrucksweise wohlerzogener junger Damen, war Don Miguel so abgelenkt und aus dem Konzept gebracht, daß er es verabsäumte, die weiteren Vorgänge zu verfolgen. Aber ein plötzlicher Schrei zog seine Aufmerksamkeit wieder auf das Mädchen, und zu seiner Überraschung sah er, daß einer der Männer flach ausgestreckt auf dem Boden lag, und das Mädchen im Begriff stand, einen zweiten Angreifer mit einem perfekten Schulterwurf folgen zu lassen.

»Oh, herrlich!« Kristina klatschte in die Hände und packte Don Miguel am Arm. »Kommt, wir wollen vorgehen und ihr applaudieren!«

Aber die innere Unruhe, die ihre Bemerkung von vorhin hervorgerufen hatte, arbeitete nun in seinem Kopf weiter, und die Vorahnung wurde klarer.

Ich habe noch nie so ein Kostüm gesehen ...

Was stand er hier herum wie versteinert? Er begann, sich mit den Schultern einen Weg zu dem federngeschmückten Mädchen zu bahnen, so brutal und so schnell es nur ging, wobei er die Beschwerden der Zuschauer, die er dabei zur Seite stoßen mußte, ignorierte. Und Kristina gelang es irgendwie, dicht hinter ihm zu bleiben.

Als er endlich das menschenleere Stück Straße erreichte, wo sich das Mädchen befand, hatten sich den ersten beiden Männern auf dem Boden fluchend und blaugeschlagen zwei weitere zugesellt, und das Mädchen sprudelte ihnen ganz offensichtlich giftige Verwünschungen entgegen. Obwohl sie von kleinerer Statur war als Kristina, klang ihre Stimme fast so tief und kräftig wie die eines Mannes. Und als er zuhörte, begannen sich die Härchen auf seinem Nacken aufzustellen.

Das Mädchen war klein und dünn, doch drahtig. Er stand nun nahe genug, um feststellen zu können, daß sie schwarzes Haar hatte, das in steifen Flügeln von beiden Seiten ihres Kopfes abstand. Ihre Haut war von fahl olivgelber Farbe, und die Worte, die sie von sich gab, klangen ähnlich – *ähnlich*, nicht genauso – wie die Worte der Sprache von Cathay.

Don Miguel war, genau wie jeder andere Bevollmächtigte mit seiner Erfahrung auch, mit den Gebräuchen, den Sprachen und Gewändern der größten Zivilisationen der Geschichte wohlvertraut – ja, möglicherweise sogar besser als die anderen. Er konnte sich in klassischem Griechisch, in Persisch und Aramäisch verständigen. Und er war auch imstande, die charakteristischen Vokal-Konsonanten-Gruppen vieler anderer Sprachen, die er nicht beherrschte, wiederzuerkennen; doch was das Mädchen ihren Angreifern zuzischte, das paßte in keine Sprache, derer er sich entsinnen konnte.

Die einfachste und logischste Erklärung für ihre Anwesenheit schien, daß sie eine rechtmäßige Besucherin der Stadt Londres war – vielleicht vom Gefolge des Botschafters von Cathay. Unter dem Einfluß einer Sinnesverwirrung oder allenfalls nach dem Einnehmen irgendeiner fremdartigen Droge hatte sie wohl den Verstand verloren und war davongelaufen ...

Aber in diesem Fall wäre sie wohl nicht mehr als ein Tanzmädchen oder eine Art Geisha. Man würde nicht erwarten, daß sie in der Lage war, stämmige Männer durch die Luft zu wirbeln wie Strohpuppen.

Das paßte einfach nicht zusammen!

Während er konzentriert seinen Gedanken nachhing, hatte er ein, zwei Schritte auf das Mädchen zu gemacht, und der zweite Schritt war bereits einer zuviel. Plötzlich und ohne Vorwarnung schrie sie auf und warf sich auf ihn.

Er reagierte gerade noch rechtzeitig. Sie war nicht nur eine Ringkämpferin, entdeckte er zu seinem Entsetzen – sie war entschlossen, zu töten, was angesichts ihres Geschlechts grotesk schien. Ihre erste Angriffsbewegung war ein Versuch, ihn durch einen Tritt in den Unterleib aktionsunfähig zu machen, und er schaffte es gerade noch, sich zur Seite zu drehen, so daß ihre große Zehe seinen Oberschenkel traf. Dennoch ließ ihn die Kraft ihres Tritts das Gleichgewicht verlieren, und er mußte sich auf ein Knie niederlassen und sie von unten abwehren. Sie packte seinen rechten Arm bei Handgelenk und Ellbogen und drehte ihn so heftig nach hinten, daß er dachte, sie würde ihm die Schulter ausrenken. Während er wild an seinem festgehaltenen Arm riß und auf seinem Knie vor- und zurückschwang, gelang es ihm, sein anderes Bein auszustrecken, damit einen Halbkreis zu beschreiben und ihr die Füße unter dem Körper wegzuschlagen. Sie war unglaublich stark für ihren Körperbau, aber sie war leicht, und das war etwas, wogegen sie nichts tun konnte.

Sie verlor seinen Arm aus ihrem Griff, taumelte, rollte zur Seite und kam mit einem blitzschnellen Satz zurück, den Kopf auf seinen Bauch gezielt. Nun rollte er sich zur Seite und hoffte in einem entlegenen Winkel seines Verstandes, der Straßenstaub würde seinen Umhang und seine Hosen nicht so stark beschmutzen, daß er sich nicht mehr im Palast sehen lassen konnte; er streckte beide Beine aus und warf das Mädchen damit über seinen Kopf, so daß sie hinter ihm der Länge nach hinfiel. Sie erholte sich jedoch schneller als er, warf sich herum und versuchte, die Zähne in seine Hüfte zu schlagen, als er mühsam zu ihr krabbelte, um sie davon abzuhalten, sich wieder zu erheben. Unbeholfen fiel er auf sie und preßte in einem improvisierten, aber brauchbaren Ringergriff ihre Handgelenke und ein Bein auf den Boden, wobei er sich sein größeres Körpergewicht zunutze machte. Dann begann er, ihre Handgelenke zueinander zu drükken.

Sie sagte nichts, biß nur grimmig die Zähne zusammen und starrte zu ihm hinauf, während sie versuchte, seinem Griff zu entkommen. In diesem langen, langen Moment hoffte Don Miguel inständig, daß sich in der Menschenmenge rundum weder Bevollmächtigte noch Anwärter befanden, die ihn hinter seiner Halbmaske hätten erkennen können. Wenn es etwas gab, was eines Mitgliedes der Gesellschaft unwürdiger wäre, als mitten auf dem Reichsplatz mit einer Frau zu ringen, dann konnte Don Miguel es sich nicht vorstellen ...

Nun gut, er hatte keine Alternative, so sehr es auch seinen Prinzipien widersprach: Frau oder nicht, er würde ihr wehtun müssen. Er veränderte die Lage seiner Finger an ihren Handgelenken und drückte sie in ihre Nervenknoten.

Der Schock durchfuhr ihren ganzen Körper. Sie vergaß lange genug, ihm Widerstand zu leisten, um ihm zu erlauben, ihre beiden Handgelenke in eine Faust zu bekommen und sie zusammenzupressen, wobei er immer noch den schmerzhaften Druck ausübte. Mit der Hand, die er so freibekommen hatte, suchte er die Schlagader an ihrem Hals, und begann, sie nach wissenschaftlichen Gesichtspunkten zu erwürgen.

Nach fünfzehn Sekunden wurde sie schlaff. Er wartete noch ein wenig länger, um sicherzugehen, daß sie sich nicht zu rasch erholte, und hockte sich dann ausgepumpt auf seine Fersen, während er sich den Schweiß von der Stirn wischte. Unter die aufmunternden Schreie der Menschen, deren er sich während des Kampfes kaum bewußt geworden war, mischten sich jetzt auch Vorwürfe, die sich gegen die ›unbarmherzige‹ Behandlung des gefiederten Mädchens richteten.

Unbarmherzig! Diese Leute hätten mit ihr aneinandergeraten sollen!

Aber die Lage mußte sofort in den Griff gebracht werden. Wo, zum Teufel, waren diese Zivilgardisten, die er beim Feuer gesehen hatte? Wie hieß es doch gleich? Du findest immer einen Zivilgardisten – nur dann nicht, wenn du ihn brauchst ...

Ah, da waren sie, bahnten sich geschäftig ihren Weg durch die Menschenansammlung, die sie mit gutmütigem Spott bedachte. Don Miguel erhob sich.

»Laßt diese Leute zurücktreten!« befahl er kurz und bündig. »Holt eine Mietskutsche und helft mir, das Mädchen einzuladen.«

Aber die beiden Männer streckten nur angriffslustig das Kinn vor, und einer von ihnen drehte seinen Schnurrbart und fragte: »Was glaubt Ihr denn, wer Ihr seid?« Er ließ die Hand an sein Schwert fallen.

Don Miguel holte tief Atem. »Macht, was ich sage! Ich bin Don Miguel Navarro von der Gesellschaft für Zeitenkunde, und das ist eine Angelegenheit der Gesellschaft! Los, beeilt euch, ihr Narren!«

Die Narbe auf seinem Gesicht ließ ihn ziemlich wild aussehen und machte aus ihm einen Mann, dem man besser gehorchte. Dennoch war es die Aura des Namens der Gesellschaft, welche die Zivilgardisten erbleichen und gehorchen ließ und eine ehrfurchtsvolle Stille über die Menschen rundum legte, die gefolgt wurde von einem überraschtem Gemurmel.

Don Miguel nahm sein Cape ab und breitete es über das Mädchen auf dem Boden. Schon bewegte sie sich leicht, obwohl sie noch weit davon entfernt war, das Bewußtsein wiederzuerlangen. Es würde ratsam sein, ihr die Hand- und Fußgelenke zu fesseln. Für die ersteren würde das Taschentuch, das er bei sich trug, ausreichen. Und als er sich nach etwas Längerem umblickte, das für ihre Füße geeignet war, pendelte etwas vor seinen Augen. Als er aufblickte, bemerkte er, daß Kristina die Männer der Zivilgarde umgangen hatte und ihm nun den Gürtel ihres Abendkleides hinhielt. Er nahm ihn mit einem Dankeswort und knotete ihn rasch um die Fesseln des Mädchens.

»Wer ist sie?« fragte Kristina. »Warum hat sie Euch angegriffen, wenn Ihr sie überhaupt nicht bedroht habt?«

»Ich weiß nicht, wer sie ist«, murmelte Don Miguel. »Aber wenn sie das ist, wofür ich sie halte, dann kommt das dicke Ende noch.«

IV

In dem dunklen, gepolsterten Innern der Mietskutsche saßen Don Miguel und Kristina während der Fahrt die meiste Zeit schweigend nebeneinander und starrten auf die mit dem Umhang bedeckte Gestalt des Mädchens, die ausgestreckt auf der gegenüberliegenden Sitzbank lag; in regelmäßigen Abständen fiel das Licht der Straßenlaternen wie mit Sensenhieben über sie.

Plötzlich schauderte Kristina und preßte sich an Don Miguel. »Was habt Ihr damit gemeint, als Ihr sagtet, das dicke Ende würde noch kommen, Miguel? Eure Stimme hat so grimmig geklungen, daß ich Angst bekam.«

Schon bedauerte es Don Miguel, daß er überhaupt gesprochen hatte, und darüber hinaus bedauerte er, daß er sehr wenige Anhaltspunkte hatte, die sein Handeln rechtfertigten – doch welche Alternative hätte es gegeben? Wenn sich sein vager, kaum formulierter, schrecklicher Verdacht bewahrheitete, das Mädchen jedoch von der normalen Zivilgarde in Haft genommen worden und irgendein einfallsloser lokaler Friedensrichter über ihre Herkunft gestolpert wäre ...

Unter Umständen würde das dem Öffnen der Büchse der Pandora gleichen, und möglicherweise wäre diesmal nicht einmal die Hoffnung auf ihrem Grund übrig.

Viel wahrscheinlicher war es natürlich, daß sich die Antwort auf das Rätsel schon morgen früh zufriedenstellend in einfache Worte fassen ließ, und er sich für sein Vorgehen von den Generalbevollmächtigten einen ernsthaften Verweis einhandeln würde. Im Augenblick wagte er kaum, über das Ergebnis Spekulationen anzustellen.

Er sagte entschuldigend: »Wenn es Euch nichts ausmacht, so möchte ich Euch ungern mehr sagen, bevor ich eine Chance habe, Nachforschungen anzustellen.«

Die Lippen leicht offen, als hätte sie ihm gern eine weitere Frage gestellt, sich dann jedoch anders entschlossen, warf sie ihm einen Seitenblick zu. Dann rückte sie näher an ihn heran, und er strich ihr beruhigend über den Arm und wünschte, der Kutscher würde sich mehr beeilen.

Das federngeschmückte Mädchen jagte ihm Angst ein! Kristina hatte ganz recht gehabt mit ihrer Bemerkung über das Kostüm – es war nicht vergleichbar mit all jenen der heutigen Welt, deren Bilder er schon gesehen hatte. Und was noch schlimmer war: Auch in seinen Studien der Geschichte war ihm nichts Vergleichbares untergekommen. Und was die Sprache betraf, die sie gesprochen hatte ...

Mit einiger Anstrengung würgte er diesen Gedanken ab, als die Kutsche mit einem kratzenden Geräusch der eisenbeschlagenen Räder auf dem Kopfsteinpflaster von der Straße abbog und in den Vorhof des Hauptquartiers der Gesellschaft einfuhr.

Wie der Palast des Großmeisters stand auch dieses Gebäude auf einem hübschen, ausgedehnten Grundstück; und wie der Palast wurde es von einem hohen Turm dominiert, der die Zeitapparatur beherbergte. Doch damit hörte jede Ähnlichkeit auf. Es lag heute völlig im Dunkeln, ausgenommen ein einzelnes gelberleuchtetes Fenster im Erdgeschoß neben dem Haupteingang und zwei brennenden Fackeln an den Wänden der offenen Veranda.

Fluchend sprang Don Miguel vom Trittbrett der Kutsche, noch ehe sie vollständig zum Stillstand gekommen war; natürlich würde heute niemand in dem ganzen Gebäude sein außer dem diensthabenden Anwärter – aber unter Umständen auch der Mann, den er so verzweifelt zu sprechen wünschte wie niemanden sonst auf der Welt.

»Heb das Mädchen heraus!« befahl Don Miguel dem Kutscher. »Ich lasse das Tor öffnen.«

Der Mann nickte und kletterte von seinem Sitz herab, während sich die Pferde unruhig in ihren Geschirren bewegten. Don Miguel stieg die Stufen hoch.

Das Tor öffnete sich, noch ehe er es erreicht hatte, und ein junger Mann stand dahinter, der schüchtern im Licht der Fackeln blinzelte. Er war höchstens zwanzig, stupsnäsig, blauäugig und etwas kleiner als Don Miguel, doch gut gebaut.

»Seid Ihr allein?« stieß Don Miguel hervor.

»Äääh – jawohl, Bevollmächtigter!« antwortete der junge Mann. »Ich bin Anwärter Jones, Herr, heute im Nachtdienst hier. Ich glaube, Euer Ehren sind Don Miguel Navarro. Womit kann ich Euch dienen?«

»Ihr seid *völlig* allein? Niemand sonst ist im Haus?«

»Völlig allein, Herr«, erklärte Jones, die Augen weit aufgerissen ob der Eindringlichkeit der Frage.

Don Miguel verlor allen Mut. Also würde sich die Qual seiner Befürchtungen noch länger hinziehen. Nun, dagegen konnte man nichts machen. Müde strich er sich mit der Hand über die Stirn.

»In meiner Kutsche ist ein Mädchen«, sagte er. »Sie sollte nicht hier sein – übrigens sollte sie auch sonst nirgendwo sein; jedenfalls lasse ich sie hereinbringen.«

Jones gab einen langen Seufzer von sich. »Jawohl, Herr. Ich nehme an, Ihr möchtet eine Suite im ersten Stock und dort absolut nicht gestört werden ...«

Der Ausdruck auf Don Miguels Gesicht ließ ihn abbrechen und verwirrt weiterstammeln.

»Haben Mitglieder der Gesellschaft bereits solche Dienste von Euch verlangt?« fragte Don Miguel.

»Uh ...« Jones' Verlegenheit machte ihm schwer zu schaffen. »Nicht von mir persönlich, Herr. Aber ich glaube, von anderen Anwärtern ...«

»Wenn es jemand bei Euch versucht, dann meldet ihn dem Chefausbildner! Es gehört nicht zu Euren Pflichten, den Kuppler zu spielen. Verstanden?« Ohne auf seine Antwort zu warten, drehte Don Miguel sich plötzlich um und sah, daß Jones' falsche Annahme eine sehr natürliche Erklärung hatte: Kristina stand deutlich erkennbar neben der Kutsche, während der Kutscher halb im Finsteren sich damit abmühte, die mit dem Cape umhüllte Gestalt des Mädchens herauszuheben.

»Helft dem Kutscher beim Tragen!« schnauzte er Jones

an. »Führt ihn drinnen zu einem Raum, in dem sich eine Couch oder etwas ähnliches befindet, worauf ich sie legen kann.«

»Augenblicklich, Herr!« rief Jones und lief mit feuerroten Wangen die Treppe hinab.

»Kristina«, sagte Don Miguel leise und trat an sie heran, »es tut mir leid, daß ich Euch hierherschleppen mußte. Aber jetzt sieht es so aus, als würde ich nur im Palast jemanden finden, der in der Lage ist, mir zu helfen. So kann ich Euch auch zu Eurem Vater zurückbringen.«

»Ihr müßt ohnedies zurück«, entgegnete sie, »es ist nach elf – beinahe ein Viertel nach elf!«

»Tatsächlich?« rief Don Miguel entsetzt. »Dann bin ich vergeblich hergekommen. Ich hätte einen Rat von Pater Ramón gebraucht, versteht Ihr, und ich dachte, ich könnte ihn noch in seinem Büro hier antreffen – aber wenn es so spät ist, dann muß er natürlich schon auf dem Weg zum Palast des Großmeisters sein. Daß ich so zerstreut bin ... Mein Gott, was für eine schlimme Situation!«

Mit großer Mühe riß er sich zusammen. »Dann steigt wieder in die Kutsche. Ich muß noch eine Sache erledigen, bevor wir fahren.«

Er machte auf dem Absatz kehrt und rannte ins Haus.

Als er zurückkam, gesellte er sich nicht zu Kristina in das Kutscheninnere, sondern kletterte auf den Kutschbock und ergriff die Zügel. Die Pferde wieherten, die Zugriemen spannten sich, und Kristina tat einen überraschten Aufschrei.

»Tut mir leid!« rief Don Miguel über das Kreischen und Klappern der Räder hinweg, »aber das Mädchen ist viel zu gefährlich, als daß ich es der Obhut eines einzelnen jungen Mannes wie Jones anvertrauen könnte. Also habe ich den Kutscher dafür bezahlt, dortzubleiben und bei ihrer Bewachung zu helfen. Habt keine Angst – ich bin kein schlechter Fahrer, obwohl ich das immer behaupte!«

Die gezwungene Scherzhaftigkeit seines Tonfalls verbarg

ein immer stärker werdendes Gefühl der Besorgnis, ja der Angst. Er hatte Kristina nur einen der Gründe verraten, weshalb er das Gebäude hatte betreten wollen. Nachdem er mit dem Kutscher gesprochen hatte, war er in den Turm hinaufgeeilt, in welchem die Hallen der Zeit untergebracht waren, und hatte sich vergewissert, daß sich niemand an den großen Schlössern davor zu schaffen gemacht hatte. Jones war tatsächlich so allein in dem Gebäude, wie er behauptet hatte.

Als entfernte Möglichkeit hatte Don Miguel nämlich in Betracht gezogen, daß ein paar betrunkene Anwärter oder auch korrupte Bevollmächtigte die Chance, die sich ihnen durch die Abwesenheit aller anderen Personen bot, wahrgenommen und sich gesetzwidrigen Zutritt zur Zeitapparatur verschafft hätten. Die Folgen dieses Schelmenstücks wären schlimm genug gewesen, aber immerhin korrigierbar.

So hingegen schien es im Grunde genommen bereits sicher, daß etwas weitaus Unheilvolleres passiert sein mußte.

Ein kalter Wind wehte jetzt den Fluß entlang; die Route der Kutsche folgte dem Kai. Don Miguel erschauerte und verfluchte seine Ungeduld, die ihn davon abgehalten hatte, das Cape zurückzunehmen, mit dem er das Federmädchen umhüllt hatte.

Er fuhr wie toll und bog bald in die breite, gerade Heiligenkreuzallee ein, den letzten Abschnitt der Fahrt nördlich des Flusses. Bei der nächsten Brücke würde er nach rechts einbiegen und den Fluß überqueren. Und dort, als er sich dieser Brücke näherte, gab es eine Art Tumult. Anfangs hielt er ihn für die zu erwartende Menschenmenge, die von Süden her kam, um die Mitternachtsmetten in den Kathedralen der Stadt zu besuchen: und erst, als die Kutsche bereits in einer Welle bleicher, verängstigter Männer, Frauen und Kinder steckte, hörte er die Schreie der Zivilgardisten, die versuchten, Ordnung zu halten, und erkannte, daß dies beileibe nichts Alltägliches war. Diese ganze Straße war verstopft von Menschen auf der Flucht, Menschen in Panik; die Fenster der Häuser wurden aufgerissen, als die Bewohner den Lärm draußen vernahmen, und die Luft war erfüllt von angstvollem Stöhnen.

Kristina beugte sich aus dem Wagenfenster, als Don Miguel die Pferde gezwungenermaßen fast zum Stehen brachte. »Miguel, was geht hier vor?« rief sie.

»Ich weiß es nicht«, antwortete er kurz. »Garde! Garde!«

Ein berittener Zivilgardist, der sich gegen die Menge stemmte, als wolle er einen Hochwasser führenden Fluß durchwaten, bewegte sich mühsam in ihre Richtung und winkte mit seiner behandschuhten Rechten. Als er nahe genug war, rief er: »Ihr müßt Euch einen anderen Weg suchen, Euer Ehren! Hier könnt Ihr nicht durchkommen!«

Don Miguel starrte fluchend und angestrengt in die neblige Finsternis, die von den Laternen kaum erhellt wurde. Auch unter der Brücke gab es einen Aufruhr.

»Was geht da vor?« schnauzte er den Zivilgardisten an.

»Das scheint keiner zu wissen, Euer Ehren! Manche behaupten, es wäre eine Invasion, andere wieder, es handelte sich um einen Aufstand – wie dem auch sei, drüben, über dem Fluß, herrscht das totale Chaos!« Der Gardist klang so, als würde er sich selbst fürchten. »Die Leute haben gesehen, daß Leichen flußabwärts trieben, in denen unzählige Pfeile steckten, so haben sie jedenfalls gesagt. Und etliche Feuer sind ausgebrochen!«

Schriller und durchdringender als das allgemeine Stimmengewirr kam plötzlich ein Schrei aus der Nähe der Brükke, und die Menschen begannen unaufhaltsam zu rennen. Sie ignorierten den Gardisten und Don Miguel und drängten sich so eng an der Kutsche vorbei, daß diese zu schaukeln anfing.

Der Gardist wendete sein Pferd und ritt davon, wobei er schreiend versuchte, die Ordnung aufrechtzuerhalten und die Menschen mit beruhigenden Lügen zum Stehen zu bringen. Don Miguel hegte jetzt keine Hoffnung mehr, die Kutsche näher an die Brücke heranzubringen, und alles, was er tun konnte, war, die Zügel anzuziehen und die Pferde zum Straßenrand zu lenken. Und selbst das Zurücklegen dieser kurzen Strecke benötigte eine entmutigend lange Zeit. Er zog die Bremse an und sprang vom Sitz.

Kristina lugte immer noch mit bleichem Gesicht aus dem Fenster. Als sie ihn abspringen sah, riß sie die Tür auf und machte sich bereit, auch auszusteigen. Doch Don Miguel bedeutete ihr, zu bleiben, wo sie war.

»Ich versuche, einen Zivilgardisten zu finden, der Euch begleiten kann«, sagte er. »Das ist kein Ort für ...«

»Miguel, wenn Ihr mir die Tatsache, daß ich eine Frau bin, noch ein einzigesmal unter die Nase haltet, dann verliere ich die Geduld! Ich komme mit Euch. Die Gardisten haben hier mehr als genug zu tun, und ich bleibe nicht in dieser Kutsche sitzen, wenn es vielleicht anderswo etwas Nützlicheres für mich zu tun gibt!«

Leichtfüßig sprang sie auf die Straße und warf trotzig den Umhang über ihre Schultern.

Das mißfiel Don Miguel zwar, aber er wußte, daß es sinnlos sein würde, sich mit dieser willensstarken jungen Dame auf Diskussionen einzulassen, und so nahm er ihren Arm, und zusammen erzwangen sie sich einen Weg zu dem großen halbmondförmigen Stück Straße, auf das sich die Menge von der Brücke her ergoß.

Hier war das Chaos unvorstellbar. Eine kleine Abteilung berittener Soldaten mit leichter Artillerie hatte an der Brükkenmauer Aufstellung genommen, als würde sie jeden Augenblick einen Angriff erwarten, aber ihr Offizier schien erkannt zu haben, daß es sich um einen falschen Alarm handelte. Er gab seinen Männern Instruktionen, um die Menschenmenge unter Kontrolle zu bekommen, wobei er sich hin und wieder unterbrach, um durch ein Fernrohr flußauf und flußab zu spähen. Auf dem Südufer konnte man rote Lichtflecken erkennen, undeutlich, weil Nebelfetzen vom Wasser aufstiegen; das mußten die Brände sein, von denen der Zivilgardist Don Miguel berichtet hatte. Er fragte sich, wie viele der Flüchtenden wohl bereits ihr Heim verloren hatten, das sie in nur halbbekleidetem Zustand verlassen mußten, und welches Unglück ...

Nachdem er seinen kleinen Trupp neu formiert hatte, begann der Offizier – ein ordentlich uniformierter junger Soldat auf einem schönen Rotschimmelwallachen – sich in Don Miguels Richtung zu bewegen, und so zog dieser durch Schreien und Winken die Aufmerksamkeit des Reiters auf sich.

»Miguel Navarro, Gesellschaft für Zeitenkunde«, stellte er sich vor, indem er die Hände zu einem Sprechrohr formte. »Wie sind die Möglichkeiten, über den Fluß und zum Palast zu gelangen?«

Der Offizier starrte hinunter auf ihn, als ob Don Miguel den Verstand verloren hätte. »Zum Palast? Ihr müßt Euch glücklich preisen, hier zu sein!«

Don Miguel hatte das Gefühl, eine eisige Hand hätte sich um sein Gehirn gekrampft. Er sagte: »Ich fürchte, ich bin nicht gut genug davon unterrichtet, was eigentlich im Gange ist!«

»Ich auch nicht . . .« Das Pferd des Offiziers stieg hoch, als ein Alarm ertönte, und tänzelte drei Schritte seitwärts, ehe es sich beruhigen ließ. »Aber was es auch ist, es ist schlimmer als hier! Habt Ihr noch nicht über den Fluß geblickt? Hier, nehmt mein Glas!«

Er reichte Don Miguel das Instrument, der es an sein Auge hielt und sich nach Süden wandte. Augenblicklich bekam, was zuvor nicht mehr als nur verschwommene rötliche Flecken gewesen waren, eine zusammenhängende Gestalt. »Aber es ist ja der Palast, der in Flammen steht!« brach es aus ihm heraus.

»Richtig!« Der Offizier lachte freudlos und forderte mit ausgestrecktem Arm sein Fernrohr zurück. »Einer meiner Männer hat mir vor einer Minute berichtet, daß das Dach soeben einstürzt!«

»Aber der König ist dort, und der Kronprinz und der Großmeister der Gesellschaft und der Botschafter der Konföderation . . .!«

Die Hand, die schon seit einer ganzen Weile auf seinem Arm lag, schloß sich zu einem festen, krampfhaften Griff.

Don Miguel warf einen Blick auf Kristina und sah, daß alle Farbe aus ihrem Gesicht gewichen war: auch ihr Vater und ihre Schwester ...

»Gott allein weiß, welche Ausmaße das hat«, sagte der Offizier hart. »Aber es ist die größte Katastrophe in den letzten hundert Jahren, kein Zweifel. Dort drüben, am anderen Ufer, wimmelt es von schattenhaften Gestalten, die morden und plündern und brandschatzen!«

Vom Rand des Ufers, schräg abwärts vom Kai, kam ein lautes Rufen: »Dort draußen ist jemand ... dort schwimmt einer! So helft ihm doch! Bringt ihn doch ans Ufer!«

»Damit kann ich gerade noch fertig werden!« rief der Offizier aus und trieb dem Pferd die Fersen in die Flanken, ehe er mit einem flüchtigen Salut für Kristina davonritt. Er rief drei oder vier seiner Männer zusammen, die mit Seilen hinunterliefen ans Ufer. Don Miguel und Kristina folgten ihnen. Wenn das ein Mann war, der es wie durch ein Wunder geschafft hatte, sich vom Südufer herüberzuretten, dann brachte er möglicherweise genauere Informationen.

Die beiden kamen ans Ufer des Flusses, als der Mann gerade herausgezogen wurde. Er hatte sich völlig verausgabt und konnte nicht stehen, sondern fiel mit dem Gesicht voran flach auf den Sand. Mit Entsetzen bemerkte Don Miguel, daß aus jeder seiner Schultern ein kurzer, tückischer Pfeil ragte, bis über die Widerhaken ins Fleisch gegraben. Es war wirklich ein Wunder, daß er nicht ertrunken war.

»Miguel!« flüsterte Kristina. »Ist das denn nicht Euer Freund?«

Don Miguel machte einen Schritt vor. »Um Gottes willen!« stöhnte er. »Um Gottes willen! Es ist Felipe!«

Er ließ sich neben der flach daliegenden Gestalt auf ein Knie fallen, aber der Offizier, der soeben vom Pferd stieg, winkte ihn zurück. »Wartet!« rief er. »Wartet, bis wir das Wasser aus seiner Lunge entfernt haben!«

Mit einer gemurmelten Entschuldigung trat Don Miguel zur Seite, und der Sanitäter der Artillerietruppe trabte mit seiner Medikamententasche herbei. Eine Barmherzige

Schwester kam wie eine riesige, watschelnde weiße Eule hinter ihm hergeeilt.

Schmerzerfüllt sah Don Miguel zu, wie sie die Pfeile inspizierten und sich daranmachten, sie herauszuziehen und die Wunden zu versorgen. Er ignorierte den Lärm rundum und bemerkte kaum, daß der Flüchtlingsstrom über die Brücke sich auf ein letztes Rinnsal aus kranken, alten und sehr jungen Menschen reduziert hatte.

Plötzlich wurde seine Konzentration vom Rattern einer Kutsche, die sich der Brücke näherte, durchbrochen. Eine barsche Stimme erklang, die dem Fahrer befahl, sich einen anderen Weg zu suchen.

Und dann hörte man eine andere Stimme, diesmal aus dem Inneren der Kutsche, in trockenem, präzisem Tonfall: »Aber ich muß hier den Fluß überqueren, und zwar jetzt. Ich muß vor Mitternacht im Palast des Prinzen sein!«

Don Miguels Erleichterung war so groß, daß er fast ohnmächtig wurde. Er machte einen Satz auf die Kutsche zu, winkte und schrie, so laut er konnte: »Pater Ramón! Pater Ramón! Dem Himmel sei Dank, daß Ihr hier seid!«

V

Der Cheftheoretiker der Gesellschaft für Zeitenkunde stieg aus seiner Kutsche und betrachtete – zum erstenmal, wie es schien – mit zusammengezogenen Brauen die unglaubliche Szenerie. Die Straße sah aus wie ein verlassenes Schlachtfeld – die Kranken und Lahmen humpelten vorbei, und die Habseligkeiten, die den vorher vorbeiströmenden Flüchtlingen zu schwer geworden waren, lagen verstreut umher.

»Noch ist mir nicht verständlich, mein Sohn, weshalb meine Anwesenheit inmitten dieses Chaos Euch so erregen sollte. Aber irgend etwas sagt mir, daß ich den Grund bald herausfinden werde, welcher mir, so nehme ich fast an, nicht sehr gefallen wird. Klärt mich auf!«

Rasch entwarf Don Miguel, so gut er konnte, ein Bild der Situation; er informierte Pater Ramón von den mysteriösen Angreifern drüben am anderen Ufer, erzählte ihm vom Brand des Palastes, vom noch unbekannten Schicksal der königlichen Familie, von den Flüchtlingen, die nach Norden strömten, stellte ihm Lady Kristina vor und berichtete über ihre Sorge um ihren Vater ...

Aus Pater Ramóns Miene sprach wachsendes Entsetzen.

»Davon hatte ich keine Ahnung!« rief er aus. »Ich habe es mir zur Gewohnheit gemacht, auf dem Weg zur Messe hinter den geschlossenen Vorhängen der Kutsche still zu beten. Jetzt hörte ich zwar Geschrei und starken Lärm, aber ich nahm an, unter den Nachtschwärmern sei es zu Streitereien gekommen! Habt Ihr einen Anhaltspunkt dafür, was das alles zu bedeuten hat?«

»Ich fürchte sehr, daß ich diesen habe«, antwortete Don Miguel nüchtern und beschrieb sein Zusammentreffen mit dem federngeschmückten Mädchen mitten auf dem Reichsplatz.

Er erschrak, als er sah, wie sich der Gesichtsausdruck des Jesuiten wieder veränderte, und zwar diesmal von blankem Entsetzen zu unverhohlener Angst.

»Wißt Ihr denn, wer dieses Mädchen ist?« fragte er.

»Nach Eurer Beschreibung ja, denke ich«, antwortete Pater Ramón ernst. »Ein Kostüm, das deutlich erkennbar nicht aus der modernen Welt stammt, noch aus einer anderen geschichtlichen Periode, eine Sprache, die Ihr nicht zu identifizieren in der Lage seid ... Aber das ist der schlechtestmögliche Schluß, zu dem wir kommen können, wenn uns keine Alternative bleibt. Gibt es irgendeinen Weg, neueste Nachrichten von jenseits des Flusses zu erhalten?«

»Ah – ja, wenn wir Glück haben. Kurz bevor Ihr hier ankamt, durchschwamm Don Felipe Basso den Fluß, zwei ganz fremdartige Pfeile im Rücken. Seht, dort am Ufer wird er verarztet.« Er zeigte hin.

Pater Ramón schoß auf die weiße Silhouette der Barmherzigen Schwester zu. Don Miguel warf einen Blick auf Kristina; aus ihrer Blässe und ihren bebenden Lippen konnte man schließen, daß sie mit ihrer Selbstbeherrschung fast am Ende war. Er legte tröstend den Arm um sie und führte sie hinter Pater Ramón her nach unten zum Fluß.

Der Jesuit kniete bereits an Don Felipes Seite, als Don Miguel und Kristina hinzukamen. Er wandte sich an den Sanitäter und fragte: »Wird er überleben?« Wenn die Antwort negativ ausfiel, dann mußte natürlich die Letzte Ölung einer jeden Befragung vorausgehen. Aber der Sanitäter nickte, bevor er blutige Verbandstücke in den Fluß warf.

»Er ist widerstandsfähig wie eine Eiche, Pater«, sagte er. »Er wird überleben.«

Don Miguel stieß einen Seufzer der Erleichterung aus und bückte sich, um zu hören, was Pater Ramón sagen würde. Ehe jedoch letzterer zu sprechen beginnen konnte, öffnete Don Felipe bereits die Augen und erkannte ihn auf der Stelle.

»Ah, Ihr habt Glück gehabt, Pater, nicht wahr?« flüsterte er. »Und ... Du bist auch hier, Miguel? Mein Gott. Ich dachte, du seist ... Egal. Das ist nicht das wichtigste. Bei Jesu Wunden, was kann nur über diese Menschen gekommen sein?«

»Sprecht!« befahl Pater Ramón streng. »Im Namen der Gesellschaft trage ich Euch auf, ohne Rücksicht zu nehmen die ungeschminkte Wahrheit zu sagen!«

Don Felipe schloß die Augen wieder. Und dann umriß er mit zuckenden Lippen und in stockendem Flüstern die schrecklichen Geschehnisse.

Es schien, daß die Schwierigkeiten zum Teil auf das Konto des Botschafters der Konföderation gingen, der berüchtigt war als höhnischer Mensch und dogmatischer Chauvinist. Wie von Don Miguel vorausgesagt, hatte er die Silvesterfeier in Londres ätzend abqualifiziert im Vergleich zu jener, welcher er sich daheim hätte erfreuen können.

Und zum Teil war es die Schuld des Kronprinzen. Es war ein offenes Geheimnis, daß er nun, in seinem einundvierzigsten Lebensjahr, es zusehends müde wurde, auf die

Nachfolge seines langlebigen Vaters zu warten, und dazu neigte, sich die Langeweile mit reichlich unköniglichen Zerstreuungen zu vertreiben.

Und zum Teil, sagte Don Felipe, war es auch die Schuld von Roter Bär, dessen Schwäche für Feuerwasser ebenso wohlbekannt war.

Irgendwann an diesem Abend war es zum Austausch hitziger Worte gekommen. Die königliche Wut loderte auf. Man hörte den Vorschlag, den Botschafter auf einen Esel gebunden zu deportieren – und zwar mit dem Gesicht nach hinten. Und in den Randzonen der königlichen Gesellschaft trieben sich, wie immer begierig nach einem bißchen reflektierter Glorie, zwei gefährliche Möchtegern-Vermittler herum: Don Arturo Cortés und die Marquesa di Jorque.

»Irgend jemand mit genügend Autorität hätte die Sache ausbügeln sollen«, stöhnte Don Felipe. »Roter Bär oder sogar der Großmeister. Aber dieses verdammte Weib aus Jorque hat ja keine Spur von Taktgefühl! Sie brachte die Emanzipation der Frau aufs Tapet, und dann, glaube ich, hat jemand gesagt, daß Frauen und Männer niemals gleich sein können, weil es gewisse Dinge, wie das Kriegführen, gibt, die durch und durch männlich sind. Darauf hat sich nun der Botschafter gestürzt, weil er wiederum eine Chance sah, aus Prinzip zu widersprechen. Er entgegnete, daß die blutrünstigsten und grausamsten Kämpfer der Geschichte die skythischen Amazonen gewesen seien, also sagte der König, die Amazonen seien nur ein Mythos, und wandte sich an Don Arturo, und ...«

Er brach ab, hustete heftig, und der Schmerz von den Pfeilwunden brachte seinen Körper in krampfhafte Zukkungen. Pater Ramón kniete unbeweglicher als eine Statue an seiner Seite und wartete darauf, daß er sich erholte.

»Und dann, mein Sohn ...?« drängte er schließlich.

»Ich weiß nicht«, flüsterte Don Felipe. »Alles, woran ich mich anschließend erinnere, sind diese schrecklichen Frauen mit Pfeil und Bogen und mit Speeren, welche die Treppe herabschwärmten, die vom Hauptturm herabkommt. Ich kämpfte zusammen mit allen anderen, die kämpfen konnten, aber sie kamen über uns wie die Teufel, und am Ende haben sie uns in Stücke gehackt.« Seine Stimme versickerte.

»Mein Vater!« rief Kristina mit dünner, hoher Stimme. »Meine Schwester! Was ist aus ihnen geworden?«

Aber es kam keine Antwort. Der Sanitäter ließ sich auf die Knie fallen, um Don Felipes Puls zu fühlen. Nach kurzer Zeit wandte er sich an Pater Ramón: »Wir müssen ihn von hier wegbringen und ruhen lassen, das Sprechen hat ihn äußerst geschwächt.«

Langsam und steif richtete Pater Ramón sich wieder auf. Don Miguel zog ihn zur Seite und flüsterte ihm drängend zu: »Ich tappe immer noch im dunkeln. Wißt *Ihr,* wer diese ›schrecklichen Frauen‹ sind?«

»Ganz zweifellos«, antwortete der Jesuit mit ausdrucksloser Stimme. »Amazonen ... ja, das ergibt einen Zusammenhang. So muß es geschehen sein ... Diese Narren! Diese *Narren!* Der Herr vergebe mir, wenn ich sie so abfällig beurteile, aber wie sonst können wir sie nennen? Hört zu: Sie wollten eine schlüssige Antwort auf die Frage, ob Frauen kühne, tapfere Kämpferinnen sein können, und sie suchten die Antwort dort, wo sie nicht hätten eindringen sollen, nämlich jenseits der Grenzen unserer Realität. Jene Frauen, die so aussehen wie die eine, die Ihr mir beschrieben habt, sind weibliche Gladiatoren vom Hofe König Mahendras, des Weißen Elefanten, in einer Welt, wo ein dekadenter, unrechtmäßiger Herrscher auf dem Thron eines mongolischen Reiches sitzt und ganz Asien und ganz Europa regiert – in einer Welt, die von unserer eigenen noch weiter entfernt ist als alle anderen, die unsere Forscher wissenschaftlich untersucht haben.«

Dank der Tatsache, daß Don Miguel in das bestgehütete Geheimnis der Gesellschaft eingeweiht war, klang diese Erklärung plausibel für ihn. Jedoch wünschte er sich, sie wäre ihm so unverständlich wie Kristina, die nicht die leiseste Ahnung hatte von dem gefährlichen Spiel mit der Zeit, welches die Gesellschaft vor vierzig Jahren begonnen hatte. Sie blickte ihre beiden Begleiter abwechselnd an und wiederholte nur: »Mein Vater und meine Schwester – was ist aus ihnen geworden?«

Don Miguel konnte nichts anderes tun, als sie mit dem Arm, den er um ihre Schultern gelegt hatte, tröstend an sich zu drücken.

»Ja – ja, natürlich, daran hätte ich denken sollen ... Aber was passiert ist, ist passiert. Wer ist schuld daran? Wer von den Gästen könnte dieses Geheimnis als erster zur Sprache gebracht haben? Doch ganz sicher nicht der Großmeister, selbst auf Drängen seines Vaters hin?«

»Nein, der Großmeister nicht«, entgegnete Pater Ramón. »Obwohl er bis zu einem gewissen Grad im Besitz einer königlichen Überheblichkeit ist, würde er nicht annehmen, er könnte den Naturgesetzen hohnsprechen.«

»Wer dann?«

»Der Leiter der Expedition in diesen weit entfernten Zweig der Geschichte«, fuhr Pater Ramón fort, »war Don Arturo Cortés.« Und nach diesem letzten Wort schloß sich sein Mund abrupt. Zwischen den beiden Männern herrschte Schweigen, doch rundum ging der Lärm der allgemeinen Flucht weiter, und nun, als die Glocken das unmittelbare Bevorstehen der Mitternacht verkündeten, hörten sie auch das trockene Knattern von Gewehrfeuer.

Der Sanitäter und zwei Soldaten hoben Don Felipe vom Boden auf, um ihn auf einen Krankenkarren zu betten. Das Bewegtwerden verursachte ihm Schmerz, und er schrie plötzlich auf.

»Pater Ramón! Wo seid Ihr?«

»Hier, mein Sohn!« Der Jesuit eilte zu ihm.

»Pater, das Schlimmste habe ich Euch noch gar nicht gesagt!« murmelte Don Felipe. »Ich habe gesehen, wie der König getötet wurde! Ich habe gesehen, wie sie den Kronprinzen mit Pfeilen durchbohrten, und sie haben Männer und Frauen auf ihre Speere gespießt, als diese fliehen wollten! Ich habe gesehen, wie ein Mädchen vom oberen Ende der Treppe geschleudert wurde und auf dem Marmorfußboden ihren Schädel brach! Ich habe gesehen ... Gott sei mir gnädig, Pater, ich habe so entsetzliche Dinge gesehen!«

»Was?« rief einer der Soldaten, die mithalfen, ihn hochzuheben. Und bevor Pater Ramón ihn zurückhalten konnte, hatte er sich schon umgewandt und schrie seinem Offizier zu: »Herr! Er sagt, der König ist tot!«

Ein entsetztes Schweigen fiel einen Augenblick lang über alle, die in Hörweite standen, und dann folgte ein Geräusch wie von einem ausbrechenden Sturm: »Der König ist tot! Der König! Der König!« Blitzschnell breitete sich die Neuigkeit aus und verklang über dem Meer von Menschen wie ein Echo.

»Pater Ramón, gibt es etwas, was wir tun können?« fragte Don Miguel.

Den schmalen, hohlwangigen Kopf reglos gebeugt, antwortete Pater Ramón sekundenlang nicht auf die Frage. Schließlich blickte er auf und schien sich wieder zu beleben. »Nun, da sind gewisse Schritte, die augenblicklich unternommen werden müssen, nicht wahr? Zum Beispiel könntet Ihr einen Zivilgardisten beauftragen, Ausrufer auszusenden, um diejenigen Mitglieder der Gesellschaft ins Hauptquartier einzuberufen, die nicht am Empfang im Palast teilnahmen. Das sollte nicht allzu schwer sein, denn sie werden allesamt hier entlangkommen, um sich zur Mitternachtsmesse zu begeben. Dann ... habt Ihr eine Kutsche?«

»Ich hatte eine.« Don Miguel starrte auf jene Stelle, wo er sie verlassen hatte. »Aber sie ist weg. Wahrscheinlich von den Flüchtlingen requiriert. Es wäre ohnedies schwierig, eine Kutsche durch dieses verängstigte Menschengewühl zu treiben.«

»Also nehmen wir die Pferde von der meinen.« Pater Ramón hob die Schultern. »Es ist viele Jahre her, seit sich meine müden Beine zum letztenmal um einen Pferderücken klammern mußten, aber was sein muß, muß sein. Machen wir uns auf den Weg, und zwar schnell!«

VI

Noch nie zuvor war Don Miguel ohne Sattel auf einem Pferd geritten, das er nur mit den Kutschenzügeln unter Kontrolle halten mußte, und hatte dabei ein weinendes Mädchen zu trösten gehabt, das hinter ihm saß, den Kopf auf seine Schulter gelegt. Es war zum einen ein böser Traum und zum anderen eine Farce, und die Situation hätte nur dadurch verschlimmert werden können, wenn Kristina dem reichsüblichen Brauch gefolgt wäre, im Damensattel zu reiten, statt rittlings wie ein Mann. Hätte sie es jedoch getan, wäre sie ganz sicher vom Pferd gefallen.

Ungeachtet der geringen Übung, die Pater Ramón auf dem Pferderücken besaß, ritt er in beachtlichem Tempo, und Don Miguel hatte Mühe, sein Tier, das ja die doppelte Last tragen mußte, mithalten zu lassen. Doch indem er ihm die Fersen in die Seiten trieb, zwang er den armen Gaul, Schritt zu halten, und sie galoppierten Seite an Seite den Weg zum Eingang des Hauptquartiers entlang. Jetzt waren drei Fenster mehr erleuchtet, und das Tor stand offen. Beim Geräusch der Hufe auf dem Schotter kam jemand herbeigrannt. Es war Jones. Im Licht der Verandafackeln konnte man sehen, daß er ein ganz neu erworbenes blaugeschlagenes Auge hatte.

»Hat sie sich befreien können?« rief Don Miguel besorgt, glitt zu Boden und streckte den Arm aus, um Kristina behilflich zu sein.

»Jawohl, Herr«, gab Jones kleinlaut zu. »Und es war eine fürchterliche Arbeit, sie wieder zu binden!«

»Aber es ist Euch gelungen?«

»Ja, mit Hilfe des Mannes, den Ihr hiergelassen habt. Allein hätte ich es mit ihr niemals aufnehmen können.«

Und dafür hat der arme Kerl auch noch seine Kutsche verloren, dachte Don Miguel. Doch heute nacht gab es Menschen in Londres, die ihr Leben verloren hatten und nicht nur ihren Lebensunterhalt. Solche Probleme zu wälzen war später noch Zeit genug. Im Augenblick galt es, eine große Katastrophe abzuwenden.

»Habt Ihr gesagt, das Mädchen konnte sich befreien?« rief Pater Ramón, der mühevoll vom Rücken seines Pferdes stieg.

»Ja, aber sie ist wieder gefesselt«, antwortete Don Miguel. »Jones, bringt uns gleich zu ihr.«

Kristina stolperte die Stufen zum Eingangstor hinauf, und er setzte sie in einen bequemen Armstuhl in der Eingangshalle. Dabei sah er, daß Pater Ramón, anstatt durch die offene Tür in das Vestibül einzutreten, wo der Kutscher mit grimmigem Gesicht und einem Prügel in der Hand das federgeschmückte Mädchen bewachte – das nun, wie er bemerkte, mit gutem, starkem Seil fest verschnürt war –, sich ins Innere des Gebäudes begab.

»Pater! Das Mädchen ist hier unten!« rief er.

»Ich weiß. Aber kommt mit mir. Schnell!«

»Kümmert Euch um die Dame!« beauftragte Don Miguel Jones und eilte hinter Pater Ramón her.

Der Jesuit führte ihn die breite Haupttreppe hinauf, den anschließenden Korridor entlang, vorbei an der Tür zur Bibliothek mit ihren Tausenden und Abertausenden von Büchern über die konventionell aufgezeichnete Geschichte, angereichert und ergänzt durch die Zeitreisenden der Gesellschaft, und hielt vor der Tür zu einem kleinerem Raum, den Don Miguel noch nie betreten hatte. Er wurde unter sicherem Verschluß gehalten, und man wußte auch ohne zu fragen, weshalb. Hier lagen die Akten, Dokumente und Aufzeichnungen, von denen die Generalbevollmächtigten der Gesellschaft in ihrer kollektiven Weisheit meinten, daß die Welt noch nicht reif sei, damit konfrontiert zu werden.

»Seid Ihr je im Geheimarchiv gewesen?« fragte Pater Ramón und fummelte unter seiner Soutane nach dem Schlüsselring.

»Nein, noch nie.«

»Aber Ihr wißt, was sie enthält?«

»Nun ja ... ich nehme an, Unterlagen über die heikelsten Abschnitte der Vergangenheit. Vielleicht über das Leben unseres Herrn Jesus Christus ...« Don Miguel machte eine vage Handbewegung.

»Wenn das alles wäre, bräuchten wir keine derartigen Vorsichtsmaßnahmen zu treffen, das zu schützen, was hier aufliegt«, seufzte Pater Ramón, steckte den Schlüssel hinein und drehte ihn mit einem Klicken im Schloß. »Ungeachtet der scharfen Kritik der sogenannten ›Progressiven‹ und ›Rationalisten‹ war Jesus Christus in jeder Hinsicht so bemerkenswert, daß er uns unsere immerwährende Bewunderung abverlangt. Wäre er es nicht gewesen, hätte die Kirche beim ersten Kontakt, den wir mit der Ära hatten, in der er auf Erden wandelte, ihren völligen Zusammenbruch erlebt. Aber sie ist stark wie eh und je.«

Während er sprach, führte er Don Miguel durch ein Gewirr von dunklen, hohen eisernen Bücherkästen mit enorm dicken, fest verschlossenen Glastüren, die gebundene Bücher, lose Bündel von Aufzeichnungen und Stapel periodischer Schriften enthielten, welche am Rücken warnende rote Buchstaben trugen, die über den Geheimhaltungsgrad ihres Inhalts Aufschluß gaben.

»Nein«, fuhr der Jesuit fort. »Hier werden Dinge aufbewahrt, die eine viel schwerere Wissenslast einschließen, als den einfachen Beweis, daß Christus Mensch war und aß und schlief und seine Notdurft verrichtete! Und gäbe es nicht die strenge Vorschrift, daß absolut niemand – auch nicht der Großmeister – ohne Begleitung in diese Unterlagen Einblick nehmen darf, hätte ich Euch nie genötigt, mit mir zu kommen. Für einen so jungen Mann, wie Ihr es seid, ist die Bürde, die Ihr jetzt schon zu tragen habt, schwer genug. Aber ...« – und er blieb vor einem der Kästen stehen, wobei er einen zweiten, kleineren Schlüssel hervorholte – »... hier muß ich prüfen, ob meine Annahme korrekt ist.«

Er zog die Glastüren auf, griff in den Schrank und wählte einen dicken, hellroten Band mit handschriftlichen Aufzeichnungen aus; zwischen den eng beschriebenen Seiten steckten detaillierte Aquarellmalereien. So rasch, als würde er nur nach etwas Bestimmtem suchen, das er bereits kannte

– und vermutlich war es auch so –, zog er eines dieser Bilder heraus und hielt es Don Miguel hin.

»Sieht die Frau unten im Erdgeschoß so ähnlich aus?« fragte er.

Don Miguel nickte langsam. Die Federn am Körper des hier abgebildeten Mädchens waren zwar grün, nicht blau, und die Bemalungen auf Gesicht und Oberkörper weiß statt gelb, aber die Frisur war die gleiche und auch die Hautfarbe, die Schuhe, die Perlenschnüre um ihre Handgelenke.

»Dann erfüllen sich meine ärgsten Befürchtungen«, murmelte Pater Ramón. Er klappte den Band zu und schob ihn zurück in das Fach. »Und ich muß Euch gestehen, mein Sohn, daß ich einfach nicht weiter weiß. Diese Katastrophe ist so absolut ohne Beispiel, daß sich selbst unsere Theoretiker in ihren Spekulationen kaum damit beschäftigt haben.«

Dies von Pater Ramón, dem anerkanntesten Experten auf diesem Gebiet, zu hören, erschütterte Don Miguel bis ins Innerste. Sein benommenes Hirn konnte keine Antwort darauf ersinnen, die es wert gewesen wäre, geäußert zu werden.

»Dennoch gibt es hier bestimmte Texte, die uns möglicherweise einen Hinweis geben könnten, und gewisse Kalkulationen müssen erstellt werden ...« Der Jesuit wandte sich einem anderen Bücherschrank zu und ließ den Blick an seinem Inhalt entlanggleiten. »Ja, von manchen der Artikel hier drinnen können wir uns zumindest Anleitungen und Denkanstöße erwarten. Streckt die Arme aus, Don Miguel, ich muß Euch nun auch eine physische Last aufbürden.«

Einige Minuten später folgte er mit vorsichtigen Schritten Pater Ramón die Treppe hinab, beide Arme beladen mit schweren Büchern und gebundenen Handschriften. In der Eingangshalle herrschte Verwirrung; Jones, der noch keine klare Vorstellung hatte von dem, was vorging, versuchte, eine Gruppe verärgerter Bevollmächtigter zu beruhigen, die dem Auftrag des Ausrufers nachgekommen und von ihren Silvesterfeiern zum Hauptquartier zurückgeeilt waren.

Als sie Pater Ramóns ernste Miene erblickten, verfielen sie

in Schweigen und wandten ihm die Gesichter zu. Er blieb auf der fünften oder sechsten Stufe vor dem Treppenende stehen, wo er sie alle überblicken konnte; und Don Miguel ergriff dankbar die Chance, seine Last auf dem Stiegengeländer abzusetzen.

»Pater, warum wurde uns aufgetragen herzukommen?« rief einer der kühneren Bevollmächtigten laut. »In der Stadt tobt ein Aufstand – wären wir nicht besser dort eingesetzt, wo man dabei ist, ihn niederzuringen?«

»Dies ist kein Problem, das man mit Schwertern und Fäusten lösen kann«, wies Pater Ramón ihn zurecht. »Bevor ich Euch jedoch sage, worum es sich handelt, berichtet mir, wie es draußen steht.«

»Nun, draußen ist das große Chaos! Horden von Menschen sind in Panik in die Stadt gekommen und erzählen eine verrückte Geschichte über den Versuch einer Ermordung des Königs.«

»Aber er ist ganz sicher schon tot!« rief ein anderer von der gegenüberliegenden Seite der Halle, und mit einemmal toste ein wilder Chor einander überschreiender Stimmen auf. Mit einer einzigen souveränen Handbewegung brachte Pater Ramón sie zum Schweigen und rief sie dann einen nach dem anderen auf. Beim Anhören der bruchstückhaften Schilderungen, die sich zu einem Ganzen formten, fühlte Don Miguel sich von neuem entmutigt; Kristina, die immer noch in dem Lehnstuhl saß, hatte die Grenzen ihrer Selbstbeherrschung erreicht und weinte still vor sich hin.

Vieles von dem, was gesagt wurde, wußte Don Miguel bereits: daß der Palast brannte, daß der Fluß übersät war mit treibenden Leichen. Doch anderes war ihm neu – und genauso entsetzlich: wütender flüchtender Pöbel hatte auf der Königin-Isabella-Allee einen Zivilgardisten in Stücke gerissen, Diebe und Räuber hatten die Gelegenheit wahrgenommen und die großen Kaufmannsläden geplündert, und nun zündeten sie Häuser und Geschäfte an, um ihre Verfolger abzulenken: zwei Armeekommandos hatten sich gegenseitig unter Feuer genommen, in der Annahme, es handele sich bei ihren Kameraden um den erwarteten Feind, und viele Männer waren umgekommen, ehe es den Offizieren gelang, ihre Truppen wieder unter Kontrolle zu bekommen …

»Genug!« bellte Pater Ramón schließlich. »Kommt mit mir in die Unterweisungshalle, dort werde ich alles erklären. Don Miguel! Geht die Bücher durch, die ich Euch gegeben habe, und markiert mir jeden Hinweis, den Ihr finden könnt und der uns hilfreich sein könnte. Ich werde mich zu Euch gesellen, sobald ich jedem unserer Brüder seine Aufgabe zugeteilt habe.«

Die Unterlagen, die Don Miguel zu sichten hatte, waren auf ihre Art – nur in anderer Richtung – genauso furchteinflößend wie das, was er soeben über die Lage in Londres vernommen hatte. Von der Existenz dieses Materials hätte er nie auch nur geträumt. Beim Umblättern einer Seite nach der anderen all dieser Bücher spürte er, wie er kopfüber in ein fremdartiges Universum geschleudert wurde, obwohl die Verfasser der Artikel und Briefe, die er las, ihm seit seinem Eintritt in die Gesellschaft vertraut waren und sämtliche Generalbevollmächtigte, sowie Don Arturo Cortés und Pater Terence O'Dubhlainn einschlossen.

Aber der Gegenstand, mit dem sie sich befaßten …! Sie machten ihn schwindlig; eine Seite verschmolz mit der nächsten, und komplizierte mathematische Formeln tanzten vor seinen Augen. »DIE WAHRSCHEINLICHSTEN IMPLIKATIONEN EINER BEGRENZTEN KAUSALEN SCHLINGE«, »RESULTATE EINES EXPERIMENTS MIT DER RÄUMLICHEN VERLAGERUNG IN EINER QUASIGEGENWART«, »EIN EINWAND GEGEN DIE BASISVORAUSSETZUNGEN FÜR DIE STANDARDGLEICHUNGEN ZU DEFINITIONEN HISTORISCHER ALTERATIONEN«, »DIE BEEINFLUSSUNG DER ÜBERLIEFERTEN REALITÄT AUFGRUND EINES TINTENKLECKSES AUF EINER MITTELALTERLICHEN HANDSCHRIFT DURCH NACHHALLFAKTOREN« …

Don Miguel war beinahe überrascht, daß es in dieser Welt, in der er lebte, tatsächlich einen Pater Ramón gab, und daß er nun zurückgekehrt war, nachdem er an die anderen Mitglieder der Gesellschaft, die seinem Ruf gefolgt waren, alle notwendigen Instruktionen ausgegeben hatte. Jetzt stand er neben dem Tisch, an dem Don Miguel saß, und wartete auf die Beurteilung der Aufgabe, die er ihm gestellt hatte.

»Nun? Was erscheint Euch für uns von Nutzen in diesem ganzen Konvolut?«

»Praktisch nichts, Pater«, seufzte Don Miguel. »Das ganze Thema ist so fremd für mich. Ich glaube, den Argumentationen kann ich einigermaßen folgen – meine mathematischen Kenntnisse sind zwar etwas dürftig, aber die Symbole und Rechenoperationen sind ausreichend definiert. Doch wenn es darum geht, die Schlußfolgerungen herauszuarbeiten ... Nun, diese Aufzeichnungen habe ich also mehr oder weniger auf gut Glück für Euch ausgesucht.«

Er legte die vier Bücher in die Mitte des Tisches; in jedem von ihnen steckte ein Blatt Papier, um die vielversprechendsten Artikel zu markieren. Er machte seinen Stuhl für Pater Ramón frei und wartete ungeduldig, während der Jesuit blitzschnell die Texte durchging.

»Ich sehe schon, was Ihr meint«, nickte dieser nach einer Weile. »Die Frage der Größenordnung. Es ist eine Sache, die unwesentlichen Folgen eines Tintenkleckses zu untersuchen, von dem man glaubt, er sei durch die Unachtsamkeit eines Zeitreisenden verursacht worden; hingegen ist es ein völlig anderes Problem, wenn es um den Tod von Menschen geht.«

»Und es hat einfach noch kein transtemporales Eingreifen dieses Ausmaßes gegeben!« Don Miguel rieb sich die müden Augen. »Es hat noch nicht einmal einen temporalen Rückkoppelungsprozeß gegeben, der es wert wäre, erwähnt zu werden, wenn man absieht von ...«

Plötzlich, mitten im Satz, verstummte er und starrte Pater Ramón an. Nach einer inhaltsschweren Pause sagte er: »Pater, ich habe eine Idee. Ich weiß nicht, ob sie funktionieren wird, aber zumindest würden wir dort eingreifen können, wo es bereits eine Störung auf der Zeitlinie gibt.«

In Pater Ramóns Augen erschien ein Fünkchen Hoffnung. »Dann laßt mich diese Idee hören«, sagte er.

»Die Mette, Pater. Könnten wir uns nicht die Neujahrsmette der Gesellschaft zunutze machen?«

Der Moment zog sich hin, und Pater Ramón starrte Don Miguel immer noch an. Dann brach er unvermittelt in unheiliges Gelächter aus.

»Natürlich – die Messe! Gesegnet seiet Ihr, mein Sohn! Daß ich nur so blind sein konnte, die Messe zu übersehen!«

VII

Als die Umrisse eines vertrauten Raumes rund um Don Miguel Gestalt annahmen, fiel endlich etwas von seiner Anspannung von ihm ab. Unverwechselbar waren die Umkleidezellen in dem Gebäudeteil, der vor der Kapelle der Gesellschaft lag, genauso unverwechselbar der hohe, klare Klang der Glocke, die da draußen läutete.

Er war da.

War er das wirklich? *Jetzt?*

Noch gab es keine Möglichkeit, die Frage zu beantworten, denn diese schwere Prüfung war noch lange nicht zu Ende. Er wußte so gut wie Pater Ramón, daß er Teil eines furchterregenden Experiments war, Teil einer Operation, die noch nie im Laufe der Geschichte jemand durchzuführen gewagt hatte. Und so waren die Ergebnisse unabsehbar.

Pflichtbewußt und wie von dem Jesuiten angeordnet, hatte er sein Bestes getan, sie zu kalkulieren. Er hatte eine Berechnung in Faktoren zu zerlegen, welche Pater Ramón hastig hingekritzelt hatte, und mit der Hilfe eines scheuen, altklugen, etwa siebzehnjährigen Anwärters, der eine bemerkenswerte Gabe für Mathematik besaß, war er zu einer

Lösung gekommen. Während der Arbeit hatte er versucht, den Symbolen einen realen Stellenwert zu geben, und dachte daran, daß er es mit menschlichen Leben zu tun hatte, die eines nach dem anderen ausgelöscht wurden ...

Das Problem reduzierte sich auf eine nicht exakt definierbare Variable und einen Faktor *k*. Dieses Resultat zeigte er Pater Ramón, der es lange anstarrte, bevor er seufzte, die Augen eine Sekunde lang wie im Gebet schloß und ihn dann hinaufgehen hieß zu den Hallen der Zeit im Hauptturm.

Und dort, unter den Anleitungen bleichgesichtiger, nervöser Techniker – den wenigen, die man in ihren Wohnungen angetroffen hatte –, nahm er zwischen den vertrauten Eisen- und Silberstäben Aufstellung. Die Wartezeit, während Einstellungen doppelt und dreifach überprüft wurden, erschien ihm unerträglich, aber er harrte aus. Er hielt sich vor Augen, daß die Gesellschaft ihn auf eine Reise schickte, die noch nie gewagt worden war. In dem Augenblick, in dem er sie unternahm, würde er möglicherweise einen ganzen fehlgelaufenen Zweig der Geschichte auslöschen.

Plötzlich wurde die Luft rundum sehr heiß ...

... und er stand hier in der Umkleidezelle der Kapelle, und die Glocke dort oben erklang genau wie in jeder Neujahrsnacht, seit die Gesellschaft diesen Palast als offizielle Residenz des Großmeisters erworben hatte.

Die Gedanken überschlugen sich in seinem Kopf, und er fragte sich, welche Bedeutung wohl dieser Faktor *k* hatte. War damit vielleicht der König gemeint, dessen Leben oder Sterben die Realität radikaler ändern könnte als jenes eines gewöhnlichen Sterblichen? Seine Bescheidenheit sprach sich für diese Möglichkeit aus. Aber er hegte dennoch den Verdacht, daß in Wirklichkeit die Person, welche vom Faktor *k* repräsentiert wurde, er selbst war, den nur eine Laune Kristinas vor dem Gemetzel im Palast gerettet hatte.

Und der nun dieses Geschenk der Vorsehung mit Zinsen zurückzahlen mußte.

Er erkannte natürlich die Notwendigkeit, das ungeschehen zu machen, was geschehen war. Wenn die Ereignisse unverändert blieben, würden die Folgen dieser Nacht des Wahnsinns für immer ein Fleck auf der Ehre der Gesellschaft sein. Darüberhinaus stand der Tod des Königs und aller möglichen Thronerben, des Botschafters der Konföderation und anderer Botschafter, sowie vieler Angehöriger des hohen und niederen Adels des Reiches in keinem Verhältnis zur Nichtigkeit des Anlasses, der dies alles hervorgerufen hatte.

Doch selbst nachdem er sich durch alle Texte hindurchgewühlt hatte, die von Pater Ramón auserwählt worden waren, wußte er über den Aufbau einer geschlossenen kausalen Schlinge nur eines ganz genau: Niemand ahnte auch nur im entferntesten, welche ihre Auswirkungen waren.

Seine Gedanken kreisten wie Wasser in einem rotierenden Becher. Er legte die Hände an die Schläfen und versuchte, zusammenhängend zu denken. Bis zu einem gewissen Ausmaß war er in Kasuistik bewandert – jenem Teil der Morallehre, der streng logisch und oft hart am Rande der Spitzfindigkeit das Verhalten in Gewissenskonflikten bestimmt. Und so konnte er die verschwommenen Umrisse der logischen Folgerungen erkennen, die Pater Ramón dazu bewogen haben mußten, sich auf dieses noch nie dagewesene Spiel einzulassen. Voraussetzung: die schrecklichen weiblichen Gladiatoren, die dieses Unglück verursacht hatten, entsprangen tatsächlich einer nicht-realen Welt – einer Welt, die nur das experimentelle Eingreifen der Forscher der Gesellschaft geschaffen hatte. Dann könnte man auch die Konsequenzen dieser Handlungen als nicht-real oder potentiell betrachten. Und dann wäre das Resultat der Korrektur dieser Konsequenzen *nicht* nicht-real ...

Mit schmerzhafter Plötzlichkeit schoß ihm der Gedanke ein, daß – so nicht irgend etwas grauenhaft schiefgelaufen war – der ganze Alptraum in seinem Gehirn *bereits überhaupt nicht geschehen war*.

Eine Sekunde lang bekam er einen flüchtigen Eindruck davon, was es hieß, ein Mensch wie Pater Ramón zu sein, dessen Denken erleuchtet wurde von einer Logik, so durchdringend wie das Licht der Sonne, und der getrieben wurde von einer furchtbaren, unerbittlichen Ehrlichkeit, die ihm nicht erlaubte, irgend etwas vor sich selbst zu verbergen. Und er fühlte, wie ihm der Schweiß aus jeder Pore seines Körpers drang, als ihm klar wurde, daß er hier, jetzt, in der korrigierten Situation, der alleinige Besitzer einer einzigartigen Vergangenheit war.

Diese Erkenntnis lähmte ihn kurz. Er dachte, sein Herz würde aufhören zu schlagen; er konnte sich vorstellen, an diesem Schock zu sterben, ganz besonders, als die Glocke aufhörte zu läuten. Dann hörte er auf dem Gang jenseits der Tür seiner Umkleidezelle das langsame schleifende Geräusch von Füßen und erkannte, daß die Glocke *in der Realität* aufgehört hatte zu läuten.

Wenn das Wort ›Realität‹ noch irgendeine Bedeutung hatte.

In jedem Fall versammelten sich die Mitglieder der Gesellschaft zur Silvestermette, zur ehrfurchteinflößendsten all ihrer offiziellen Veranstaltungen, und er würde sich dem Zug der Andächtigen anschließen müssen. Er beruhigte sich bewußt, indem er tief durchatmete. Und als er schließlich entschied, daß er nun gehen konnte, ohne zu schwanken, nahm er seine Amtsrobe vom Wandhaken, legte sie an und zog die Kapuze weit nach vorn übers Gesicht. Dann öffnete er die Zellentür und eilte seinen Kollegen hinterher.

Sie waren heute alle gesichtslose Wesen, und nur die Unterschiede in Größe und Statur konnten einen kleinen Hinweis auf ihre Identität geben: Die Kapuzen verbargen ihre Gesichtszüge, die Ärmel bedeckten ihre Hände, und die Roben waren bodenlang und raschelten um ihre Füße. Das alles hatte seinen Grund. Einen Grund, den nur Mitglieder der Gesellschaft kannten, und der diese Messe zu dem ungewöhnlichen Ereignis machte, das sie war.

Grau fügten sie sich in die graue Dunkelheit der Kapelle, die nur von zwei Kerzen an der Ostseite beleuchtet wurde. Ihr schwacher Schein flackerte launenhaft über die vergoldeten Wappenschilder über den Kirchenstühlen der Generalbevollmächtigten, reichte aber nicht aus, die Gesichter kenntlich zu machen. Bei dem feierlichen Klang der Orgel verteilte sich die versammelte Gesellschaft in die Reihen der Kirchenbänke.

In diesem Jahr gab es achthundertsechsundvierzig Anwärter, Bevollmächtigte und höherrangige Mitglieder der Gesellschaft. Folglich saßen achthundertsechsundvierzig graugekleidete Männer in den Bänken.

Und bei jedem einzelnen von ihnen konnte es sich um einen Mann handeln, der Mitglied aus einer anderen Zeit war, und der in den Diensten der Gesellschaft sterben sollte.

Nur der Priester, der den Gottesdienst abhielt, würde, wenn er die Hostie zu den Reihen vor ihm knieender Brüder brachte, im Licht der Altarkerzen erkennen, ob einer der Andächtigen ein Fremder war, und daraus schließen können, welches der anwesenden Mitglieder – und hier fehlten einfach die Worte – *heute nacht* die Messe mit Kollegen eines Zeitalters feierte, das erst kommen sollte.

Und der Priester trug eine Maske.

Don Miguel überdachte alles, was dieses Wissen bedeutete. Er selbst befand sich möglicherweise gar nicht bei der Messe jener Silvesternacht, die er heute durchlebt hatte. Jedes Jahr spielte die Orgel dieselbe Musik; jedes Jahr wurde mit päpstlicher Dispens der Gottesdienst flüsternd abgehalten, so daß ein potentieller Fremder inmitten der Andächtigen die Stimme des Priesters nicht als ungewohnt erkennen und somit den bevorstehenden Tod vorhersehen konnte. Man hätte natürlich die grauen Roben zählen und so ersehen können, ob die Summe von jener abwich, die man erwartete ...

Don Miguel ließ den Blick rundum in die Schatten gleiten und schüttelte den Kopf. Nein. Niemand würde das tun. Niemand würde das wagen.

Das Scharren Hunderter Füße folgte. Die Männer in den grauen Roben erhoben sich, und der maskierte Priester trat vor den Altar.

VIII

Zu dem Zeitpunkt, zu dem der Gottesdienst vorbei war, war Don Miguel sich darüber klargeworden, was er nun zu tun hatte. Zusammen mit den anderen Mitgliedern der Gesellschaft, die im Gänsemarsch die Kapelle verließen, kam auch er heraus und ging direkt zu seiner Umkleidezelle. Das kurze Absondern der Männer voneinander vor und nach der Messe hatte natürlich nicht nur den Zweck, ihnen eine Möglichkeit zur privaten Meditation zu geben; es diente auch dazu, die Hin- und Rückreise desjenigen, der zu einer Teilnahme an der Silvestermette eines künftigen Zeitalters auserwählt worden war, zu erleichtern. Es gab keine Möglichkeit, dies festzustellen.

Selbstverständlich war es nicht *unbedingt* notwendig, den Transfer von einer Umkleidezelle aus vorzunehmen – es war nur zweckdienlich.

Und wenn er zu den richtigen Schlüssen gekommen war, würde heute nacht eine Ausnahme gemacht werden, und Don Miguel war sich im Grunde genommen sicher, wen es betroffen hatte.

Eine Art grimmige Erregung begann an die Stelle seiner vorherigen Nervosität zu treten, als er seine Robe ablegte. Er nahm sich kaum Zeit, sie ordentlich auf den Haken zu hängen, bevor er die Zelle verließ – vor den meisten seiner Kollegen, die zweifellos noch eine Weile im Gebet versunken blieben, ehe sie zum Empfang in den Palast zurückkehrten.

Er folgte einem kalten, mit Steinplatten belegten Gang, ging an der Kapelle vorbei und steuerte auf die Sakristei am anderen Ende des Gangs zu. Unwillkürlich beschleunigten sich seine Schritte, die Absätze seiner Schuhe klapperten auf dem Steinboden, und schließlich langte er vor der Tür an, hinter der sein Ziel lag. Hier blieb er stehen, während Kälteschauer über seinen Rücken jagten.

Angenommen – nur angenommen –, irgendein unvorhersehbarer Irrtum hatte den Plan zunichte gemacht; angenommen, er klopfte, und eine andere Stimme als jene Pater Ramóns hieß ihn eintreten ...

Nun, es gab nur einen Weg, das herauszufinden. Er hob die Faust, um damit gegen das Holz zu hämmern, und sein Herz pochte vor Erleichterung, als er hörte, daß es tatsächlich Pater Ramón war, der antwortete.

Er drehte den Türknauf und trat über die Schwelle.

Der Jesuit war allein in dem karg möblierten Raum. Er stand neben dem Tisch, eine magere Hand auf die polierte Platte gelegt, die Augen hell und klar in seinem Vogelgesicht. Als er seinen Besucher erblickte, lächelte er.

»Es werde Euch ein glückliches neues Jahr, mein Sohn«, sagte er. »Es ist sehr freundlich von Euch, mich aufzusuchen, wenn das Jahr noch so jung ist. Ich hätte gedacht, Ihr würdet begierig darauf sein, zum Fest im Palast zurückzukehren ...« Er brach ab, blickte forschend in Don Miguels Gesicht und fuhr dann in ernsterem Tonfall fort.

»Vergebt meine Heiterkeit!« rief er. »Ich sehe aus Eurer Miene, daß es schwerwiegende Botschaften sind, die Euch herführen.«

»Es ist wahr, Pater, Ihr habt recht. Noch dazu ist es eine so merkwürdige Botschaft, daß ich einfach nicht weiß, wie ich Euch davon überzeugen soll, daß ich weder betrunken noch verrückt bin.« Don Miguel fuhr sich mit der Zunge über die trockenen Lippen. »Doch ich denke, Ihr werdet mich ernstnehmen, wenn ich Euch sage, welches Mitglied unserer gegenwärtigen Gesellschaft für Zeitenkunde heute nacht bei der Mette nicht anwesend war.«

Das Lächeln verschwand aus Pater Ramóns Gesicht. »Das kann wohl kaum das Thema für eine leichte Plauderei sein, mein Sohn! Ja, Ihr solltet mir in der Tat einen zufriedenstellenden Grund dafür liefern, weshalb Ihr es überhaupt erwähnt habt!«

»Das will ich versuchen.« Don Miguel schluckte schwer. »Ihr gebt mir wohl zu, daß es keinen normalen Weg gibt, das herauszufinden, oder? Und Ihr werdet mir doch glauben, wenn ich Euch mein Wort gebe, daß ich mir nicht heimlich Einblick in irgendwelche Geheimpapiere verschafft habe ... ja, daß ich nicht einmal weiß, ob solche Papiere existieren?«

»Ihr verwirrt mich ... aber ich akzeptiere Euer Wort. Fahrt fort!«

»Wie kann ich mir dann so absolut sicher sein, daß derjenige Bevollmächtigte, dem Ihr heute nacht das Heilige Brot nicht reichen konntet – Don Arturo Cortés war?«

Ein langes Schweigen folgte. Pater Ramón beendete es, indem er nach einer schwarzgebundenen Bibel auf einem Bord griff, die auf dem Deckel ein goldgeprägtes Kreuz trug. Er legte sie zwischen sich und Don Miguel auf den Tisch und bedeutete ihm mit einem Nicken, sich zu setzen. Don Miguel gehorchte, legte eine Hand auf das Buch und wischte sich mit der anderen den Schweiß von der Stirn.

»Und noch etwas gibt es, Pater, worauf ich Euch mein Wort gebe«, fuhr er fort. »Ich habe niemals – in dieser Welt, meine ich – das Geheimarchiv der Bibliothek betreten. Aber ich weiß – und Ihr wißt –, daß es am Hof König Mahendras, des Weißen Elefanten, weibliche Gladiatoren gibt, die kämpfen wie Assassinen.«

»Ihr habt von ihnen von Don Arturo erfahren?« herrschte Pater Ramón ihn an.

»Nein, ich habe mit ihm nie darüber gesprochen. Ihr müßt wissen, wir können einander nicht ausstehen.«

»Wer dann ...?«

»Ihr selbst, Pater. Ihr selbst habt mir von ihnen erzählt.«

Wiederum herrschte dieses furchtbare Schweigen. Im Licht der Lampen schimmerte das Gesicht des Jesuiten wie geöltes Pergament. Aber seine Stimme war ganz leidenschaftslos, als er sagte: »Ihr sprecht in Rätseln, doch Ihr wirkt auf mich nicht wie ein Mann, der den Verstand verloren hat. Ich muß Euch wohl zu Ende anhören. Fahrt fort!«

»Ihr habt mir die Dinge in einer Art und Weise erklärt, daß ich sie Euch nun meinerseits so darlegen kann, wie sie Euch am besten davon überzeugen, daß ich nicht den Verstand verloren habe. Ihr ließt mich teilhaben an einem Geheimnis, das, wie Ihr wußtet, Eure Aufmerksamkeit erregen würde.«

»Und das ist Euch auch gelungen«, gab Pater Ramón zu. »Aus guten und ausreichenden Gründen wurde die Existenz dieser potentiellen Welt, die Ihr erwähnt habt, nie publik gemacht. Vielleicht könnt Ihr Euch vorstellen, weshalb?«

»Weil in dieser Welt der wahre Glaube unterdrückt wird?« äußerte Don Miguel eine Vermutung.

»Richtig. Es gibt auch noch andere Gründe, aber das ist der wichtigste. Also erklärt Eure Version der Ereignisse.«

Don Miguel erkannte, daß der scharfe Verstand des Jesuiten bereits an den Kern der Angelegenheit gerührt hatte. Schon mußte er sich bewußt sein, daß er dazu verurteilt war, in die mißlichste Lage zu kommen, in die ein Mensch geraten kann: nämlich eigene Handlungen zu beurteilen, von denen er keine Kenntnis hatte ...

Laut sagte er: »Zuallererst, Pater, müßt Ihr eine Botschaft an die Zukunft schreiben. Um die Sicherheit unserer eigenen Welt zu gewährleisten, müßt Ihr Instruktionen ausgeben – unumstößliche Befehle, unter dem Großen Siegel der Gesellschaft –, für den Tag, an dem Don Arturo ausgesandt wird, die Mette mit den Brüdern aus einer anderen als seiner eigenen Zeit zu feiern: dann muß er von einem früheren Zeitpunkt geholt werden, als üblich ist. Er muß, soweit ich es beurteilen kann, drei ganze Stunden der Nacht verlieren. Vor allem darf ihm nicht gestattet werden, mit dem Botschafter der Konföderation oder irgend jemandem sonst über das Thema der Frau als tapfere Kämpferin zu sprechen.«

Pater Ramón sah angegriffen aus. Er sagte: »Ich will tun, wie Ihr sagt. Doch erzählt mir, weshalb!«

Stück für Stück tat Don Miguel wie ihm geheißen.

Als er zu Ende gesprochen hatte, saß Pater Ramón lange Zeit schweigend da. Schließlich regte er sich, das Gesicht schneeweiß.

»Ja«, sagte er zögernd. »Ja, das könnte geschehen sein. Ein korrupter und gesinnungsloser Mensch gibt der Laune eines Monarchen nach – und das Resultat ist ein Blutbad für Tausende. Ihr habt der Gesellschaft einen einzigartigen Dienst erwiesen, mein Sohn. Aber Ihr versteht doch zweifellos, daß Euer einziger Lohn dafür der schreckliche Alptraum dieses Wissens sein wird?«

Don Miguel nickte. Mit dumpfer Stimme sagte er: »Schlimmer noch als dieses Wissen ist meine gegenwärtige Unwissenheit! Ich fühle mich wie ein Blatt, das man in den Wind geworfen hat. Ich habe keine Ahnung, was ich – jetzt, in dieser Welt – den ganzen Abend lang gemacht habe!«

»Mit Vorsicht und Klugheit werdet Ihr das feststellen können, ohne daß irgendein Schaden angerichtet wird«, versicherte ihm Pater Ramón. »Aber ... Nun, wünscht Ihr, frei zu sein von dem, was Ihr wißt? Ich kann Euch aus Eurer Erinnerung entlassen, wenn Ihr das vorzieht, denn all das, dessen Ihr Euch entsinnt, ist jetzt unbestreitbar nichtexistent, und es wäre rechtlich in Ordnung, es aus Eurem Gehirn zu verbannen.«

Don Miguel zögerte. Das Angebot war verführerisch, und er wußte, daß der Vorgang heutzutage schnell und leicht durchzuführen war – das Heilige Offizium hatte Drogen für aufrichtig reumütige Kriminelle entwickelt, deren Schuldgefühle sie daran hinderten, wieder nützliche Mitglieder der menschlichen Gesellschaft zu werden.

Doch plötzlich sagte er zu seiner eigenen Überraschung: »Nein, Pater. Denn Ihr wißt jetzt genausoviel wie ich. Und ich habe das Gefühl, es wäre unfair von mir, Euch allein die Last dieses Wissens aufzubürden, ohne daß Ihr sie mit jemand anderem teilen könnt.«

»Ich würde sie mit Gott teilen«, erinnerte ihn der Jesuit leise. »Aber nichtsdestoweniger danke ich Euch. Ich finde, es ist ein mutiger Entschluß von Euch.« Er nahm das Buch mit dem Kreuz auf dem Einband an sich und hielt es in beiden Händen.

»Um Eures eigenen Seelenfriedens willen rate ich Euch,

jetzt zu dem Empfang im Palast zurückzukehren. Je länger Ihr dieser Erinnerung an das, was nicht geschehen ist, gestattet, Euer Denken zu dominieren, desto länger werdet Ihr Euch unruhig und befangen fühlen. Geht hin und seht mit eigenen Augen, daß der Palast unversehrt vom Feuer dasteht, daß der König lebt, daß Euer Freund Don Felipe Basso nicht von Pfeilen verwundet wurde, und am Ende wird es zu nichts anderem als zu einem Traum werden.«

»War es denn in Wahrheit nicht nur ein Traum?«

Pater Ramón beantwortete Don Miguels Hartnäckigkeit mit dem Anflug eines Lächelns. »Morgen – oder, wenn Ihr wollt, später am heutigen Tage – kommt zu mir, und ich werde Euch einige Texte aus der Bibliothek empfehlen, die sich mit der Macht und den Grenzen des Antichrist beschäftigen. Es ist ihm zwar möglich, überzeugende Illusionen zu schaffen, nicht aber die Realität. Und entschlossene, aufrechte Männer sind immer in der Lage, diese Illusionen zu durchschauen.«

Er erhob sich. Don Miguel tat das gleiche, ließ sich dann auf die Knie fallen und beugte den Kopf. Als der Priester ihn gesegnet hatte, blickte er auf.

»Ich werde die Botschaft an die Zukunft schreiben, wie von Euch gewünscht. Ich werde gewisse Elemente der Eitelkeit im Charakter eines prominenten Bevollmächtigten überdenken; vielleicht einen warnenden Artikel für eines der Journale der Gesellschaft verfassen, den dank meines nicht unbeträchtlichen Rufes niemand wagen wird, als absurd abzutun. Und selbstverständlich werde ich beten.«

Er ging an Don Miguel vorbei und öffnete ihm die Tür. »Geht mit Gott, mein Sohn«, sagte er.

IX

Zutiefst aufgewühlt durchschritt Don Miguel langsam den kalten Gang, der die Kapelle mit dem angrenzenden Palast verband. Er konnte den Lärm der Musikkapelle hören, die wieder spielte, und die Stimmen, die dazu sangen, und viel Gelächter.

Das war die Realität!

Dennoch – *wieviel* von dem, was er erlebt hatte, hatte niemand sonst erlebt? Hatte er den Abend zusammen mit Kristina in Londres verbracht, mitten unter das Volk gemischt? Natürlich waren sie nicht auf das federgeschmückte Mädchen auf dem Reichsplatz gestoßen – aber was hatten sie stattdessen getan?

War er überhaupt schon beim Empfang?

Diese letzte erschreckende Frage ließ ihn wie angewurzelt innehalten, doch dann verbannte er sie mit einem Kopfschütteln aus seinen Gedanken. Wenn es nicht schon geschehen war, dann würde die Gesellschaft auf Anordnung Pater Ramóns hin alle Schritte unternehmen/unternommen haben, um solche Paradoxa zu korrigieren. Er konnte sich ganz genau an die Vorsichtsmaßnahmen erinnern, welche die Techniker im Hauptquartier (nicht) getroffen hatten, um sicherzugehen, daß er nicht mehr als ein, zwei Minuten vor Mitternacht in dieser korrigierten Realität erschien. Aber in gewissem Sinne hatte er sich natürlich mit sich selbst überlappt, weil er in jener potentiellen Welt in dem Augenblick, der diesem jetzigen entsprach, sich mit Pater Ramón und Kristina zusammen im Hauptquartier befunden hatte, und nun machte er sich gerade daran, zu der Silvestergesellschaft zu stoßen ...

Das Ringen mit diesem unlösbaren Problem verursachte ihm Kopfschmerzen. Er zwang seine Aufmerksamkeit wieder zurück auf seine Umgebung und erkannte, daß er sich nun in einem warmen, gut beleuchteten, hübsch geschmückten Korridor befand: Er hatte das Innere des Palastes betreten. Jeden Moment würde er nun in einen Raum voller Gäste kommen und dort Kristina vorfinden, die ungeduldig auf seine Rückkehr von der Mette wartete.

Oder – die Vorstellung ließ ihm den Mut sinken – er würde erfahren, daß sie und er sich nicht davongeschlichen hatten in die Stadt, sondern einen sterbenslangweiligen Abend mit höflichem, nichtssagendem Geplauder verbracht hatten, bis sie die Geduld verloren und eine Ausrede erfunden hatte, um sich einen lebhafteren Partner zu suchen.

Pater Ramón hatte ihm zu Klugheit und Vorsicht geraten; auf das erstere hatte er wohl nicht viel Einfluß, aber an den Rat zur Vorsicht konnte er sich halten. Anstatt sich direkt zur Haupthalle zu begeben, in der sich sicherlich der Großteil der Gäste befand, wandte er sich seitlich in einen anderen Korridor, wo Sklaven kamen und gingen, das traditionelle Neujahrsfrühstück auf Tabletts und Servierwagen oder Krüge mit dampfendem Glühwein, der würzig duftete, in den Händen. Der Korridor führte Don Miguel zu einem geschützten Alkoven, von dem aus er die Lage erkunden konnte, ehe er sich zeigte.

Jetzt war die große Halle nur noch halb so voll wie zuvor. Der König war nicht zu sehen, aber man konnte wohl annehmen, daß sein Abgang friedlich und ereignislos vonstatten gegangen war. Auch der Botschafter der Konföderation war nicht in Sicht, doch entdeckte er den Kronprinzen, der sich genau vor dem Podium der Musikkapelle geradezu königlich mit einem hübschen Mohawkmädchen unterhielt; und da war auch Roter Bär, in einen Lehnstuhl hingelümmelt hofhaltend. Man hatte ihn vermutlich vor der Messe gewaltsam ausnüchtern müssen; allein die Vorstellung, daß irgendein gewöhnlicher Bevollmächtigter sich so etwas leistete – aber ein Generalbevollmächtigter natürlich ...

»Miguel!«

Erschrocken drehte er sich um; breit lächelnd kam Don Felipe auf ihn zu.

»Miguel, wo bist du denn die ganze Zeit gewesen?« Er stupste seinen Freund mit einem Finger in die Rippen und blinzelte wissend. »Sag mir nichts, laß mich raten – nur sollte ich das besser nicht laut sagen! Ich bin sicher, daß du einen vergnüglichen Abend verbracht hast!«

»Natürlich!« Don Miguel ergriff den dünnen Strohhalm. »Hast du mich denn schon gesucht?«

»Nicht unbedingt«, gluckste Don Felipe. »Ich hatte ... nun, ich hatte meine Gedanken anderswo. Aber ich habe bemerkt, daß du durch Abwesenheit glänztest.«

»Dann setz mich bitte ins Bild, was alles vorgefallen ist!« Don Miguel versuchte, seiner Stimme einen leicht blasierten Tonfall zu verleihen. »Ich ... äh, ich könnte gezwungen sein, meine Abwesenheit zu vertuschen, klar?«

Don Felipes Augen wurden kugelrund. »Miguel, willst du am Ende sagen ...? Nein, du unverschämter Glückspilz! Ingeborg ist zwar überaus unterhaltsam, aber doch noch ein bißchen jung für ...«

»Felipe!« unterbrach ihn Don Miguel scharf.

»Gut, ist schon gut!« Don Felipe spielte überzeugend den Reumütigen. »Diskretion ist Ehrensache, und all dieses Geschwätz ... Nun, dann wollen wir es kurz machen; ich bin sehr in Eile, den Wein, den ich in mir habe, wieder loszuwerden und zu Ingeborg zurückzukommen. Ab wann ist dir denn der Faden der Ereignisse entglitten?«

»Äääh ...« Don Miguel runzelte die Stirn. »Gab es da nicht irgendeine Meinungsverschiedenheit zwischen den königlichen Herrschaften und dem Botschafter der Konföderation?«

»Ach, das. Ja, eine Weile ging es ganz stürmisch zu. Aber Roter Bär war noch halbwegs Herr seiner selbst und trieb ein paar von uns hin, um den Versuch einer Ablenkung zu unternehmen. Doch das half nicht viel, weil deine alte Busenfreundin, die Marquesa di Jorque, nicht aufhörte, allerlei irrelevante Bemerkungen zu machen. Und ab einem gewissen Zeitpunkt sah es fast so aus, als würde es zu einem regelrechten Freistilringen kommen wegen der Rechte der Frauen. Aber das wirkliche Haar in der Suppe war wohl, wie zu erwarten, Don Arturo. Zur großen Erleichterung aller Anwesenden hat er sich dann für eine Weile unsichtbar gemacht – zuviel getrunken, vermutlich. Du lieber Gott – dort drüben ist er! Siehst du ihn? Er schüttet doch kräftig in sich hinein, was?«

Don Miguel warf einen Blick in die Richtung, in die Don Felipe wies. Tatsächlich – dort stand Don Arturo, bleich wie ein Geist und sichtlich bemüht, seine gesunde Gesichtsfarbe wiederherzustellen, indem er Glas um Glas roten Wein in sich hineingoß.

»Und was geschah danach?« fragte Don Miguel zögernd.

»Oh, das Gespräch wandte sich dann etwas weniger Kontroversem zu, und als der König, sein Gefolge und die Botschafter um etwa halb zwölf gingen, lachten wieder alle miteinander, schüttelten sich die Hände und waren freundlich gestimmt. Alles ruhig und beruhigt. Miguel, entschuldige, aber ich *muß* jetzt verschwinden!«

Er eilte den Korridor hinab, und Don Miguel seufzte zutiefst erleichtert. Dann war wirklich alles in Ordnung. Der einzige Punkt, über den er noch keine Klarheit hatte, war dieser: Wenn der Doyen des Diplomatischen Korps, der Botschafter der Konföderation, schon vor Mitternacht gegangen war, so wohl deshalb, um Neujahr in der Botschaft zu feiern; der Rest der ausländischen Würdenträger hatte zweifellos das gleiche getan. Wieso also war Ingeborg noch da – war sie länger geblieben als ihr Vater?

Dann fiel ihm ein, daß die Skandinavier als Andersgläubige vielleicht ihre religiösen Feste nicht so feierten, wie die Untertanen Seiner Allerkatholischesten Majestät. In diesem Fall hatte er eine ausgezeichnete Chance, Kristina aufzuspüren und möglicherweise herauszufinden, daß sie beide tatsächlich diese paar schönen Stunden lang miteinander den Empfang geschwänzt hatten. Er wollte sich gerade glücklich auf die Suche machen nach ihr, als sein Blick noch einmal in die Richtung abirrte, wo Don Arturo stand.

Nein, da war etwas, das er noch zu erledigen hatte, ehe er nach Kristina Ausschau hielt. Es war wenig genug, was er für einen Mann – liebens- oder verabscheuenswert – tun konnte, der das grausamste Schicksal erleiden mußte, das vorstellbar war: zu erkennen, daß er einen Teil seines Abends verloren hatte, und daß dies keiner so banalen Ursache wie einer sinnlosen Berauschung zuzuschreiben war; notwendigerweise mußte er daher das erste (*und möge er das einzige bleiben!* fügte Don Miguels Unterbewußtsein unaufgefordert hinzu) Mitglied der Gesellschaft sein, das erkannte, daß es die Neujahrsmette nicht in seiner eigenen Zeit gefeiert hatte.

Welche Berechtigung hatte er, Don Miguel, ihn jetzt, da die Konsequenzen seiner unbesonnenen Großtuerei bereits unter den Tisch der Nichtexistenz gekehrt waren, noch leiden zu lassen?

Nun, das überließ man besser den spitzfindigen Auslegungen der Fachleute, wenn sie je davon erfuhren. Jedenfalls befand er sich in keiner so schlimmen Lage wie Pater Ramón, der nun eigene Handlungen beurteilen mußte, an denen er nie teilgehabt hatte; dennoch war er wohl heimgesucht von qualvollen Ahnungen des Unheils.

Don Miguel schritt hinüber, sein Herz bis zum Überlaufen voll von plötzlichem Mitgefühl, und blieb vor Don Arturo stehen. »Eure Hand, Bruder!« rief er aus. »Darf ich Euch ein glückliches neues Jahr wünschen?«

Eine Sekunde lang hielt Don Arturos gepeinigter Blick den seinen fest, und er schien die Worte nicht zu begreifen. Dann ließ er mit einer zuckenden Bewegung sein Weinglas fallen und packte Don Miguels Rechte mit beiden Händen. Er sagte nichts, aber sein Lächeln war strahlend.

Prompt kam ein Sklave, um die Glassplitter aufzukehren und den verschütteten Wein wegzuwischen. Als er sich aus Don Arturos Griff befreite, hörte Don Miguel eine vertraute Stimme seinen Namen rufen.

»Ah, hier seid Ihr, Miguel! Was hat Euch so lange aufgehalten?«

Nur ein paar Schritte von ihm entfernt stand Kristina zwischen Vater und Schwester und winkte ihn zu sich. Sein Herz machte einen Satz, und er eilte hinüber. Nach einer raschen Verbeugung vor dem Herzog sagte er zu ihr:

»Es tut mir aufrichtig leid, Lady Kristina, aber ich war noch ... ah ... auf ein Wort bei Pater Ramón in der Sakristei.«

Sie blickte verwirrt auf, als er ihren Titel gebrauchte, doch dann schien ihr eine Erklärung dafür in den Sinn zu kommen. »Oh, Papa macht es nichts aus, Miguel, wenn die Leute mich ›Kristina‹ nennen, solltet Ihr das annehmen. Er mußte sich nur erst daran gewöhnen – nicht wahr, Papa?« fügte sie hinzu und stieß ihren Vater mit dem Ellbogen leicht in die Seite.

Der Herzog von Scania nickte schmunzelnd. »Jawohl, das mußte ich«, gab er zu. »Ich mußte mich auch abfinden mit ihren sogenannten progressiven Freunden, die mich mit einem einfachen, unbekümmerten ›Herzog‹ anreden. Was soll's? Ich habe mir ohnedies nie viel aus steifen Formalitäten gemacht.« Er warf Don Miguel einen fragenden Blick zu. »Ich nehme an, Ihr und meine Tochter versteht Euch ganz gut miteinander – jedenfalls habe ich den ganzen Abend lang keinen von Euch beiden zu Gesicht bekommen.«

»Miguel ist wunderbar!« sprudelte Kristina hervor. »Wir haben uns fürchterlich gelangweilt, und da hat er es bewerkstelligt, daß wir uns ungesehen davonmachen konnten. Wir waren überall in der Stadt, mitten unter all den Leuten, und haben uns königlich unterhalten. Wenn man ihn so ansieht, würde man nie daraufkommen, aber hinter dem grimmigen Gesicht verbirgt sich ein rechter Spaßvogel! Ich nehme natürlich an, Miguel, daß Ihr im Grunde genommen doch sehr streng Euch gegenüber seid und Pater Ramón nur deshalb besucht habt, um ihm zu beichten, wie verrucht Ihr Euch heute nacht aufgeführt habt – als Kavalier eines Mädchens, das nicht einmal von einer einzigen Anstandsdame begleitet wurde!«

»Kristina!« sagte der Herzog vorwurfsvoll. »Wie oft soll ich es dir erklären? Man macht sich nicht über die moralischen Überzeugungen anderer Menschen lustig!«

Eine Art merkwürdige Leichtigkeit überkam Don Miguel mit einemmal. Schon wichen die grauenhaften Geschehnisse zurück, von denen er gedacht hatte, sie seien unauslöschlich in seine Erinnerung eingegraben, wurden unwirklich, schwanden dahin wie eine Kreideschrift unter einem feuchten Schwamm, bis es schien, als hätten sie nie existiert. Er sagte: »Himmel, nein, Kristina! Ich könnte einen Abend, den ich mit Euch verbringe, niemals bereuen. Laßt es mich beweisen, indem ich Euch um diesen Tanz bitte, und diesmal hoffe ich, daß wir ihn nicht wieder vorzeitig abbrechen müssen, wie beim letztenmal!«

Er verbeugte sich vor dem Herzog und führte sie auf die Tanzfläche. Als er ihre Hand ergriff, murmelte er: »Alles zum Besten in dieser besten aller möglichen Welten.«

»Was sagtet Ihr, Miguel? Ich habe nicht ganz verstanden ...«

»Nichts, nur ein ziemlich zynischer, antiklerikaler Scherz. Hat nichts zu bedeuten.«

»Oh, erklärt ihn mir!« drängte sie.

Ein trauriger Ausdruck huschte über sein Gesicht, und er schüttelte den Kopf. »Glaubt mir, Kristina, das könnte ich nicht. Niemand könnte es. Vergeßt ihn, wir wollen jetzt tanzen!«

Teil Drei

Da die Zeit erfüllet ward

I

»Euer Volk«, sagte der langgesichtige Mohawk, der die Minen verwaltete, »kam in die, wie Ihr sagt, Neue Welt hungrig nach Gold. Ihr kamt auf der Suche nach mythischen Reichen – Cibola, Quivira, Norumbega, Texas. Und Ihr wart so bitter enttäuscht, als Ihr sie nicht vorfandet, daß Ihr darangingt, sie Euch zu erschaffen.«

Er machte eine ausholende Handbewegung auf den gegenüberliegenden Berghang zu, wo die Bergwerksstollen aussahen wie Löcher in reifem Käse. Don Miguel folgte der Gebärde mit den Augen. Hier, wo er mit dem Verwalter – dessen Name Zwei Hunde war – im Schatten des aus Schilf geflochtenen Sonnendaches auf der Veranda des einfachen Lehmhauses saß, das als Wohnung wie auch als Betriebsbüro diente, war es kühl; doch dort drüben wütete die Glut der Sonne, und die indianischen Arbeiter, die Körbe voll mit zerschlagenem Gestein aus den Stollen schleppten, um es zur Sedimentierung in Waschrinnen zu kippen, wischten sich den Schweiß von ihren staubigen Gesichtern, taten einen kräftigen Schluck aus den ledernen Wasserflaschen und schienen froh zu sein, wieder unter Tag zu kommen.

Die Hitze lag so schwer in der Luft, daß die Welt sich schweigsam und still anfühlte, obwohl sie voll von Geräuschen war: dem monotonen Quietschen der Pumpen, die das Wasser zu den Waschrinnen brachten, dem Summen der Fliegen, den Schreien der Aufseher in einem lokalen Dialekt, den Don Miguel nicht verstand. Aber zusammengenommen unterbrachen sie die Stille nicht mehr als der Gesang eines Vogels. Eine halbe Welt weit weg von daheim gelang es Don Miguel, sich zufrieden zu entspannen.

»Noch Wein?« fragte Zwei Hunde und hob den Krug, der zwischen ihnen auf dem Tisch stand.

»Gern«, antwortete Don Miguel und hielt ihm sein Glas

entgegen. »Er ist sehr gut. Ich habe gehört, die Trauben wachsen hier in der Gegend.«

Zwei Hunde nickte und goß die Gläser voll. »Unser Klima hier in California ist für den Weinbau sehr günstig. Dieser Käse hier ist auch aus der Gegend – nehmt ein Stück! Er schmeckt sehr gut zum Wein.« Er stellte den Krug ab und schob Don Miguel einen Teller aus gebranntem Ton hin, auf dem ein großes Stück gelblicher Käse lag, in dem ein silbernes Messer steckte.

»Um beim Thema zu bleiben«, fuhr er fort, »selbst der Name California ist ein Beispiel für das, was ich sagen will. Ist es nicht so, daß er an die Legende von einer nichtexistenten Königin namens Calaf erinnert, von der Eure frühen Entdecker törichterweise glaubten, sie regiere über eine Insel, die ausschließlich von Frauen bewohnt sei?«

»Diese Geschichte habe ich auch schon gehört.« Don Miguel nickte und probierte ein Krümelchen von dem Käse; als er ihm zusagte, schnitt er ein handtellergroßes Stück ab und biß herzhaft hinein. »Ja, ich entsinne mich sogar, daß es gegen diese Bezeichnung großen Widerstand gegeben hat, weil der Name ›California‹ allgemein als mythisch betrachtet wurde, und man annahm, daß keine Einwanderer in ein Land kommen würden, das nicht existiert!«

Er lachte leise in sich hinein. Doch einen Augenblick später bemerkte er zu seiner Überraschung, daß Zwei Hunde ganz und gar nicht amüsiert aussah, und er brach sein Lachen ab in der Hoffnung, nicht irgendeinen größeren Fauxpas begangen zu haben. Außer den überaus europäisierten Mohawks, deren Bekanntschaft er schon in Londres und Neu-Madrid gemacht hatte, kannte er kaum andere Indianer, und hier – dreitausend Meilen westlicher, als er sich je zuvor auf dem amerikanischen Kontinent befunden hatte – war er nur sehr flüchtig vertraut mit Sitten, Gebräuchen und Etikette. Natürlich mußte Zwei Hunde bei seinen Gästen an ausländische Manieren gewöhnt sein, da er ja dauernd mit Kaufleuten und Zwischenhändlern aus dem Osten verhandelte, aber es war nicht unbedingt nötig, seine Nachsicht über Gebühr in Anspruch zu nehmen. Don Miguel schätzte sich glücklich, ihm über den Weg gelaufen zu sein – er konnte interessant erzählen und war überraschend belesen angesichts seines ziemlich eintönigen Berufes.

»In diesem Fall können wir froh sein, daß dieser Name gewählt wurde«, sagte er nun. »Vielleicht ist es ihm zu danken, daß die Zahl der Einwanderer auf einem Niveau geblieben ist, das wir tolerieren können ... in gewisser Hinsicht.«

»Habt Ihr hier nicht viele europäische Siedler?« fragte Don Miguel.

»Eine Handvoll.« Zwei Hunde zuckte die Achseln. »Mit einigen von ihnen muß man sich eben abfinden, wie mit den Priestern etwa; manche sind einigermaßen nützlich für die Gesellschaft, wie unsere beiden Ärzte – einer davon mehr als der andere, weil er bereit ist, sich anzuhören, was wir ihm über unsere Kräuter und Heilpflanzen zu sagen haben, während der zweite keine Arznei anerkennt, die nicht von einem Journal aus Londres mit dem *Imprimatur* darauf abgesegnet ist. Und noch ein paar Leute haben wir hier, von denen die meisten Eurem Volk nicht zur Ehre gereichen: etliche sind unredlich, und einige von ihnen sind Säufer.«

Verlegen rutschte Don Miguel auf seinem Stuhl herum. »Nun, von Eurem Gesichtspunkt als Mohawk aus müssen wir natürlich ...«

»Kleine Korrektur«, unterbrach ihn Zwei Hunde mit einem dünnlippigen Lächeln. Er war eine eindrucksvolle Erscheinung, größer als Don Miguel und von einer geschmeidigen Schlankheit, die seinen Besucher an ein schnelles Rennpferd denken ließ. »Ich bin nur ehrenhalber Mohawk – in Wirklichkeit bloß zu einem Achtel, soweit ich das herausbringen konnte. Der Rest ist hauptsächlich Sioux, Apache und Pajute. Und das ist auch etwas, was mich an Euch Reichsbürgern stört. Nehmt, zum Beispiel, Euch selbst. Ihr tragt einen spanischen Namen, Ihr sprecht eine Variante des Spanischen, die ziemlich stark mit englischen, französischen, ja sogar einigen holländischen Ausdrücken durchsetzt ist – aber seid Ihr *Spanier?*«

»Ich verstehe, was Ihr sagen wollt«, meinte Don Miguel. »Ich bin großteils spanischer Abstammung, aber die Mutter meines Vaters war Französin, und die Mutter meiner Mutter war zur Hälfte Engländerin. Vermutlich ist das der Grund, warum man heutzutage ›Reichsbürger‹ sagt statt ›Spanier‹ – abgesehen davon, daß wir aus unserem Heimatland verjagt wurden.«

»Und denkt Ihr, Ihr seid die einzigen, denen es so ging?« seufzte Zwei Hunde. »Ihr nennt mich einen Mohawk. Seht Euch eine Landkarte an. Reinrassige Mohawks finden sich nur etwa zweieinhalbtausend Meilen östlich von hier. Alle übrigen leben, vermischt mit anderen Stämmen, kreuz und quer über den Kontinent verstreut – dank der Tatsache, daß Ihr rein zufällig ein Bündnis mit ihnen geschlossen und ihnen die Pferde und Waffen geliefert habt, die es ihnen ermöglicht haben, zu einer Woge der Eroberung aufbrechen zu können. Es hätten genausogut – mmmh – ihre Nachbarn, die Mohikaner, sein können, nicht wahr?«

Irgendwo in Don Miguels Kopf erklang ein Warnsignal. War es bloßer Zufall, daß Zwei Hunde ihm, einem Zeitreisenden, der darauf eine maßgebliche Antwort haben mochte, diese Hypothese vorgelegt hatte?

Es mußte aber ein Zufall sein, denn niemand im Umkreis von tausend Meilen konnte die Identität des Besuchers aus Londres kennen. Das war ja der Grund, weshalb er so weit gekommen war, um seinen Urlaub hier zu verbringen: um wegzukommen – und sei es auch nur für einen Monat – von den bedrückenden Anforderungen seines Berufes und der alptraumhaften Erinnerung an das, was ein einziger Irrtum anrichten konnte im Gefüge der Realität.

Zum Kuckuck mit Zwei Hunde! Das letzte, woran Don Miguel ausgerechnet jetzt denken wollte, war die Frage der spekulativen Zeit. Seit dem Erscheinen der jüngsten Arbeit von Pater Ramón – »EINE ANALYSE DER WAHRSCHEINLICHEN BEGLEITERSCHEINUNGEN MENSCHLICHER

KONTAKTE ÜBER DIE GRENZEN DER ZEIT HINWEG« – schien niemand im Hauptquartier über ein anderes Thema gesprochen zu haben; doch unter seiner eigenen Last geheimen Wissens, die er mit niemandem teilen konnte, war Don Miguel unfähig, sich auf Debatten gegen die Begeisterung einzulassen, von der praktisch alle seine Kollegen erfüllt waren.

»Aber ... Nun ja, es hätten auch die Mohikaner sein können statt der Mohawks. Ganz leicht. Wäre Häuptling Lange Feder in der Schlacht am Kleinen Fluß gefallen und nicht Häuptling Großer Wind, dann hätte der letztere – der ein zumindest ebenso brillanter Stratege gewesen war – fast sicher die ausschlaggebende Gesandtenwürde vom Gouverneur von Neu-Madrid erhalten. Und von da an hätten sich die Dinge in ziemlich ähnlicher Art entwickelt.

Ich könnte sogar hier sitzen, jetzt, in diesem Augenblick, und einen Anpfiff kriegen, weil ich ein Gegenstück von Zwei Hunde einen Mohikaner genannt habe, wo er doch in Wahrheit eine Mischung aus Komantschen, Pima und Schoschonen war!

Entschlossen vertrieb er dieses Thema aus seinen Gedanken. Er hatte genug davon, und was er in der letzten Silvesternacht durchgemacht hatte, verursachte ihm jetzt, Monate später, immer noch Alpträume. Er machte den vergeblichen Versuch, der Konversation eine andere Richtung zu geben, indem er sich über die Bergleute drüben auf der anderen Seite des Tales erkundigte; aber Zwei Hunde war genauso entschlossen, beim Thema zu bleiben. Und als Gastgeber trug er den Sieg davon – dank Don Miguels Bestreben, keinen Anstoß mehr zu erregen.

»Natürlich bedeutete das – zumindest in einer Hinsicht – einen glücklichen Zufall. Man muß nur den Blick nach Süden, über den Isthmus hinweg, richten, um zu sehen, wie die Alternative aussehen könnte – hm?«

In Verlegenheit gebracht, suchte Don Miguel nach einer neutralen Antwort. Für einen Bürger des Königreiches war es stets peinlich, an das Schicksal der großen Zivilisationen Zentral- und Südamerikas erinnert zu werden, geopfert auf dem Altar europäischer Habgier. Schließlich sagte er: »Noch niemals hat es Veränderung ohne Leiden gegeben; das ist der Lauf der Welt, fürchte ich.«

»Und von Eurem Standpunkt aus galt dieser Grundsatz von den Leiden in erster Linie für die Menschen aus den Provinzen«, sagte Zwei Hunde und nickte spöttisch. »Ihr spracht vor einer Minute von den Einwanderern, die möglicherweise nicht in dieses Gebiet kommen wollten, weil der Name, den Ihr ihm gabt, darauf schließen ließ, daß es überhaupt nicht existiert. Ich fühle mich versucht zu fragen: welche Einwanderer? Sind das Einwanderer, die schwitzend in den Stollen der Mine dort drüben herumkriechen? Oder sind es Einheimische, denen man ihre alten Jagdgründe weggenommen und die man gezwungen hat, auf diese elende Weise ihren Lebensunterhalt zu verdienen?«

Worüber bin ich hier eigentlich gestolpert? Über einen revanchistischen Fanatiker? Don Miguel hatte das Gefühl, seine Meinung über Zwei Hunde von Grund auf revidieren zu müssen. Aber er hielt den Mund und schnitt sich noch ein Stück Käse ab.

»Ich sehe es so«, fuhr der Verwalter der Mine fort, »Ihr bildet Euch ein, vom Zentrum nach außen zu blicken. Europa ist das Herz der Welt, und die anderen Kontinente sind – wie könnte man sie nennen? – seine Peripherie. Natürlich ist das in gewissem Sinne eine logische Entwicklung; denn zumindest während der letzten fünfhundert Jahre haben sehr viele lokale Händel in Europa hier, in Afrika und in Asien Veränderungen hervorgerufen, deren Ausmaße in keinem Verhältnis zu ihrer Ursache stehen. Leuten wie mir hat man beigebracht, für kleine Segnungen dankbar zu sein. Doch mir scheint, wir haben schon eine ganze Weile keine großen erhalten.«

Die Worte gruben sich in Don Miguels Gemüt wie die Klauen eines Adlers. Er verspürte ein ganz zartes warnendes Kribbeln in seinem Nacken und sagte: »Ich bin nicht ganz davon überzeugt, daß ich Euch folgen kann.«

»Nein? Nun, hier ist ein Beispiel, was ich einen kleinen

Segen nennen würde: Stellt Euch vor, Euer Königreich hätte seinen größten Sieg nie errungen. Stellt Euch vor, im siebzehnten und achtzehnten Jahrhundert wäre keine Großmacht in Westeuropa vorhanden gewesen, und das Gebiet hätte sich – wie Osteuropa – in kleine, unwichtige Fürstentümer zersplittert, weil Ihr die Niederlande verloren hattet, ehe sie zu Eurer Absprungbasis für die Invasion Englands werden konnte. Und als die Mauren Spanien wieder eroberten, wäre Euch kein Platz geblieben zum Leben. Hätten wir Indianer dann nicht zusehen müssen, wie sich vier oder mehr europäische Völker um unsere Jagdgründe balgen, wie Köter um einen Knochen?«

Zu diesem Zeitpunkt war Don Miguel bereits davon überzeugt, daß Zwei Hunde ihn nur ärgern wollte. In einer letzten verzweifelten Anstrengung, sich selbst zu beweisen, daß sein Gegenüber nicht ahnte, mit wem er es zu tun hatte, sagte er: »Das ist ein interessantes Argument. Offenbar habt Ihr die Geschichte intensiv studiert.«

»Das habt Ihr auch«, entgegnete Zwei Hunde und sah ihm fest in die Augen. »Ihr seid Bevollmächtigter der Gesellschaft für Zeitenkunde, nicht wahr?«

II

Während der nächsten Sekunden gab Don Miguel eine Folge abwechslungsreicher Flüche von sich – aber nur im Geist. Schließlich ergriff er unaufgefordert den Weinkrug und füllte sein Glas. Ohne den anderen anzusehen, sagte er: »Kann ich denn *nirgendwo* davon loskommen?«

»Was meint Ihr damit?«

»Ich kam nach California, um mich hier auszuruhen. Einfach um mich auszuruhen! Ich hatte es so satt, daheim herumgezeigt zu werden wie ein Zirkuspferd – schau mal an! Ein echter Zeitreisender! Wir lassen uns ein paar Kunststückchen von ihm vorführen, ja? – Wie, im Namen Gottes, habt Ihr das nur herausgefunden?«

Zwei Hunde schmunzelte. »Ich verstehe. In Eurer typisch europäischen Engstirnigkeit habt Ihr angenommen, dies hier sei das Ende der Welt. Nun, es ist wahr, wir sind weit von Londres entfernt, aber das heißt nicht, daß die Neuigkeiten schließlich nicht doch auch bei uns anlangen. Auf Eurem Weg nach California unterbracht Ihr Eure Reise in Neu-Madrid. Der Prinz von Neukastilien, der Großmeister Eurer Gesellschaft, war zu der Zeit zufällig in seiner dortigen Residenz, weil er dem Territorium, das er nominell regiert, einen seiner seltenen Besuche gönnte. Ihr habt ihm einen Höflichkeitsbesuch abgestattet. Und ...« – ein ausdrucksvolles Heben der Schultern – »es kann nicht viele Männer auf der Welt geben, die Don Miguel Navarro heißen.«

»Beim Feuer der Hölle, gibt es keinen Platz auf Erden, wo ich davon loskommen kann?« wiederholte Don Miguel und machte ein so finsteres Gesicht, daß der vernarbte Schwerthieb auf seiner Wange fast verschwand, als sich die Muskeln darunter anspannten. In einem Anfall von Wut hieb er mit der offenen Hand auf den Tisch.

»Loskommen wovon?«

»Ich sagte es Euch doch schon! Von diesen sensationshungrigen Leuten, die sich an einem Zeitreisenden festzusaugen scheinen wie Fliegen auf faulem Fleisch – und sie sind nicht weniger abscheulich, das kann ich Euch ehrlich sagen!«

»Nun, eines kann ich Euch zumindest versprechen: Das wird Euch hier erspart bleiben«, entgegnete Zwei Hunde. »Unser Kodex für gutes Benehmen erlaubt keine derartige Belästigung unserer Gäste. Ja ich würde mich auch Eurem Wunsch nach Anonymität gern fügen und das Thema fallenlassen, bis auf eine Sache.«

»Und welche?«

»Wie es jetzt steht, Don Miguel, gibt es keinen Platz auf Erden, wo Ihr – ich meine die Europäer im allgemeinen – ›davon loskommen‹ könnt. Ihr habt das Antlitz des Planeten zu tief mit Narben bedeckt. Wie ich höre, ist selbst der ewige Schnee auf dem Südpol befleckt mit den Abfällen, die die Forscher hinterlassen haben, die Ihr hingesandt habt.«

Die beiden Männer schwiegen, und wieder starrte Don Miguel über das Tal zu den Minen. Die Ehrlichkeit zwang ihn zuzugeben, daß die halbnackten Arbeiter dort drüben, deren braune Haut sich von der Staubschicht, die darauf lag, fast gelb verfärbt hatte, in der glühenden Sommerhitze unvorstellbar unter Müdigkeit und Durst leiden mußten. Ja, es war bedauerlich, aber wahr: Die Raffgier Europas hatte vielen Menschen, die es nicht verdienten, großes Leid zugefügt.

Er seufzte und leerte sein Glas. Diesmal schenkte Zwei Hunde Wein nach.

»Und da gibt es noch einen anderen, persönlicheren Grund, weshalb ich mich nicht so verhalte, wie ich sollte«, fuhr er grübelnd fort. »Ich bin, wie Ihr ganz richtig bemerkt habt, sehr an Geschichte interessiert. Die Chance, mich mit einem Experten aus dem Zentrum des Weltgeschehens unterhalten zu können, ist etwas, das ich mir nur entgehen lassen würde, wenn Ihr darauf besteht.«

»Wie Ihr wünscht«, lenkte Don Miguel ein und tröstete sich mit dem Gedanken, daß – wenn man davon ausgehen konnte, was er bisher gesagt hatte – sämtliche Fragen, die Zwei Hunde stellen würde, zweifellos auf höherem Niveau wären als jene etwa der Marquesa di Jorque.

»Ihr seid sehr freundlich.« Zwei Hunde verbeugte sich förmlich. »In diesem Fall darf ich Euch fragen, ob Ihr nicht auch geneigt wärt, der Hypothese beizupflichten, die ich vorher aufgestellt habe. Wäre es nicht wahrscheinlich, daß – ohne die Dominanz des Königreiches über die Westküste von Europa und Euer effektives Monopol beim transatlantischen Seehandel – außer Euch noch die Franzosen, die Schweden, die Holländer, ja sogar die Engländer all ihre lokalen Differenzen auf diesen Kontinent gebracht und hier auch ihre Kämpfe ausgetragen hätten? Und wir armen Indianer wären zwischen ihnen aufgerieben worden wie das Korn zwischen den Mühlsteinen.«

Kein Zweifel, er nahm seine Hypothese ernst: im Schatten unter dem Sonnendach aus Schilfgras sah sein Gesicht so düster und unheilvoll aus wie das jener Idole, die seine mittelamerikanischen Vettern aus Stein schnitten. Don Miguel wunderte sich über die Veränderung, die mit Zwei Hunde vor sich gegangen war, und wünschte sich aus ganzem Herzen, der Gegenstand ihres Gespräches wäre ein anderer. Seit sie sich vor drei Tagen kennengelernt hatten, war ihm der Indianer recht ans Herz gewachsen, und Don Miguel hatte sich sehr auf lange, nette Plaudereien mit ihm gefreut, um seine Gedanken von den Dingen abzulenken, die in ihm nagten.

Aber hier und jetzt hatte Zwei Hunde so direkt in das Innerste seiner Ängste gezielt wie ein erfahrener Mineur, der den Schacht geradewegs in eine Goldader trieb.

Nun, dagegen war nichts zu machen. Aber morgen, oder jedenfalls bald, würde er sich ein noch entlegeneres Dörfchen suchen und sich in der Absteige unter einem fremden Namen eintragen ...

Mit einem neuerlichen Seufzer – dem tiefsten bisher – sagte er: »Ja ... ja, ich glaube, das wäre wahrscheinlich. Obwohl ich persönlich bezweifle, daß irgendein potentieller Eroberer mit einer so schwachen ökonomischen Grundlage wie die einzelnen Mitgliedsländer des Königreiches – selbst Frankreich, das relativ groß und ganz wohlhabend ist – hier einen ständigen Brückenkopf hätte halten können, wenn die Indianer vereint Widerstand geleistet hätten.«

»Das glaube ich nicht«, widersprach Zwei Hunde. »Ich nehme an, Ihr hättet Euch unsere schlecht funktionierenden internen Nachrichtenverbindungen und die sprachlichen Barrieren, die uns trennen, zunutze gemacht. Einige Stämme wären versucht gewesen, sich auf die Seite des einen zu schlagen, einige auf die Seite des anderen, bis wir schließlich genauso vom Krieg zerfleischt und haßerfüllt gewesen wären wie Ihr.«

»Ihr habt eine ausgesprochen zynische Einstellung uns Europäern gegenüber«, entgegnete Don Miguel mit sanftem Vorwurf in der Stimme.

»Das bestreite ich. Laßt mich einen Augenblick lang in die Rolle zurückschlüpfen, die Ihr mir zugedacht habt, und als Mohawk sprechen: War es nicht eine Handlung voller Zynismus, einen einzelnen kleinen Stamm auszusondern, ihn entsprechend auszurüsten und ihn auf einen Kreuzzug geradewegs bis zum Pazifik zu schicken? So haben wir gelernt, zynisch zu sein, wenn Eure Anschuldigung überhaupt Gültigkeit hat. Nicht, daß ich mich mit dem Ausdruck einverstanden erklären würde. Es ist eher so, daß man das Gefühl hat, ein Bündnis mit dem Königreich ist etwas ähnliches, wie Bruder eines hitzköpfigen Abenteurers zu sein: jeden Moment kann eine Fehde, in die er verwickelt ist, seine ganze Familie hineinziehen ins Unglück, ohne daß diese auch nur wüßte, weshalb.«

Don Miguel war genötigt, darauf mit einem zustimmenden Nicken zu antworten, wenn er an das gegenwärtig recht gespannte Verhältnis zwischen dem Königreich und der zweiten Supermacht, der Konföderation des Ostens, dachte – und, noch besorgniserregender, an die jüngsten Gerüchte, daß modernem, westlichem Denken aufgeschlossene Wissenschaftler in Cathay knapp vor der Fertigstellung einer eigenen Zeitapparatur standen. Ein Erfolg in dieser Richtung würde unabsehbare Konsequenzen nach sich ziehen, wenn man die orientalische Überzeugung in Betracht zog, daß die reale Welt nichts als *maya* war – Illusion!

»Und das ist der Hauptgrund«, fuhr Zwei Hunde nach einer Pause fort, »weshalb ich gegen unseren Kodex des guten Betragens verstoße. Es ist äußerst beunruhigend zu erfahren, daß sich ein harmloser Tourist, der angeblich hier ist, um sich zu erholen und die californische Sonne zu genießen, in Wirklichkeit als Zeitreisender entpuppt. Besonders in Anbetracht ...«

»Was?« Alarmiert stieß Don Miguel das Wort hervor, daß es knisterte wie ein von einem Bogen geschnellter Brandpfeil.

Eine Minute lang schien Zwei Hunde um einen Entschluß zu ringen. Plötzlich leerte er sein Weinglas und knallte es hart auf die Tischplatte.

»Ich werde es Euch zeigen! Weil – ich schäme mich, es vor einem Fremden zuzugeben – das, wovon ich spreche, zuviel ist, als daß ein einzelner Mensch die Last des Wissens darum tragen könnte.«

Ohne weitere Erklärung sprang er auf und schritt rasch talwärts, wobei er aus voller Kehle nach Tomás, seinem mürrischen Oberaufseher, rief. Ein paar Arbeiter auf der anderen Seite des Tales hörten es, ließen die Arbeit sein und blickten herüber, um zu sehen, was in ihren Herrn und Meister gefahren war. Don Miguel folgte ihm etwas langsamer, wobei er die Augen vor dem plötzlichen Schock des hellen Sonnenlichts zusammenkniff. Als er schließlich Zwei Hunde einholte, hatte dieser Tomás gefunden und gab ihm bereits Befehle in dem unverständlichen indianischen Dialekt der Gegend. Don Miguel versuchte herauszufinden, was die plötzliche Aufregung sollte, aber die einzige Antwort, die er bekam, lautete: »Wartet ab!«

Obwohl äußerst verwirrt, ja zutiefst beunruhigt, war Don Miguel dennoch gezwungen, sich zu beherrschen, während Tomás sich auf die Suche nach zwei Packeseln machte, und nach zwei Sätteln, die gut genug waren für vornehme Leute. Die vagen Umrisse eines Verdachts begannen in Don Miguels Hirn Gestalt anzunehmen, und die Elemente, aus denen er bestand, waren alarmierend. Ganz offensichtlich war es sein Eingeständnis, Mitglied der Gesellschaft für Zeitenkunde zu sein, welches den emotionalen Ausbruch des Mohawk hervorgerufen hatte – aber welche Verbindung konnte es geben zwischen der Ankunft eines Bevollmächtigten der Gesellschaft in dieser Hinterwäldlergegend und der plötzlichen Transformation eines beherrschten Minenverwalters zu einem in panische Aufregung versetzten Menschen?

Nach einer Wartezeit von nicht mehr als ein paar Minuten – die Don Miguel vorkamen wie ein Vorgeschmack auf die

Ewigkeit – kam Tomás mit den Reittieren zurück. Er wikkelte seinen alten bunten *serape* um sich und schritt vor ihnen her einen schmalen, staubigen Pfad entlang.

Nach den ersten zwanzig Schritten überlegte Don Miguel, ob nicht auch er besser vorankommen würde, wenn er zu Fuß ginge. Das Dahintrotten des Esels war der Gangart eines Pferdes so unähnlich, daß es ihm ein unsicheres Gefühl gab. Außerdem ging es auf Mittag zu, und die Fliegen waren lästig; er hätte es vorgezogen, beide Hände frei zu haben, um sie davonjagen zu können. Aber ein Seitenblick auf Zwei Hunde brachte ihn dazu, diese Dinge nicht zu erwähnen, denn der Ausdruck auf dem Gesicht des Mohawks war jener eines von Dämonen Verfolgten.

Der Pfad wand sich hügelan und verengte sich zu einem kaum erkennbaren Steig, aber die Esel waren zumindest trittsicher und verläßlich, und Tomás marschierte phlegmatisch voran. Jenseits des Hügelkammes, weit weg von dem Gebiet, das die Bergleute bis jetzt in Angriff genommen hatten, lag ein kürzeres, schmaleres Tal unter der brütenden Sonne. Nur der Pfad, der sich querdurch auf die andere Seite wand, verriet, daß der Mensch schon seinen Fuß darein gesetzt hatte. Davon abgesehen mochte es so zu ihren Füßen liegen wie am Tage der Schöpfung.

»Dort!« rief Zwei Hunde und ließ seinen Esel neben den von Don Miguel zurückfallen. Er hob den Arm und zeigte auf einen steinigen Hang vor ihnen.

Nach einem langen, prüfenden Blick entgegnete Don Miguel: »Ich fürchte, ich kann nichts Außergewöhnliches erkennen!«

»Nun, dann kommt und seht es Euch genauer an«, brummte Zwei Hunde und kickte seinen Esel zu einem widerwilligen Trott.

Was um alles in der Welt konnte nur die normale Mohawkgelassenheit des Mannes so erschüttert haben?

Es schien, als wüßte auch Tomás, welche Richtung sie einschlagen mußten. Er wandte sich seitwärts vom Weg ab und begann, einen steilen Felshang hochzuklettern, während Zwei Hunde auf seinem Esel einen Umweg machen mußte. Plötzlich sprang er von dem Tier und lehnte sich mit dem Aufseher Seite an Seite gegen einen fast mannshohen runden Felsblock, dem Don Miguels Ansicht nach auf den ersten Blick nichts Merkwürdiges anhaftete.

Während die beiden Männer mit aller Kraft gegen den Fels drückten, begann er, vor und zurück zu schaukeln, und gab mit einemmal nach. Er rollte ein Stück zur Seite und kam in einer Vertiefung im Boden zu stehen, in die er so genau paßte, daß es kein Zufall sein konnte. An der Stelle, wo sich der Felsblock befunden hatte, zeigte sich nun eine Öffnung in der Felswand dahinter. Eine dunkle, grob vierekkige Öffnung.

Der Eingang eines Bergwerksstollens!

Voll entsetzlicher Ahnungen eilte Don Miguel zu den beiden Männern und starrte in den schwarzen Tunnel; doch der Kontrast zu dem hellen Sonnenschein heraußen war zu stark, und er konnte nichts sehen. Er fragte: »Was ist das? Ich dachte, in diesem Tal hättet Ihr noch nicht zu schürfen begonnen?«

»Das haben wir auch nicht«, bestätigte Zwei Hunde. Er schien seine frühere Gelassenheit wiedererlangt zu haben, und sein Tonfall war sarkastisch. »Aber es scheint wenig Zweifel zu geben, daß es jemand anderer getan hat. In den letzten Jahren hat uns oftmals der Umstand überrascht, daß reiche Gold- und Silberadern, die beträchtliche Ausdehnungen aufweisen hätten sollen, plötzlich zu Ende waren – im Widerspruch zu den Voraussagen unserer Geologen. Und nun, vor ein paar Wochen, sind wir auf diesen verborgenen Stollen gestoßen. Und darin fanden wir ...«

Er bückte sich und trat durch den niedrigen Eingang, tastete suchend den Boden ab und wandte sich zurück an Don Miguel. Er streckte ihm die offene Hand hin, und Don Miguel nahm den Gegenstand, der darin lag, starrte ihn an und hatte mit einemmal das Gefühl, als würde die Welt rundum erbeben.

III

Seine Königliche Hoheit, der Prinz von Neukastilien, fuhr sich mit den Fingern durch den kurzen schwarzen Bart. Er ließ den Blick lange auf dem Gegenstand ruhen, der vor ihm auf dem Tisch lag, und ergriff schließlich das Wort.

»Nun ja, Navarro, da Ihr geradezu eine Gabe dafür zu besitzen scheint, allerlei unangenehmen Tatsachen ans Licht zu verhelfen, nehme ich an, Ihr erwartet von mir die Frage, was es Eurer Meinung nach mit diesem ... diesem Stück Altmetall auf sich hat. Ich weiß, daß Ihr es ernst genug nehmt, um dafür Euren Urlaub in California zu unterbrechen, aber ich muß sagen, daß es mich ein durchaus harmloses Objekt dünkt ... Also gut: wozu das viele Aufhebens?«

Don Miguel holte tief Luft und hielt sie drei Herzschläge lang an. Er brauchte wahrlich keinen, der ihm sagen mußte, daß er ohne Netz arbeitete; und er wäre weitaus glücklicher gewesen, hätte er sich mit einem der Theoretiker der Gesellschaft – im Idealfall mit Pater Ramón – beraten können, ehe er seinen Verdacht publik machte. Aber Pater Ramón befand sich auf der anderen Seite des Atlantiks in Europa, und der Großmeister war hier in Neu-Madrid. Und die Entdekkung, die Zwei Hunde gemacht hatte, lag bereits zwei Monate zurück ...

Er fuhr sich mit der Zunge über die Lippen und war sich der durchdringenden Augen der vielen Standespersonen und besonders der anderen Bevollmächtigten sehr bewußt, die in diesem Raum, dem Audienzsaal des Prinzen, anwesend waren. Als er seine Reise nach California in Neu-Madrid kurz unterbrochen hatte, war ihm die unerfreuliche Entdeckung zuteil geworden, daß die hiesigen Mitglieder der Gesellschaft dazu neigten, ihm den Orden der Sense und des Stundenglases zu mißgönnen, weil man die Verleihung an einen so jungen Bevollmächtigten nicht einer Handlung zuschrieb, mit der er sich diese Ehre verdient hatte, sondern einer ungebührlichen Einflußnahme beim Hauptquartier in Londres ...

Und wenn sich sein Verdacht nun als unbegründet herausstellen würde ...

Aber er verdrängte diese Möglichkeit aus seinen Gedanken. Viel zuviel stand auf dem Spiel, als daß er das Risiko späterer persönlicher Nachteile in Betracht gezogen hätte. Und war es nicht in vielerlei Hinsicht schlimmer, ein Prinz zu sein als ein gewöhnlicher Sterblicher? Wenn man sich vorstellte, vierundzwanzig Stunden am Tage im Mittelpunkt öffentlichen Interesses zu stehen, so daß man nicht aus dem Bett steigen, Toilette machen und eine Mahlzeit zu sich nehmen konnte, ohne daß nicht Dutzende lästige Schmarotzer herumstanden! Ja, so gesehen, konnte man auch die Freuden einer Liebesaffäre nicht genießen, ohne daß die schamlosesten Details bis zu den Küchenmädchen des Palastes durchsickerten ...

Also gab sich Don Miguel einen Ruck, nahm die Schultern zurück, blickte seinem Großmeister kühn ins Auge und sprach mit beherzter Stimme:

»Was ich davon halte, Herr, ist, kurz gesagt, folgendes: Meiner Meinung nach handelt es sich hier um einen Bruch des Prager Pakts – doch ich lasse mich gern eines Besseren belehren.«

So ... da lag sie nun, die Bombe. Und sie detonierte mit größter Brisanz. Der Prinz selbst erbleichte und zuckte zurück, alle anderen erstarrten und gaben Laute des Entsetzens von sich.

»Durch wen?« fragte der Prinz streng.

»Durch die andere Seite des Pakts – nehme ich an. Entweder das – oder wir haben hier den ersten erwiesenen Fall einer temporalen Intervention durch einen Zeitreisenden aus einem Land, das nicht zu den Unterzeichnern des Prager Pakts gehört.«

Eine beängstigende Stille legte sich über den Audienzsaal.

»Ihr seid Euch doch bewußt«, sagte der Prinz schließlich, »daß dies die folgenschwerste Behauptung ist, die Ihr überhaupt machen könnt?«

Wollte Gott, ich wüßte es nicht! Aber Don Miguel behielt diesen Gedanken bei sich und nickte nur.

»Ihr habt gute Gründe dafür?«

»Ich glaube, ja, Herr. Nachdem ich an Ort und Stelle alle Untersuchungen vorgenommen hatte, die ohne Zeitapparatur möglich sind, konnte ich zu keinem anderen Schluß kommen.«

Der Prinz streckte eine behaarte Hand nach dem harmlos aussehenden Stück Metall auf dem Tisch aus, doch im letzten Moment zog er sie zurück wie vor einer schlafenden Kobra. »Räumt den Saal! Augenblicklich! Und wenn jemand auch nur ein Wort über all dies fallen läßt, dann hat er noch vor dem Abend keinen Kopf mehr auf den Schultern! Ist das klar? Scharfrichter! Ich weiß, daß unter den Anwesenden zumindest drei unverbesserliche Schwätzer sind, deren Mäuler Tag und Nacht klappern wie trockene Bohnen in einer Schweinsblase – seht zu, daß am Nachmittag noch drei Pfähle aufgestellt werden, für den Fall, daß drei Köpfe aufzuspießen sind!«

Der Mann, der schwarz maskiert und anonym neben der Tür stand, verbeugte sich, um anzudeuten, daß er den Befehl entgegengenommen hatte, und nicht wenige der Höflinge erschauderten.

»Und jetzt hinaus!« bellte der Prinz. »Alle außer Don Miguel, und etwas flotter, wenn ich bitten darf!«

Der Prager Pakt, so hatte Don Miguel schon oft überlegt, war wohl das zerbrechlichste Bollwerk, das je zwischen dem Menschen und der Gewalt des Chaos gestanden hatte. Er war wie ein Stöpsel aus nassem Papier im Schlund eines Vulkans – und doch war er das Beste, was zustandegebracht werden konnte.

Im ersten Moment schon, als Don Carlos Borromeo entdeckte, wie man die Zeit zu einer Dimension transformieren konnte, entlang derer es dem Menschen möglich war zu reisen wie in den anderen Dimensionen, hatte er – den manche sehr weise nannten, andere wieder zynisch und illusionslos

– bereits vorhergesehen, welchen Nutzen selbstsüchtige und habgierige Menschen aus diesem Wunder ziehen könnten. Angeblich hatte er sogar den Versuch in Betracht gezogen, sein Wissen überhaupt bei sich zu behalten. Doch schließlich, nach eingehenden Konsultationen mit seinem Beichtvater, war er genötigt gewesen einzusehen, daß irgend jemand anderer auf dasselbe Prinzip stoßen könnte. Und dieser Mann mochte die Fähigkeit der Menschheit, mit Kräften umgehen zu können, die jenseits ihrer kühnsten Träume lagen, weniger skeptisch beurteilen ...

Doch wenn er sich unter seinen Zeitgenossen umblickte, sah er sich jenen Unversöhnlichen gegenüber, die Spanien zurückerobern wollten, das alte Mutterland, aus dem der kraftvolle islamische Rivale die christliche Zivilisation vertrieben hatte; und diese Männer wären sicher nicht davor zurückgeschreckt, eine Armee zurückzusenden in die Vergangenheit, um für die Abänderung der Geschichte zu sorgen. Gleichermaßen gab es Mitgliedsländer in der leicht reizbaren, wankelmütigen Konföderation des Ostens, die nur widerwillig Teil dieses uneinheitlichen politischen Bündnisses waren und die es lieber gesehen hätten, wenn Litauen oder Polen oder Preußen, ja selbst Rußland zu einer unstreitig dominanten nationalen Kraft geworden wäre, frei von dem Zwang, den Wünschen konkurrierender lokaler Interessen nachgeben zu müssen.

Die Möglichkeit zum Reisen in der Zeit in die Hände solcher Menschen zu legen, wäre vergleichbar gewesen mit dem Rauchen einer Tabakpfeife in einer Schießpulverfabrik.

Also entschied Borromeo, daß es das geringste aller Übel sein würde, die Technik der Zeitreise von Männern anwenden zu lassen, deren Handeln von ihrem Gewissen diktiert wurde, und die sich der Verantwortung bewußt waren, die ihnen durch ihr Wissen auferlegt wurde. Außerdem mußten sie sich durch einen Eid bereit erklären, den Anweisungen der weisesten und weitblickendsten Vorgesetzten, die zu ihrer Führung gefunden werden konnten, Folge zu leisten.

Und so gründete er die Gesellschaft für Zeitenkunde,

nachdem er vom Papst die Vollmacht erhalten hatte, über Prinzen, Könige und Kaiser unter Androhung augenblicklicher Exkommunikation zu gebieten. Die Gründungsmitglieder mußten ihm feierlich versprechen, das Reisen in der Zeit ausschließlich zum Nutzen der Menschheit anzuwenden, zum Zweck der Erweiterung menschlichen Wissens, und niemals in vergangene Geschehnisse einzugreifen.

Dennoch geschah, was er befürchtet hatte: Fast unmittelbar darauf begann eine Handvoll Verrückter, sich für die Rückeroberung Spaniens stark zu machen, und eine Zeitlang sah es ganz so aus, als würde der Wahnsinn über die Vernunft siegen. Doch dann neigte sich das Zünglein an der Waage wieder dem Verstand zu, denn die Konföderation ließ durchblicken – sehr diskret, sehr andeutungsweise –, daß man auch dort das Geheimnis des Reisens in der Zeit kannte. Und wenn es einer königlichen Armee einfallen sollte, zurückzureisen und sich den maurischen Invasoren Spaniens entgegenzustellen, würde sie auf ein Heer ähnlicher Stärke stoßen, das entschlossen war, den Status quo aufrechtzuerhalten, denn die Konföderation hielt das Königreich auch ohne rückwirkende Hinzufügung der Iberischen Halbinsel zu seinen jetzigen Territorien für bereits mächtig genug.

Man flüsterte einander zu – ohne je Beweise dafür zu haben –, daß Borromeo selbst der Konföderation sein Geheimnis verraten hätte. In jedem Fall erwies es sich so als das Beste: Das Königreich kam wieder zur Vernunft, schlug einen päpstlichen Schiedsspruch vor, und mit Hilfe der tüchtigsten Juristen des Vatikans wurde ein Vertrag aufgesetzt, der schließlich im Jahre 1897 in der schönen alten Stadt Prag unterzeichnet wurde. Der Pakt war Borromeos letztes Vermächtnis. Drei Wochen nach der Unterzeichnung starb er an einer Erkältung, die er sich in den Nebeln Polens geholt hatte, denn der Winter dieses Jahres war bitterkalt.

Vielleicht, dachte Don Miguel, war er zufrieden gestorben, aber es schien unwahrscheinlich. Er mußte befürchten, daß sich früher oder später der Pakt als inadäquat erweisen würde, auch wenn er das Loch im Deich für eine Weile verstopfte. Doch sicherlich hatte er nicht vorhergesehen, daß die Habgier so bald eben die Bevollmächtigten korrumpieren würde, die man wegen ihrer Tugendhaftigkeit und Integrität auserwählt hatte. Aber Don Miguel wußte – besser als alle seine Kollegen, ausgenommen Pater Ramón –, wie nahe primitive Geldgier bereits daran gewesen war, das Gefüge der Geschichte durcheinanderzubringen. Darüber hinaus gab es einen noch bedeutsameren Punkt, der auch Borromeo nicht entgangen sein konnte: Zeitapparaturen waren so einfach in ihrer Konstruktion, daß früher oder später auch Wissenschaftler, deren Regierungen nicht Unterzeichner des Pakts waren, über das dabei angewandte Prinzip stolpern mußten ... oder die notwendigen Informationen kauften – von bestechlichen Personen, von Übelwollenden, von Geistesgestörten.

War die Entdeckung, die Zwei Hunde gemacht hatte, das erste Anzeichen dafür, daß irgendeine neue Macht das Reisen in der Zeit entwickelt hatte? Würde sie sich als eine Expedition des Mediterranen Kalifats herausstellen oder – wahrscheinlicher, wenn man die geographische Lage in Betracht zog – von Zeitenforschern des Königreiches von Cathay? Oder waren es Eindringlinge aus Çipangu, jenen Inseln vor der Ostküste Asiens, deren Bewohner das Reich so sehr bewunderten und die versuchten, ihre analoge geographische Lage in eine analoge politische Unabhängigkeit von der Festlandkultur Cathays umzusetzen, das im Grunde genommen Çipangus ganze verbriefte Geschichte dominiert hatte?

Don Miguel bezweifelte diese letztere Möglichkeit. Er war ein großer Bewunderer Wilhelm von Ockhams, von dem der Rat stammte, Vermutungen nicht häufiger zu summieren als unbedingt nötig. Und hier mußte man nicht vermuten.

Man brauchte nur Schlüsse zu ziehen ...

»Es ist guter Stahl«, sagte er und zeigte auf den Gegenstand auf dem Tisch, der zwischen ihm und dem Prinzen stand.

»Es ist die in die Hälfte gebrochene Spitze eines Steinbohrers. Ich habe zweifelsfrei festgestellt, daß *wir* in diesem Tal nie geschürft haben. Und die Geschichte nennt uns niemanden, der vor unserer Entdeckung der Neuen Welt durch jenen Teil Californias kam und der wußte, wie man guten Stahl herstellt. Zusammen mit Zwei Hunde, dem Verwalter der Mine, suchte ich die Gegend meilenweit im Umkreis ab. Wir fanden die Überreste von zumindest neun Stollen, alle außer einem eingestürzt. Zwei Hunde besitzt ein umfangreiches Basiswissen in Mineralogie; er war in der Lage festzustellen, daß diese Minen schätzungsweise vor etwa tausend Jahren in Betrieb waren. Ich habe mit etlichen seiner Vorarbeiter und Aufseher gesprochen, und sie zeigten mir ihrerseits aufgelassene Stollen, wo reiche Silber- und Goldadern anstatt weiterzulaufen, wie von den Fachleuten vorhergesagt, plötzlich zu Ende waren. Und das brachte mich schließlich auch auf die unvermeidliche Schlußfolgerung, daß wir es hier mit einem illegalen Eindringen in die Vergangenheit zu tun haben.«

Der Prinz begann langsam und verstehend zu nicken; seine Miene war eisiger als der Winter in Norge. »Durch wen und zu welchem Zweck?« fragte er. »Was denkt Ihr, Navarro?«

»Herr, ich kann nur das interpretieren, was ich mit eigenen Augen gesehen habe.« Don Miguel fuhr sich mit der Zunge über die Lippen. »Ich sehe die Situation so: Es ist allgemein bekannt, daß dieses Hügelland zu jenen Gebieten gehört, in denen sich die reichsten Edelmetallvorkommen der Erde befinden. Ich nehme an, den Eindringlingen lag an einer Ausbeutung dieser Vorkommen – vielleicht des Silbers wegen, das für das Reisen in der Zeit wesentlich ist. In der Gegenwart ist das nicht möglich, weil dort schon wir abbauen, aber in der Vergangenheit war das Gebiet menschenleer, ein paar nackte Indianer, die keinerlei Interesse am Bergbau hatten, ausgenommen. Vielleicht waren – oder sind – sie keine guten Geologen und dachten, daß es genügen würde, sich auf die Kräfte der Natur zu verlassen, die alle

Spuren ihrer Tätigkeit tilgen würde, sobald sie ihre Arbeit beendet hatten. Schließlich ist California ein Erdbebengebiet ersten Ranges, und man würde doch erwarten können, daß Bergwerksstollen in tausend Jahren ganz von selbst einstürzen. Es muß purer Zufall gewesen sein, daß jener erhalten blieb, in dem Zwei Hunde die Bohrerspitze entdeckte.«

»Also ist dieses Ding«, der Prinz griff nach dem Stück Stahl, »tausend Jahre in der Erde gelegen! Und dennoch trägt es kaum Rostspuren, nicht wahr?«

»Wie ich schon sagte, Herr, war der Eingang zu dieser Höhle – oder, besser, zu diesem Bergwerksstollen – von einem großen Steinblock verschlossen, um den Erdreich und Wurzeln eine fast vollständige Abdichtung gebildet hatten. So blieb es im Inneren der Höhle trocken. Und außerdem ist das Klima dort sehr ausgewogen.«

Ein paar Sekunden lang schwieg der Prinz. Seine dunklen Augen suchten eindringlich in Don Miguels Zügen. Schließlich sagte er bedrückt: »Ich wünschte, es wäre nicht so, Navarro, aber meiner Ansicht nach habt Ihr den Sachverhalt glaubhaft gemacht. Wir werden so schnell wie möglich eine Zeitapparatur nach California bringen lassen und zusehen, daß wir objektive Beweise erlangen können.« Er erhob sich. »In der Zwischenzeit werden wir auch Londres in Kenntnis setzen und unsere erfahrensten Leute nach California schikken. Ich stelle Eure Analyse der Situation nicht in Frage, aber Ihr müßt einsehen, daß eine grundlose Anschuldigung, einen Bruch des Prager Pakts betreffend, das jetzt schon gefährdete Vertrauen zwischen uns und dem Zeitenkollegium in der Östlichen Konföderation zerstören könnte, das wir so mühsam aufgebaut haben.«

»Herr!« rief Don Miguel leidenschaftlich, »ich bete darum, daß ich unrecht habe! Denn um wieviel größer wäre die Katastrophe, wenn ich recht hätte!«

IV

Vor der Entdeckung bestimmter Drogen, die imstande waren, die Tore der Wahrheit im Gedächtnis eines Menschen zu öffnen, hatte es zu diesem Zweck eine Folter gegeben, welche auch vom Heiligen Offizium angewandt worden war. Sie bestand aus einem großen Holzbrett, welches man auf die Person legte und worauf Steine von immer größer werdendem Gewicht geladen wurden; an einem bestimmten Punkt wurde der Verstockte zerquetscht wie ein Insekt unter einem Stiefelabsatz.

Für Don Miguel waren die nächsten paar Wochen wie eine solche Folter. Und er war nicht der einzige, der litt.

Der erste Stein war ein leichter und fügte seiner Sorgenlast nur die einfache Bestätigung dessen hinzu, was er bereits befürchtet hatte. Seit einiger Zeit hielt sich das Gerücht, daß in der Konföderation mehr Gold und Silber im Umlauf war, als man ihren eigenen Ressourcen zuschreiben konnte. Der logische Schluß wäre gewesen, daß man wohl neue und bisher geheimgehaltene Lager entdeckt hatte, vielleicht in dem unwirtlichen, unerforschten Ödland von Sibirien.

Doch die neuesten Informationen machten es wahrscheinlicher, daß das Wort ›Sibirien‹ durch ›California‹ ersetzt werden sollte ...

Der zweite Stein war gewichtiger und schmerzhafter. Ein Experte für Metallurgie verglich die mysteriöse Bohrerspitze mit Proben anderer Stahlarten und stellte eindeutig fest: hergestellt in Augsburg! Es war ein Typ, der in der Konföderation verbreitet war, kaum jedoch anderswo angetroffen wurde – und ganz gewiß nicht in California, wo gewisse darin befindliche Spurenelemente, im besonderen Kobalt, nicht verfügbar waren.

Der dritte Stein, der schwerste, war ein Bericht von einem Trupp, den Zwei Hunde auf Don Miguels Ersuchen hin ausgesandt hatte, um die Route zwischen dem Platz, wo sich die Mine der räuberischen Eindringlinge befand, und dem nächstliegenden Hafen an der Küste zu erkunden. Eine der ersten Fragen, die aufgetaucht waren, hatte gelautet: Wie hatten die Eindringlinge die Stelle erreicht, wo ihre Spuren entdeckt worden waren? Natürlich gab es die Möglichkeit, eine Zeitapparatur so zu handhaben, daß ihre Benützer sowohl räumlich wie auch zeitlich befördert wurde – alles, was es dazu brauchte, war eine Justierung der dimensionalen Beziehungen, die von den energieführenden Stäben in ihrem Rahmen bestimmt wurden. Solange das Gravitationspotential am Punkt der Ankunft vergleichbar war mit jenem am Startpunkt, wurde dem Zeitreisenden kein Schaden zugefügt – obwohl die Beförderung von der Spitze eines Berges in ein Tal in einem wilden Ausstoß überschüssiger Energie und dem Tod oder der Verletzung des Benützers resultieren mußte.

So schien es also unwahrscheinlich, daß jemand blindlings über tausend Jahre hinweg reiste und sich zugleich – ebenso blindlings – um einige tausend Meilen räumlich versetzen ließ; das wäre ein furchterregender Sprung in die Dunkelheit gewesen. Außerdem war das Risiko vorhanden, daß sich die Gestalt der Landschaft durch Erosion oder Beben derart verändert hatte, daß man im Inneren eines Berges oder hoch oben in der Luft ankam. Anzunehmen also, daß die Eindringlinge zuerst in die Vergangenheit gereist waren – und zwar an einen Ort, dessen Topographie sie ohne den Schatten eines Zweifels hatten feststellen können. Dann hatte sich ein erster Spähtrupp auf konventionellem Weg zum Standort der Mine begeben.

Und die Männer, die von Zwei Hunde losgeschickt worden waren, stießen, nachdem sie die direkteste Route zur Küste gewählt hatten, auf die halb im Sand begrabenen Überreste eines Schiffes, dessen Form darauf hinwies, daß es nicht von den Ureinwohnern Californias stammte, und dessen Zustand darauf schließen ließ, daß es während einer Zeitspanne von etwa tausend Jahren an der Stelle gelegen hatte, wo man es fand ...

Durch den neu hinzukommenden Druck dieser Nachricht

in wilde Aufregung versetzt, verdoppelten die Experten, die von der Gesellschaft für Zeitenkunde von Neu-Madrid und Londres ausgesandt worden waren, das Tempo ihrer Vorbereitungen. Transportable Zeitapparaturen waren in das einsame Tal in California gebracht worden, wobei man die übliche Geheimhaltung anwandte – wenige Menschen außerhalb der Gesellschaft für Zeitenkunde bekamen je eine Zeitapparatur zu Gesicht, denn sie war so gefährlich einfach in ihrem Aufbau, da sie nur aus Silberstäben und magnetisiertem Eisenstützwerk in einem genau aufeinander abgestimmten Verhältnis bestand. Irgend jemandem hätte es in den Sinn kommen können, ein Modell dessen anzufertigen, was er gesehen hatte – mit dem besorgniserregenden Effekt, daß das Modell *funktionierte!*

Demgemäß entfaltete sich eine kleine Stadt aus Leinenzelten im Sonnenschein, an denen die einheimischen Arbeiter und ihre Familien größtenteils gleichgültig vorbeigingen und nur gelegentlich stehenblieben, um zuzusehen, welch neuester Beweis für die Verrücktheit dieser Europäer in ihre geruhsame Privatsphäre eindrang.

Am Abend jenes Tages, an dem sich der Verdacht in grausame Wahrheit verwandelt hatte, traf Don Miguel seinen Freund Zwei Hunde wieder. Er ging gerade mit gesenktem Kopf den Hügel hinan, der die moderne Bergwerksregion von jener der Eindringlinge trennte und fühlte sich, als würde ihn die todmüde dahinhumpelnde Welt als Krücke benutzen, da hörte er, wie sein Name gerufen wurde. Er hob den Kopf und sah den Mohawk auf dem Weg vor sich stehen, das Gesicht unergründlich und auf alles gefaßt.

»Nun?« fragte er, als Don Miguel näherkam.

»Wir haben sie gefunden«, entgegnete Don Miguel. »Im Sommer des Jahres des Heils 984. Sie haben einen Mohawk-Bevollmächtigten getötet, der sich ihnen zeigte. Und sie haben dazu eine Schußwaffe benutzt.«

Zwei Hunde nickte langsam. »Also fangen Eure Mühlen

wieder zu mahlen an, und diesmal werden wir dazwischen zerrieben werden.«

»Was meint Ihr damit?« fragte Don Miguel. Aber er war zu ausgepumpt, um wirkliches Interesse an der Antwort zu verspüren.

»Ich hätte gedacht, das sei klar. Wollt Ihr mit Euren Worten nicht ausdrücken, daß Ihr fandet, was Ihr erwartet habt? Nämlich räuberische Eindringlinge aus der Konföderation?«

»Ja, da gibt es keinen Zweifel. Man hat sie gesehen, wie ich sagte. Darüber hinaus hat man sie sprechen gehört.«

»In diesem Fall folgt daraus, daß es einen Bruch des Prager Pakts gegeben hat – ist das richtig?«

»So scheint es. Aber ich bin kein Experte auf diesem Gebiet, und wir warten noch auf Pater Ramón, der schon auf dem Weg von Londres hierher sein soll; also möchte ich seiner Meinung nicht vorgreifen.«

Die beiden Männer schwiegen. Schließlich sagte der Mohawk sinnend: »Ihr seid ein seltsames Volk – wirklich, das seid Ihr! Wenn es sich um Fragen der Ehre und Gerechtigkeit handelte, haben meine Vorfahren nicht darauf gewartet, bis ein Experte von weither kam, um ihnen einen Rat zu geben! Wir überlegten selbst und handelten dann in Übereinstimmung mit den Prinzipien, an die wir glaubten, ungeachtet der Folgen, die uns selbst daraus erwuchsen. Und ich habe immer gehört, daß dies auch der Kodex des spanischen Ehrenmannes war und damit der Grund, weshalb es unter all den konkurrierenden Eindringlingen hier ausgerechnet die Spanier waren, denen es gelang, eine erfolgreiche Allianz mit dem Roten Mann zu bilden, und nicht den Franzosen oder den Schweden.«

»Das ist ganz richtig.« Trotz seiner Müdigkeit spürte Don Miguel, wie sein Interesse durch den Einwand des Mohawks geweckt wurde. Kulturgeschichtliche Analyse war eines jener Themen gewesen, ohne das er seine Ausbildung zum Zeitreisenden nicht hätte vervollständigen können.

»Warum handelt Ihr dann nicht und korrigiert die Ungerechtigkeit, die man Euch angetan hat?«

»Weil wir nicht nur an uns selbst denken dürfen«, entgegnete Don Miguel. »Dies ist ein Problem, das in eine andere Zeit hinübergreift. Eine unbedachte Handlung könnte die Geschichte so verformen, daß wir unsere eigene Existenz löschen – und die Eure auch!«

»Obwohl ich Eure Skrupel bewundere«, murmelte Zwei Hunde, »halte ich Euer Benehmen dennoch für verwirrend. In letzter Zeit, seit wir dieser Sache auf die Spur gekommen sind, habe ich mich sehr für alles interessiert, was mit dem Reisen in der Zeit zusammenhängt, und es scheint mir, als könntet Ihr die Eindringlinge am Ende ihres Aufenthaltes hier einfach ausradieren – oder? Ich meine, dann, wenn die Veränderungen, die ihr Schürfen in der Landschaft hinterlassen hat, mit dem heutigen Zustand übereinstimmen.«

»Möglich. In der Tat könnte es sein, daß wir schließlich auf diese Art und Weise vorgehen, aber ...« – Don Miguel schüttelte bekümmert den Kopf – »wir würden es riskieren, eine geschlossene kausale Schlinge zu erzeugen, versteht Ihr, wobei eine zukünftige Handlung Konsequenzen in der Vergangenheit mit sich bringt, und das ist etwas so Gefährliches, daß man sich nicht daran wagen darf, ehe man nicht alle Alternativen in Betracht gezogen hat.«

Wenn aber die Alternative im Tod eines Königs besteht ...

Doch er unterdrückte entschlossen die Erinnerung an die Silvesternacht, als ihm die Richtigkeit dessen, was er soeben gesagt hatte, so grauenhaft vor Augen geführt worden war.

»Wenn aber diese Gauner ungeschoren davonkommen, dann werden sie sicher versucht sein, das wieder zu tun, was ihnen gelungen ist. Anderswo, meine ich. Und der nächste Platz, an dem Ihr auf sie stoßt, könnte in Euren Kohlengruben daheim sein oder in den Zinnminen von Cornwall, oder an einem anderen Ort im Herzen des Königreiches, wo Ihr es Euch nicht leisten könnt, etwas zu verlieren.«

»Sie werden nicht ungeschoren davonkommen. Ganz sicher wird auf den konkreten Beweis ihres Eingreifens in die Vergangenheit ein päpstliches Interdikt folgen, und wenn nötig, würde über die ganze Konföderation der Kirchenbann verhängt werden.«

»Und das, denkt Ihr, ist eine Waffe, die stark genug ist, Männer von ihrem Vorhaben abzubringen, die nicht davor zurückgeschreckt sind, mit der Vergangenheit zu spielen? Wenn sie keine Angst haben vor physischen Folgen, die sich aus ihrem Herumpfuschen an der Geschichte ergeben, werden sie sich dann durch die Androhung spiritueller Unannehmlichkeiten abhalten lassen, die von einem alten Mann auf einem Thron in Rom kommen?«

»Ihr seid ein unverbesserlicher Skeptiker, was?« rief Don Miguel. »Seid Ihr eigentlich ...? Nein, es tut mir leid; das ist etwas, nach dem zu fragen ich kein Recht habe.«

»Fragt, was Ihr wollt!« Zwei Hunde zuckte die Achseln. »Nach unserer Überlieferung ist ein Freund wie ein Bruder, und ein Bruder hat das Recht, alles über einen zu wissen.«

Don Miguel zögerte immer noch. Schließlich gab er sich einen Ruck: »Also, ich wollte Euch soeben fragen, ob Ihr eigentlich gläubig seid.«

Zwei Hunde verzog das Gesicht und begann, leise zu lachen. »Ihr seid es wohl, nehme ich an«, entgegnete er, und ohne auf die Bestätigung zu warten, fuhr er fort: »Um ehrlich zu sein, ich bin gläubig, aber ich bin kein Katholik. Nicht einmal das, was Ihr mit Christ bezeichnen würdet, wenn man es genau nimmt. Oh – ich wurde wohl von katholischen Priestern erzogen, ich wurde in die üblichen europäischen Missionsschulen geschickt. Und ich lernte dort eine Menge Fakten über die Welt, die in unseren Überlieferungen nicht vorkommen oder von ihnen mißachtet werden. Aber da gab es so viele Widersprüche, daß mein Gewissen mich letzten Endes aus dem Schoß der Kirche vertrieb.«

Don Miguel hatte vage davon gehört, daß es gegenwärtig eine Renaissance der traditionellen Religionen unter den Mohawks gab – Korrektur, aufgrund von Zwei Hundes eigenen Worten vor vielen Wochen: unter den Indianern, die das Königreich alle mit lässiger Hand unter dem einen Stammesnamen ›Mohawks‹ zusammenfaßte. Aber das war die erste Andeutung, daß Zwei Hunde selbst dieser Bewegung angehörte. Mit großer Neugier fragte er: »Welche waren diese ... diese Widersprüche?«

»Oh, in Anbetracht dessen, wie Ihr meine Vorfahren massakriert habt, konnte ich mich nicht anfreunden mit Eurer Ergebenheit Eurem Heiland gegenüber, einem Mann, den Ihr den Friedensfürsten nennt – und ich konnte mich auch nicht anfreunden mit Eurer geringen Bereitschaft, zurückzugehen in die Vergangenheit und die Persönlichkeit des Erlösers selbst kennenzulernen, wenn Euch doch die Annehmlichkeit des Reisens in der Zeit zur Verfügung steht.«

Darüber hatte sich auch Don Miguel schon mehr als einmal Gedanken gemacht. Mit falscher Sicherheit in der Stimme und Pater Ramóns Worten im Sinn sagte er: »Aber wir haben die Periode, in die Jesu Wirken auf Erden fiel, oft besucht. Und einem neuen Papst, zum Beispiel, ist es immer gestattet, Jesus Christus sprechen zu hören. Dennoch hat die Kirche nun schon fast einhundert Jahre lang die Konsequenzen überlebt. Was immer Ihr von Jesus Christus als Sohn Gottes haltet – sicherlich war er jedoch ein ganz außergewöhnlicher Mensch.«

»Vielleicht. Aber außergewöhnlich zu seiner Zeit und in seiner Umgebung. Man hat mir berichtet, daß mein Urgroßvater der beste Büffeljäger war, den mein Stamm je hervorgebracht hat. Schön. Wunderbar! Aber wer kann von der Büffeljagd leben, seit Ihr Schußwaffen in dieses Land gebracht habt? Bewundern kann ich meinen Urgroßvater wohl – aber soll ich ihm jetzt, da der Büffel so selten geworden ist, daß er geschützt werden muß, nacheifern?«

Don Miguel erkannte, daß er darauf keine direkte Antwort wußte. Er hob die Schultern und wischte sich über die Stirn, worauf Zwei Hunde sofort zerknirscht aussah. Er trat zu ihm und legte einen Arm um Don Miguels Schultern. »Wie grausam gedankenlos, Euch hier in der heißen Sonne festzuhalten, um über abstrakte Dinge zu diskutieren! Kommt, wir wollen auf meine Veranda gehen und ein paar Gläser unseres Weines trinken, der Euch so gut zu munden scheint; und wir wollen über Dinge sprechen, die nicht das Schicksal des ganzen Universums betreffen!«

Don Miguel lächelte schwach. »Das«, sagte er, »wäre eine sehr willkommene Erleichterung.«

V

Don Arturo Cortés kam in das abgeschiedene Tal; er sah immer noch aus wie ein Mann, der verfolgt wurde von seinem eigenen Geist. Auch Don Felipe Basso kam und sagte, daß es Lady Kristina leid getan habe, Don Miguel nicht wiederzusehen; sie hatte Londres plötzlich verlassen müssen, da ihr Vater zum Botschafter in der Konföderation des Ostens ernannt worden war. Pater Ramón kam und zeigte im Gegensatz zu den beiden anderen keine Spuren der schrecklich anstrengenden Reise, die von Neu-Madrid aus Tage und Nächte nach Westen geführt hatte; die riesige, weich gefederte Transkontinentalkutsche hatte nur angehalten, um Pferde zu wechseln und Vorräte aufzunehmen.

Don Miguel konnte einen Blick auf das letzte Pferdegespann werfen, als es von der Kutsche weggeführt wurde: Es war reif für den Schlächter.

Am Abend ihres Ankunftstages versammelten sich diese drei mit Don Miguel und den beiden Experten aus Neu-Madrid, die vorübergehend die Leitung der Nachforschungen übernommen hatten, bis ihre Vorgesetzten aus Londres an Ort und Stelle waren; einer von ihnen war ein Inquisitor. Die sechs Männer trafen sich in einem der riesigen Zelte, welche die Techniker der Gesellschaft auf der dem Bergwerk, das Zwei Hunde verwaltete, abgewandten Seite des Hügels aufgestellt hatten. Als die Nacht anbrach, erhob sich eine Brise, und die Schatten der Männer bewegten sich unheimlich auf der weißen Leinwand, auf die sie von den flakkernden Laternen geworfen wurden.

Don Rodrigo Juarez hatte die Expedition ins Jahr 984, bei

der die Existenz der räuberischen Eindringlinge bewiesen worden war, persönlich geleitet. Obwohl er in Neukastilien geboren und erzogen worden war, hatte er auch in Europa einen guten Ruf; ja seit dem, was Don Arturo Cortés in der vergangenen Silvesternacht widerfahren war, hatte man begonnen, von ihm anstelle von Don Arturo als wahrscheinlichem Nachfolger von Roter Bär in der Spitzenposition eines Administrators für den Außendienst zu sprechen. Don Rodrigo war sich dieser Gerüchte durchaus bewußt – und erfreut, daß auch Don Arturo sie kannte; was seinem Benehmen eine Selbstgefälligkeit verlieh, die nach Don Miguels Dafürhalten genauso widerlich war wie ehedem Don Arturos anmaßende Arroganz.

Aber jetzt war keine Zeit für persönliche Sympathien oder Antipathien: jetzt ging es um nicht weniger als um eine Festigung des Gefüges der Geschichte.

»Was wir vorfanden«, sagte Don Rodrigo, »ließ keinen Raum für etwaige Zweifel. Wir sahen die Eindringlinge an der Arbeit, und wir hörten sie miteinander sprechen. Um Anachronismen zu vermeiden waren wir gekleidet – oder, besser, *entkleidet,* hahaha! – wie die Indianer, von denen wir wissen, daß sie California in jenen Tagen bevölkerten. Ich rief nach einem Freiwilligen, der sich in ihrem Lager zeigen sollte, und Rotgrauer Schimmel, ein Bevollmächtigter aus Neukastilien, meldete sich. Sie erschossen ihn, ohne auch nur eine Frage zu stellen. Ich bin mit Don Miguel einer Meinung: Wir haben es hier mit einem Verbrechen zu tun, das weitaus verwerflicher ist als Mord – so schmutzig dieser auch sein mag. Dies ist unzweifelhaft ein Bruch des Prager Pakts.«

Er lehnte sich zurück und streckte das Kinn vor. Er war ein hochgewachsener Mann, dessen ingwerfarbenes Haar und langes Kinn von seiner Mutter stammten, die Schottin gewesen war.

Aller Augen wandten sich Pater Ramón zu, der Don Rodrigos Ausführungen äußerst konzentriert gefolgt war. Am begierigsten, die Meinung des Jesuiten zu vernehmen, war

Don Miguel; seine Anspannung verursachte ihm beinahe physische Schmerzen.

»Nicht bewiesen«, erklärte Pater Ramón schließlich.

»Was?« riefen alle aus – ausgenommen Don Felipe, der sich in so illustrer Gesellschaft zurückhielt.

»Nicht bewiesen.« Pater Ramón wandte sein asketisches Gesicht von einem zum anderen. »Aus verschiedenen Gründen, von denen einer der zwingendsten jener ist, daß ein Bruch des Prager Pakts seinem Wesen nach eine nicht wiedergutzumachende Katastrophe wäre, die um jeden Preis vermieden werden muß. Glücklicherweise wurde der Pakt noch nie gebrochen.«

»Aber ...!« begann Don Rodrigo zu protestieren, doch Pater Ramóns schmale Hand zuckte hoch und unterbrach ihn.

»Nein, hört mich zu Ende an. Bevor ich Londres verließ, habe ich Eure Qualifikationen überprüft. Sie sind vortrefflich. Es fehlt jedoch ein wichtiges Detail: Ihr habt nie die Schule für Kasuistik in Rom besucht; hättet Ihr es getan, hättet Ihr einen anstrengenden Kursus über genau dieses Thema, nämlich einen potentiellen Bruch des Prager Pakts, absolviert. Glaubt mir, als die Experten des Vatikans diesen Pakt entwarfen, überstürzten sie nichts und sie ließen auch keine Hintertürchen offen.«

»Ich spreche nicht von offenen Hintertürchen!« brauste Don Rodrigo auf. »Ich spreche von einer Diebsbande, die den Vertrag in Stücke gerissen und auf die Fetzen gespuckt hat!«

Pater Ramón brachte ihn mit einem langen, ruhigen Blick zum Schweigen. »Ihr solltet es eigentlich besser wissen«, sagte er schließlich. »In Eurer Position solltet Ihr es besser wissen. Don Miguels Reaktion ist verzeihlich; bei einem normalen Fortgang seiner Karriere sollte er die Schule für Kasuistik erst in fünf, sechs Jahren besuchen müssen.« Er wandte sich mit gerunzelter Stirn an den Inquisitor. »Was sagt Ihr dazu, Bruder Vasco?«

Der Mann begann, unruhig auf der harten Bank herumzurutschen. »Ich hebe mir mein Urteil auf«, sagte er, »bis ich

Gelegenheit gehabt habe, ein Schriftstück zu konsultieren, das ich nicht näher zu bezeichnen brauche. Das nächste Exemplar befindet sich in Neu-Madrid, und ich gestehe, daß mich die Erinnerung an seinen Inhalt teilweise im Stich läßt.«

Der Jesuit spitzte die Lippen und einen Augenblick später hob er die Schultern. »Nun, dann laßt es fürs erste gut sein. Don Arturo aber, wenn ich mich recht entsinne, *hat* die Schule besucht und sollte nun vor Ungeduld schon fast platzen, uns die richtige Lösung vorzulegen.«

Wie von Fäden gelenkt, wandten sich alle Köpfe Don Arturo zu; doch dieser ließ nur eine zitternde Hand über sein Gesicht gleiten. »Lösungen für dieses gegenwärtige Problem habe ich keine anzubieten, Pater«, sagte er. »Aber eines weiß ich ganz sicher.«

»Und das ist ...?« drängte Pater Ramón.

»Es hat keinen Bruch des Prager Paktes gegeben, weil ein solcher im Grunde genommen undenkbar ist.«

Don Miguel sah seinen Freund Don Felipe von der Seite an und erhielt als Antwort einen Blick, der sagte: »Da bin ich überfragt.« Er wandte sich wieder an Pater Ramón.

»Ich ... ich bin vielleicht überstürzt zu meiner Meinung gekommen, Pater«, begann er. Weiter kam er jedoch nicht. Mit einem Gesicht, das aussah wie mit Pergament überzogen – wie immer, wenn er lächelte –, schüttelte Pater Ramón den Kopf.

»Behaltet Eure Entschuldigungen für Euch, mein Sohn; sie sind nicht gerechtfertigt. Eine Absicht, den Pakt zu brechen, ist durchaus vorstellbar, und es scheint mir, daß es dies ist, worauf Ihr zufällig gestoßen seid. Laßt mich aber die Situation in jene Worte kleiden, die der Richter in einem päpstlichen Gerichtshof verwenden würde.« Er hob einen knöchernen Finger.

»*Imprimis:* der Tod von Rotgrauer Schimmel. Er kam aus einer anderen Zeit, und sein Tod in der Vergangenheit war auf Ursachen zurückzuführen, deren Ursprung in der Gegenwart lag, weil er von einem Mann erschossen wurde, der gleichfalls aus einer anderen Zeit kam. Und die Folgen wurden in einem Moment in der Gegenwart offenkundig, der nachweisbar nach dem Moment seiner Abreise von hier lag. Er lag möglicherweise auch nach dem Zeitpunkt, von dem die ... die *Eindringlinge* – wie Ihr sie bezeichnet – in die Vergangenheit gereist sind. Dies ist nicht sicher, doch die Beweise, die uns jetzt vorliegen, lassen darauf schließen.«

»Aber Rotgrauer Schimmel war einer meiner besten Männer!« platzte Don Rodrigo dazwischen. »Und sie haben ihn kaltblütig niedergeschossen!«

»Auf das Verbrechen des Mordes stehen gewisse, genau umrissene Strafen«, sagte Pater Ramón. »Doch ist dies kein Vergehen, mit dem sich der Prager Pakt beschäftigt, und er ist es, den wir gegenwärtig diskutieren.« Ein zweiter Finger stach in die Höhe. »*Secundo:* Der Prager Pakt enthält eine bestimmte Klausel, auf die Ihr, Don Rodrigo, Euch zweifellos stützen wollt, um Eure Anklage zu erheben. Diese Klausel stellt, kurz gesagt, fest, daß keiner der Unterzeichner des Abkommens bei seinen Reisen in die Vergangenheit so handeln wird, daß dies irgendeiner anderen Partei in der Gegenwart einen spürbaren Nachteil bringt. Diese Klausel bezieht sich in keiner Weise auf hypothetische Nachteile in der Zukunft. Da jedoch unsere bisherigen Bergwerksarbeiten noch nicht über jene in diesem einen Tal hinausgehen, neben dem die Eindringlinge ihre Stollen gruben, ist es nur ein zukünftiger Nachteil, um den es sich hier dreht.«

»Lächerlich!« rief Don Rodrigo kochend vor Wut. »Na gut, sie holten ihr Silber und Gold aus Stollen, die sie im danebenliegenden Tal gruben, und nicht in jenem, in dem wir gegenwärtig schürfen – nichtsdestoweniger behauptet der Verwalter der Mine, daß seine Männer schon oft auf Adern gestoßen sind, die plötzlich endeten, anstatt weiterzugehen, wie sie es hätten tun müssen. Das zwang sie, neue Stollen zu graben, statt einfach die alten noch lange zu benutzen. Wenn das kein ›Nachteil‹ ist, dann weiß ich nicht ...!« Er lehnte sich zurück und sagte ungnädig: »Obzwar es mich schmerzt, einem Experten Eures Kalibers widersprechen zu müssen, denke ich, daß Ihr einiges übersehst!«

»Ich übersehe nichts«, murmelte der Jesuit. »Oder, besser, nicht ich, sondern die Experten übersahen nichts, die den Großteil eines Jahrhunderts damit verbracht haben, möglichen falschen Interpretationen des Pakts keinen Raum zu lasssen.« Er hob einen dritten Finger. »Und *tertio* sage ich, daß uns in der Gegenwart keine spürbaren Nachteile erwachsen sind, weil zum Zeitpunkt, als die Erzadern in unserer heutigen Zeit entdeckt wurden, eine frühere Ausbeutung nicht bekannt war, sondern von Don Miguel Navarro erst aufgrund der vorhandenen Spuren festgestellt wurde.«

Selbst Don Felipe riß die Augen auf angesichts der extremen Spitzfindigkeit dieser Bemerkung. Was Don Miguel betraf, so konnte er seine aufbrausende – wenngleich glücklicherweise wortlose – Reaktion nicht unterdrücken. Pater Ramón wandte ihm das Gesicht zu.

»Ich weiß, was Ihr denkt, mein Sohn«, sagte er. »Ihr fragt Euch, weshalb wir – wenn das alles so ist – uns nicht selbst aufmachen sollten, um in prähistorischen Zeiten das Territorium der jetzigen Konföderation systematisch auszuplündern, und damit das Land arm und unproduktiv zu machen. Diese Frage kann ich umgehend beantworten: Es wurde nicht gemacht. Und warum sollte man es auch machen? Was würden wir damit gewinnen? Wenn wir es ihnen antun, tun sie es uns an. Am Ende besäße jeder die Rohstoffe des anderen – nur zu einem unendlich hohen Preis.«

Er wandte seinen durchdringenden Blick wieder Don Rodrigo zu. »Was Ihr entweder vergessen oder nie erkannt habt, mein Sohn, ist die Tatsache, daß der Prager Pakt einzigartig ist. Zum Unterschied von allen anderen Abkommen und Verträgen, die in der Geschichte zwischen Menschen oder Nationen geschlossen wurden, ist die Strafe für seinen Bruch nicht von jenen Männern festgelegt, die ihn entwarfen, sondern von Gott, dem Schöpfer des Universums. Und aus diesem Grund ist es mehr als töricht, soviel Mühe für den Beweis aufzubringen, daß ein Bruch des Pakts stattgefunden hat. Es ist nahezu sündhaft. In kurzen Worten: Der Prager Pakt kann gebrochen werden *– er – darf – aber – nicht – gebrochen – werden!*«

Er unterstrich jedes Wort seines letzten Satzes mit einem Schlag seiner knöchernen Faust auf den Tisch, und wie im Rhythmus mit dem dumpfen Geräusch färbte sich Don Rodrigos Gesicht zusehends röter, bis es glühte wie ein Sonnenuntergang. Als er ihn erröten sah, lächelte Don Miguel zum ersten Mal seit der entsetzlichen Neujahrsnacht desselben Jahres.

Um sich nicht in Gedanken mit seiner ganz persönlichen Erinnerung an diese Nacht beschäftigen zu müssen, sagte er laut: »Aber irgend etwas muß doch wohl unternommen werden!«

»Zweifellos«, nickte der Jesuit. »Laßt Ihr uns Eure eigenen Vorschläge in dieser Richtung hören?«

»Also ... also ...«, stotterte Don Miguel, »ich habe keinen definitiven Vorschlag. Zwar habe ich mich schon gefragt, ob unsere Handlungsweise nicht vorherbestimmt ist. Zwei Hunde schlug vor, an jener Stelle, an der die Arbeit der Eindringlinge genau jene Spuren hinterlassen hat, die er und seine Männer fanden, einzuschreiten und sie davonzujagen. Als ich über die Idee nachsann, kam mir der Verdacht, daß eine geschlossene kausale Schlinge existieren muß, die eben jene Spuren, die wir in der Gegenwart entdeckt haben, hervorruft.«

»Das ist höchst wahrscheinlich«, stimmte Pater Ramón zu. »Irgend etwas hat die Eindringlinge davon abgehalten, die Bodenschätze dieses Gebietes vollständig auszubeuten, und die wahrscheinlichste Erklärung ist, daß sie gestört wurden und gezwungen waren, die Arbeit einzustellen.«

»In diesem Fall«, sagte Don Rodrigo, »ist unsere Vorgangsweise klar: Wir müssen augenblicklich eine bewaffnete Truppe zurücksenden, um diese ... diese erzwungene Einstellung der Arbeit zu bewirken.«

»Absolut nicht«, entgegnete Pater Ramón. »Natürlich müssen wir zurückreisen – aber um mit ihnen zu sprechen, um herauszufinden, wer sie sind, und um ihnen den Auftrag zum Verlassen des Gebietes zu erteilen.«

»Mit ihnen sprechen?« wiederholte Don Rodrigo höhnisch. »Sie haben Rotgrauer Schimmel auf der Stelle erschossen, als er auftauchte!«

»Ich bezweifle, daß sie auf jemanden schießen werden, der ganz augenfällig aus einer anderen Zeit kommt. Ganz besonders, wenn er das Priesterkleid trägt.«

Die Männer waren perplex. Bruder Vasco war der erste, der reagierte. »Pater, Ihr habt doch nicht vor, allein zu gehen?« rief er aus.

»Nein, das nicht. Um einer gewissen Person, die – nicht zum erstenmal! – zu impulsiv gehandelt hat, eine kleine Lektion zu erteilen, werde ich in Gesellschaft von ... Don Miguel Navarro gehen.«

Er wandte Don Miguel erst das Gesicht zu, als er zu Ende gesprochen hatte. Dieser schätzte die Aussicht, den Eindringlingen unter diesen Umständen entgegenzutreten, überhaupt nicht, fand sich aber mit der Idee ab, da sie von Pater Ramón kam, und hob die Schultern.

»Wie Ihr wünscht, Pater. Es scheint, ich habe eine Panik verursacht, die angesichts der offenbar strengen Einhaltung der Gesetze in dieser Angelegenheit nicht gerechtfertigt ist.«

»Gut.« Pater Ramón warf einen Blick auf seine Uhr und stand auf. »Es ist schon spät, und nach dieser Reise bin ich ein wenig übermüdet. Morgen werde ich von Eurer Zeitapparatur Gebrauch machen und – so Gott will – das Problem ein für allemal aus der Welt schaffen.«

»Was hat man beschlossen?« lautete die leise Frage von Zwei Hunde. So spät nachts saß er noch draußen auf seiner Veranda; zu seinen Füßen entlockte Conchita, seine Dienerin und Geliebte, ihrer *cuatro*, der kleinen, viersaitigen Gitarre, ätherische Töne. Zwei Hunde hatte Don Miguel Conchita gleich nach seiner Ankunft zwei-, dreimal angeboten; das entsprach jedoch überhaupt nicht den Sitten und Gebräuchen seiner Heimat, so daß er ganz automatisch abgelehnt hatte, und das Angebot war danach nicht erneuert worden. In der Folge hatte er sich Conchita nochmal genauer angesehen, ihre schlanke, braune Gestalt, die so graziös war wie die einer Tänzerin, und seine Ablehnung bereut. Schon das tröstliche Wissen um ihre Nähe hätte er als Mittel, den Schlaf zu finden, den ihm die Sorge dieser letzten Wochen versagt hatte, willkommen geheißen.

Müde setzte er sich auf einen der Stühle und wartete, während Zwei Hunde Conchita mit einer Handbewegung wegschickte; schweigend wie ein Schatten verschwand sie. Dann sagte Don Miguel: »Es hat keinen Bruch des Prager Pakts gegeben.«

Eine ganze Weile entgegnete Zwei Hunde nichts. Dann fragte er mit gepreßter, mühsam beherrschter Stimme: »Wie ist das möglich? Sie nehmen doch sicher nicht an, daß kein Eingreifen in die Vergangenheit stattgefunden hat?«

»Ihr seid ein zu pragmatischer Mensch, um den Spitzfindigkeiten, die sich darum ranken, zu folgen.« Don Miguel schloß die Augen und rieb sich die Lider, um die Müdigkeit ein wenig zu vertreiben. »Ich kann es mir selbst nicht ganz zusammenreimen. Worauf es hinausläuft, ist das: Statt zurückzureisen und die Eindringlinge zu verjagen, werden wir ihnen einfach eine ... eine Art Anstandsbesuch abstatten, Pater Ramón und ich. Wozu das gut sein soll, weiß nur der liebe Gott.«

Zwei Hunde lachte heiser. »In der Tat, Ihr Europäer seid so merkwürdig, daß es unser Begriffsvermögen übersteigt! Ihr seid um die halbe Welt gereist, habt Euer Leben aufs Spiel gesetzt, habt meine Vorfahren um des Goldes und des Silbers wegen von ihren Jagdgründen vertrieben – und jetzt, wo Euch jemand das abjagt, für das Ihr soviel Blut vergossen habt, jetzt, so sagt Ihr, geht Ihr hin und trefft Euch zu einem kleinen Plausch mit den Dieben!«

Don Miguel war zu müde, um sich eine Antwort zu überlegen, und schwieg. Schließlich erhob sich Zwei Hunde.

»Nun, ein kleiner Trost ist immerhin, daß uns Eure Mühlsteine schließlich doch nicht zerreiben werden. So wünsche ich Euch denn eine gute Nacht und einen scharfen Verstand für Eure Diskussion mit den Eindringlingen. Obwohl ich Euch handfestere Waffen raten würde, wenn Ihr mich fragt ...«

VI

Wie Don Miguel erwartet hatte, hatte sich das Tal in tausend Jahren so wenig verändert, daß es durchaus nicht überraschend schien, ein Bergwerkslager zu erblicken, als er zusammen mit Pater Ramón den höchsten Punkt des Hügels erreichte, den sie für ihre Ankunft ausgewählt hatten, um nicht sofort entdeckt zu werden. Ganz ohne Zweifel war die Erde in diesen tausend Jahren in Bewegung gewesen, und es gab ein paar merkliche Unterschiede in der Silhouette des umliegenden Berglandes. Doch die Übereinstimmung der Landschaft an dem Punkt, an dem sie von einer Zeit in die andere übergewechselt waren, war unverkennbar.

Don Miguel verspürte einen Hauch von Bewunderung für die fabelhaft simple und dennoch bühnenreife Idee hinter Pater Ramóns Plan. Als sie auf dem Bergrücken angekommen waren und den Eindringlingen Gelegenheit gaben, sie zu erblicken, war die Wirkung umgehend zu sehen. Aufmerksame Wachen hoben ihre Gewehre an die Schultern, überzeugten sich noch einmal und ließen den Lauf wieder sinken, alles innerhalb von einem Dutzend Herzschlägen. Auf Indianer, wie man sie in dieser Ära hätte erwarten können, wäre ganz gewiß sofort gefeuert worden – wie es ja auch Rotgrauer Schimmel widerfahren war. Doch der Anblick Pater Ramóns in seiner feierlich-strengen Soutane und Don Miguels, der – auf Betreiben des Jesuiten – den juwelenbesetzten Kragen und den Stern des Ordens der Sense und des Stundenglases trug, welche auf seinem einfachen Hemd auffällig glitzerten, gaben den Eindringlingen deutlich und ohne Worte zu verstehen, daß ihre Anwesenheit und ihre Pläne offenbar geworden waren.

Die beiden Männer warteten in der leichten Brise, während sich die Nachricht von ihrem Erscheinen verbreitete. Don Miguel nahm die Gelegenheit wahr, das Zeltlager eingehend zu betrachten, die Stolleneingänge, die Waschrinnen und Sedimentationströge und den Rest der Ausrüstung; alles ähnelte so sehr den Dingen in der Mine, welche Zwei Hunde verwaltete, daß er sich mit Gewalt vor Augen halten mußte, daß ihn tausend Jahre davon trennten.

Die Arbeiten kamen zum Stillstand. Kurze, gebellte Befehle brachten die Männer aus den Stollen; blinzelnd blieben sie im Sonnenlicht stehen. Aufseher – von denen zu Don Miguels Entsetzen nicht wenige die Uniform des Zeitenkollegiums trugen – schnauzten einander und ihre Untergebenen an.

Immer noch warteten die Neuankömmlinge auf der Bergkuppe; weitere fünf Minuten verbrachten sie in der glühenden Spätsommersonne, bis schließlich ein großer, stämmiger Mann sich aus der Menschenansammlung löste und sich in Begleitung zweier uniformierter Aufseher ihnen näherte.

»Guten Tag, meine Herren«, sagte er mit schwerem Akzent. »Ich brauche Euch nach dem Grund Eurer Anwesenheit hier wohl nicht zu fragen. Erlaubt mir, daß ich mich vorstelle: Markgraf Friedrich von Feuerstein, Hoher Bruder des Zeitenkollegiums und Vizemeister der Wenceslas-Brigade. Ich nehme an, Euer Ehren sind Pater Ramón von der Gesellschaft für Zeitenkunde?«

Der Jesuit beugte den Kopf. »Wir haben einander bereits getroffen, obwohl mir scheint, daß Euch diese Tatsache entfallen ist. In Rom, an der Schule für Kasuistik. Mein Jahrgang reiste gerade ab, als der Eure ankam.«

»In der Tat, natürlich!« rief der Markgraf und streckte die Hand aus. »Merkwürdig, daß wir unsere Bekanntschaft hier und jetzt erneuern sollten!«

Pater Ramón ignorierte die ausgestreckte Hand. »Nein, ganz und gar nicht merkwürdig. Steht dieses – dieses Unternehmen hier unter Eurem Befehl?«

Der Markgraf verschränkte die Arme über der Brust und

machte mit finsterem Gesicht einen Schritt rückwärts. »Ja, ich befehlige es. Weshalb?«

Pater Ramón griff in seine Soutane und holte eine Pergamentrolle heraus. Mit seinen dürren Fingern entknotete er das Band und schüttelte die Rolle aus; vom unteren Rand des Pergaments hing ein schweres rotes Siegel an einem Bändchen. Er hielt die Schriftrolle hoch, als würde er von ihr lesen, blickte aber den Markgrafen unverwandt an, als er in einer plötzlich fremdartigen Stimme sprach:

»Dies ist die Kopie einer päpstlichen Bulle. Ich muß Euch doch nicht davon in Kenntnis setzen, daß es sich um die Bulle *De tenebris temporalibus* handelt?«

Der Markgraf lächelte. Er hatte breite Backenknochen, und sein Haar war grau: das Lächeln schob seine Pausbakken zu feisten Hügelchen zusammen, deren Kuppen von einem Netz geplatzter Äderchen überzogen waren. Er sagte: »Ich möchte doch hören, welche Gründe für das Zitieren der Bulle Ihr habt!«

»Ich brauche keine Gründe darzulegen.« Pater Ramón blickte ihn starr an. »Ihr habt zwölf Stunden, in denen Ihr Eure Männer, Eure Ausrüstungsgegenstände und alle Spuren Eurer Anwesenheit hier bis zu einem Zeitpunkt zu entfernen habt, den wir bestimmen – unter Androhung unverzüglicher Exkommunikation kraft der Autorität, die uns gemäß der vorgenannten Bulle zusteht. Hört!« Er schnippte mit dem Nagel seines Zeigefingers gegen das steife Pergament, so daß es klang wie ein ferner Gewehrschuß, und begann zu rezitieren, ohne den Blick vom Markgrafen abzuwenden:

»De tenebris temporalibus et de itineribus per tempus leges instituendae sunt. Deus Patris et Filii et Spiritus Sanctus dicimus affirmusque ...«

Die ganze Welt schien innezuhalten, um die voll tönenden lateinischen Silben durch die heiße, reglose Luft erklingen zu hören. *Gesetze betreffend die trübe Dunkelheit der Zeit und die Reise durch selbige sollen nun erlassen werden. Im Namen des Vaters und des Sohnes und des Heiligen Geistes bestimmen und erklären Wir ...* Don Miguel spürte, wie sich seine Lippen im Gleichklang mit den vertrauten Worten bewegten, die er noch nie zitiert gehört hatte.

»Bestimmen und erklären Wir, daß die Ermöglichung eines Reisens durch die Zeit ein Geschenk der Göttlichen Vorsehung darstellt und als solches nur in Übereinstimmung mit den göttlichen Gesetzen zu benutzen ist; es soll den Anordnungen einer organisierten Gesellschaft aus aufrechten, unbestechlichen und besonnenen Männern unterstellt werden zu Bedingungen, die jetzt und in Zukunft durch päpstliches Dekret niedergelegt werden, und zum angemessenen Dafürhalten jener Beauftragten, die zur Einhaltung dieser Bedingungen jetzt und in Zukunft durch Uns ernannt werden. Es sollen Übereinkünfte zwischen den Nationen und vor Gott getroffen werden, damit die Möglichkeit des Reisens in der Zeit zum Nutzen der Menschheit und zur Ausweitung des menschlichen Wissens verwendet wird, so daß wir lernen, die Werke unseres Schöpfers noch besser zu verstehen und zu lobpreisen, und es sollen jene unter Strafe gestellt werden, die zum Zwecke des Bösen dieses Mysterium mißbrauchen.«

Geduldig wartete der Markgraf, bis Pater Ramón das Pergament mit einem knisternden Rascheln wieder aufgerollt hatte, und fragte dann: »Sagt mir, Pater – wo liegt das Böse, auf das Ihr Euch bezieht?«

»Es liegt tausend Jahre in der Zukunft, und Ihr seid sein Opfer.«

Die Worte hatten für Don Miguel keine besondere Bedeutung – und, wie es schien, auch recht wenig für den Markgrafen –, aber der Tonfall, in dem sie geäußert wurden, hatte einen unbestimmt drohenden Beiklang, und er erbebte. Als er Don Miguels Reaktion bemerkte, lächelte Pater Ramón leicht.

»Macht Euch keine Gedanken, mein Sohn«, murmelte er, »es wird Euch in kurzer Zeit klar werden.« Und zum Markgrafen gewandt fügte er hinzu: »Können wir hier irgendwo ungestört reden?«

»Ja, natürlich! In meinem Zelt unten. Ich werde dafür Sorge tragen, daß wir weder gestört noch von den Leuten gehört werden.« Der Markgraf machte Anstalten, sich umzudrehen, hielt dann aber kurz inne und versuchte, den Gesichtsausdruck des Jesuiten zu deuten. Es gelang ihm nicht, und so begann er, als erster den Hang hinunterzuschreiten. Die beiden Aufseher fragten, was sie ihren Männern sagen sollten, und er befahl ihnen barsch, die Arbeit zu unterbrechen, bis sie neue Instruktionen erhielten. Diese Worte verwirrten sie ganz offensichtlich, aber sie waren nicht unglücklich über eine Ruhepause, denn die Hitze war fast unerträglich.

»Und nun rechtfertigt Euch!« sagte der Markgraf, als er die Klappe seines gestreiften, reichgeschmückten Großzeltes fallenließ. Es trug das Wappen des Zeitenkollegiums: ein silbernes Zifferblatt auf schwarzem Grund, dessen Ziffern entgegen dem Uhrzeigersinn angeordnet waren.

»Es scheint mir, daß Ihr mehr zu rechtfertigen habt als ich«, entgegnete Pater Ramón.

Der Markgraf schüttelte heftig den Kopf und ließ sich in einen Sessel plumpsen. »Ihr habt die Bulle zitiert. Ich kann wählen zwischen der Zusammenarbeit mit Euch und dem Leisten von Widerstand. Also überzeugt mich, was ich tun soll.«

»Wie Ihr wünscht.« Pater Ramón stützte seine spitzen Ellbogen auf den Tisch, der zwischen ihnen stand. »Gleich zu Beginn möchte ich Euch sagen, daß wir – im Gegensatz zu dem, was Ihr sicherlich denkt – nicht hier sind, um uns wegen der paar Tonnen Gold und Silber zu beklagen, die Ihr aus jenem Boden klaut, der in einigen Jahrhunderten aufgrund des Abkommens mit den Mohawks Reichsterritorium sein wird. In diesem Augenblick haben vermutlich Freibeuter wie Ihr einen fundierteren legalen Anspruch auf das Gold als die Mohawks. Sie waren nirgendwo hier in der Gegend – ich korrigiere: sie *sind* nirgendwo in der Gegend, und ich bezweifle sogar, daß sie zur Zeit als Stammeseinheit überhaupt existieren.«

Zu diesem Zeitpunkt war der Markgraf ganz offenkundig verwirrt. Er wollte das Wort ergreifen, doch der Jesuit hob die Hand.

»Hört mich zu Ende an! Über das Thema Mohawks: Es ist kein Geheimnis, daß sie die unzuverlässigsten Bundesgenossen des Königreichs sind. Aber das heißt noch nicht, daß sie deshalb zwangsläufig Eure Freunde sind, oder?«

Das Gesicht des Markgrafen wurde zu einer ausdruckslosen Maske, und er richtete sich sehr gerade auf. Don Miguel bemühte sich, so auszusehen, als wüßte er, wovon Pater Ramón sprach, aber er war jetzt so verwirrt wie der Markgraf vor einer Minute. Was hatte die Allianz zwischen den Mohawks und dem Königreich mit dieser schamlosen Ausbeutung der Bodenschätze einer anderen Zeit zu tun?

»Nun, es ist richtig, daß Ihr Euch in gefährliche Nähe eines Bruchs des Prager Pakts begeben habt. Wäre dieser nicht bewußt so abgefaßt, daß er unter keinen vorhersehbaren Umständen gebrochen werden kann, hättet Ihr ihn bereits gebrochen. Wir aber wollen den Pakt unversehrt lassen.«

»Spitzfindigkeiten«, sagte der Markgraf kurz, und: »Wortklauberei«, und Don Miguel war fast geneigt, ihm zuzustimmen.

»Seid Ihr entschlossen, mit Eurem Handeln einen Bruch des Prager Pakts zu verursachen?« fragte Pater Ramón heftig.

»Natürlich nicht! Wie Ihr soeben sagtet: Er ist so abgefaßt, daß er praktisch nicht gebrochen werden kann.«

»Aber Ihr denkt, die Allianz zwischen den Mohawks und dem Königreich kann sehr wohl gebrochen werden?« antwortete Pater Ramón.

Es folgte ein langes eisiges Schweigen. Schließlich erhob sich der Markgraf. Seine Stimme hatte sich total verändert, als er wieder das Wort ergriff; sie klang düsterer und hatte irgendwo einen falschen Klang, wie eine gefälschte Münze.

»Also gut. Ich werde die Stätte räumen lassen und die Operation abbrechen.«

Was auch immer geschehen war, es hatte sich als wirkungsvoll erwiesen, obwohl Don Miguel immer noch nicht klar war, aus welchem Grund. Pater Ramón beauftragte ihn mit der Überwachung des Abtransports aller Ausrüstungsgegenstände der Eindringlinge in ihre eigene Zeit zurück – ein Befehl, dem der Markgraf, der aussah, als wäre ihm der Himmel auf den Kopf gefallen, nur widerwillig nachkam. Die Schreiber beschafften Materiallisten, so daß Don Miguel sich davon überzeugen konnte, daß sie tatsächlich jedes Stück mitnahmen, das die nächsten tausend Jahre überdauern konnte, und er hakte die Dinge einzeln ab, bis sich in seinem Kopf alles um Bohrer, Keilhauen, Siebe, Schaufeln, Meißel, Brecheisen, Sägen, Beile, Äxte, Gewehre, Munition und Pulverhörner drehte.

Die Waschrinnen und Tröge wurden in Stücke gehackt und zu einem großen Scheiterhaufen aufgeschichtet, die Zelte wurden abgebrochen und eingerollt, die Grubenstempel wurden von den Männern aus den Stollen gezogen, und sogar die Nägel wurden entfernt und in Säcken verstaut, um ins zwanzigste Jahrhundert gebracht zu werden. Mit finsteren Gesichtern und fluchend, jedoch gezwungen zu gehorchen, schwitzten die Leute unter ihren Pflichten, und schließlich, als die Dämmerung hereinbrach, verschwanden sie dorthin, woher sie gekommen waren, und ließen das Tal wieder so leer zurück, wie es gewesen war.

Nur Pater Ramón und Don Miguel blieben zurück, und letzterer bekam endlich die Chance, die Frage zu stellen, die ihm den ganzen Tag lang auf den Nägeln gebrannt hatte.

»Pater, was, um alles in der Welt, habt Ihr getan, um den Markgrafen dazu zu bringen, sein Vorhaben aufzugeben? Ich kann das einfach nicht verstehen – weder, was sie hier wollten, noch, was Ihr meintet, als Ihr auf die Allianz zwischen Mohawks und dem Königreich Bezug nahmt. Und auch nicht, weshalb sie sich zusammenpackten und brav nach Hause gingen, wo wir nur zu zweit und sie mehr als zweihundert waren ...«

»Das überrascht mich nicht.« Pater Ramón verzog das

Gesicht. »Obwohl ich zugebe, daß ich nicht erwartet habe, meine Theorien so grandios bestätigt zu sehen. Es war mehr ein Herumrätseln über die Gründe für dieses lächerliche Abenteuer der Konföderation.«

Der letzte Eindringling verschwand in der Dunkelheit; es folgte die unvermeidliche Woge der Hitze, wie beim Öffnen einer Backofentür, die stets die Verlagerung von einer Zeit in die andere begleitete. Pater Ramón wartete lange Zeit, reglos wie eine Statue. Dann fragte er:

»Habt Ihr die Möglichkeit, ein Feuer anzufachen?«

»Ja.«

»Dann kommt mit mir!«

Er begann, durch das nun verlassene Tal auf die Öffnung jenes Stollens zuzugehen, den Zwei Hunde Don Miguel in tausend Jahren zeigen würde. Sie war nun natürlich von dem davorgerollten Felsblock verschlossen, aber der Stein war erst vor kurzem hingesetzt worden, und die Erdbewegungen, die später die Kraft von zwei Männern nötig machen würden, um ihn von seinem Platz zu drücken, hatten noch nicht stattgefunden. Pater Ramón stemmte sich mit der Schulter dagegen, und bevor ihm Don Miguel noch zu Hilfe eilen konnte, lag der Felsbrocken schon in der schüsselförmigen Ausbuchtung daneben.

»Reißt jetzt das Schwefelholz an«, sagte der Jesuit energisch.

Don Miguel gehorchte und hielt das zischende Hölzchen in seiner ausgestreckten Hand.

»Und nun tragt es in den Stollen. Sucht den Boden die Wand entlang bis zu seinem Ende sorgfältig ab.«

Äußerst irritiert tat Don Miguel, wie ihm geheißen. Er fand nichts außer den vielen Fußspuren der Arbeiter und den Narben, die sie mit ihren Werkzeugen in dem Gestein hinterlassen hatten. Doch als er zurückkam zum Ausgang des Stollens, erkannte er, was Pater Ramón andeuten wollte.

»Er ist nicht hier!« rief er aus, trat ins Freie und warf das abgebrannte Schwefelholz weg.

»Ihr meint das hier?« Pater Ramón griff tastend in eine Tasche an seiner Soutane und holte die zerbrochene Bohrerspitze hervor, die Zwei Hunde Don Miguel gegeben hatte – den Schlüssel zu der ganzen Angelegenheit. »Nein, das hatte ich auch nicht erwartet. Vor meiner Abreise aus Londres ließ ich von – nun, von gewissen vertrauenswürdigen Agenten bestimmte Nachforschungen anstellen. Ich kann mit Sicherheit sagen, daß diese Bohrerspitze im vorletzten Winter in einem ganz gewöhnlichen Geschäft in Augsburg gekauft wurde; ich meine natürlich, in unserer eigenen Zeit. Und sie wurde von einem Mohawk erworben.«

Er warf sie hoch und fing sie wieder auf. Das karge Licht der Dämmerung glitzerte auf den hellen Bruchkanten. »Bitte rollt den Felsblock wieder an seinen Platz, mein Sohn. Ich glaube, wir sollten jetzt zurückkehren und Eurem liebenswerten Freund, dem Verwalter der Mine, ein paar Fragen stellen – Zwei Hunde ist sein Name, nicht wahr? Meiner Meinung nach werden wir feststellen, daß er nicht das ist, was er vorgibt zu sein, sondern ein Mann ganz anderen Kalibers und viel, viel gefährlicher als wir annehmen konnten.«

Don Miguel bückte sich, um sich gegen den Felsblock zu stemmen, und sagte hitzig: »Aber das wußte ich doch bereits! Ich hatte die Materiallisten in Händen und habe nachgeprüft, ob die Anzahl der Bohrerspitzen, die weggebracht wurden, dieselbe war wie jene der hergebrachten!«

»Ja, ich habe diese Phase Eurer Tätigkeit mit beträchtlicher Aufmerksamkeit verfolgt. Ihr besitzt viele bewundernswerte Qualitäten, unter anderem jene, hinter ein paar Spuren und Anhaltspunkten das Gesamtbild zu erkennen, aber ich kann nicht behaupten, daß es Eure spezielle Stärke ist, den kleinen Dingen große Aufmerksamkeit zu schenken ... Oder?« Aber er zwinkerte, während er die Rüge aussprach.

»Kommt jetzt, beeilt Euch! Der Tag hier war schon lang genug, doch jetzt müssen wir zurück und einem neuen ins Auge sehen.«

VII

Die sonderbarste Eigenart einer Zeitreise ist zweifellos, daß jemand, der sich tausend Jahre zurück, jedoch in eine spätere Tageszeit begibt, unbewußt das Gefühl hat, vorwärts gereist zu sein, während er bei seiner Rückkehr, wenn er sich etwa aus später Abendstunde in eine frühere begibt, den Eindruck hat, rückwärts gereist zu sein. Und so war es verwirrend wie immer, aus der Abenddämmerung des Jahres 984 in den strahlenden Mittagssonnenschein des Jahres 1989 aufzutauchen.

Einige Bevollmächtigte der Gesellschaft waren zu ihrem Empfang versammelt, angeführt von Don Rodrigo, der – möglicherweise um seine Unhöflichkeit von letzter Nacht Pater Ramón gegenüber wieder gutzumachen – sie nicht sofort mit Fragen bestürmte, sondern sie nötigte, im Schatten Platz zu nehmen, und um Wein und Essen sandte.

Dies nun war den beiden Männern äußerst willkommen. Nachdem er einen langen Schluck von dem in einem Bach gekühlten Wein genommen hatte, fühlte Don Miguel sich wieder imstande, es mit der Welt aufzunehmen. Er lehnte Don Rodrigos eifrig bemühtes Angebot einer Tabakpfeife mit einem Dankeswort ab und ließ seinen Blick wandern, um herauszufinden, wer sich alles versammelt hatte, um Pater Ramóns Bericht zu lauschen. Natürlich war Don Arturo hier und auch Don Felipe; dann der Inquisitor, Bruder Vasco. Außerdem waren einige – ja, wenn ihn die Erinnerung nicht täuschte, sogar alle – Mohawkbevollmächtigten anwesend, die sich gegenwärtig bei der Mine aufhielten; ihre Gesichter wirkten wie steinerne Masken.

Natürlich! Rotgrauer Schimmel war getötet worden, und er war einer von ihnen gewesen!

Don Miguel zuckte zusammen, als ihm einfiel, daß dieser Umstand während ihrer Unterredung mit dem Markgrafen gar nicht zur Sprache gekommen war.

Das war etwas, worüber die Mohawks hier nicht erfreut sein würden ...

»Nun also, Pater Ramón!« sagte Don Rodrigo wichtigtuerisch. »Welche Nachricht bringt Ihr?«

»Die Sache ist erledigt«, antwortete der Jesuit. »Die Eindringlinge haben ihre Arbeiten eingestellt, und die Akte ist geschlossen.«

Alle schwiegen. Alle erwarteten, daß er weitersprãche, auch Don Miguel. Als nach einiger Zeit klar wurde, daß er nicht diese Absicht hatte, meinte Don Rodrigo lendenlahm: »Aber ...«

»Aber nichts, mein Sohn. Ich sagte es bereits: Die Akte ist geschlossen.«

Die Anwesenden tauschten überraschte Blicke aus. Am Rand der Gruppe bemerkte Don Miguel einen Mohawk, der einem zweiten etwas zuflüsterte und dann davonhuschte. Einen Moment lang ließ er seinen Blick hinterherwandern, dann zog ein emotionaler Ausbruch Bruder Vascos seine Aufmerksamkeit auf sich.

»Aber – Pater! Ihr habt uns noch nicht einmal gesagt, wer sie waren!«

»Eine Gruppe irregeleiteter Abenteurer aus der Konföderation. Als sie entlarvt waren, rannten sie mit eingezogenem Schwanz nach Hause wie getretene Köter. Sie werden uns sicher nicht mehr behelligen.« Don Miguel stellte fest, daß Pater Ramón sich dazu zwingen mußte, Geduld zu bewahren, doch er konnte auch die Zuhörer verstehen, die mehr Informationen wollten.

Derselbe Mohawk, dem sein Freund etwas zugeflüstert hatte, bevor er verschwunden war, drängte sich jetzt durch die Schar der Bevollmächtigten und blieb vor Pater Ramón stehen.

»Das genügt nicht!« zischte er. »Was ist mit dem Tod von Rotgrauer Schimmel?«

»Die Identität des dafür verantwortlichen Mannes ist bekannt. Wir werden von der Konföderation volle Entschädigung verlangen.«

Die Kommentare summten rundum wie Fliegen in der Sonne. Der Mohawk sprach wieder.

»Das ist schändlich! Welche Entschädigung gibt es für das Leben eines guten Freundes und tapferen Mannes?«

Ein Chor der Zustimmung folgte seinen Worten. Don Felipe warf ein: »Und außerdem, Pater, bleibt die Tatsache aufrecht: Der Diebstahl des Goldes, das sie mitgenommen haben, ist temporale Schmuggelei!«

»Zum Feuer der Hölle mit Eurem Gold und Silber!« rief der Mohawk. »Wir beschäftigen uns mit dem Schicksal eines Mannes, der brutal ermordet wurde!«

Da wurde Don Miguel der Sachverhalt mit einemmal klar. Und die einzige Entschuldigung, die er vor sich selbst geltend machen konnte, weil er zweimal an einem Tag das Offensichtliche übersehen hatte, war die Müdigkeit, die ihn lähmte.

»Felipe!« rief er und sprang auf. Don Felipe Basso wirbelte herum. »Das Schwert, schnell! Und komm mit mir, über den Hügel!«

Brüsk erkämpfte er sich einen Weg durch den Kreis der Bevollmächtigten, und Felipe folgte ihm, ohne zu wissen, weshalb, jedoch beeindruckt von der offensichtlichen Eile seines Freundes.

»Wartet, Ihr dort!« rief der Mohawk barsch und trat vor, um Don Miguel den Weg zu versperren. »Wir wollen das alles auch von Euch hören, nicht nur von Pater Ramón!«

Fast hätte Don Miguel sein Schwert gezogen, aber noch handelte er auf nicht mehr als einen Verdacht hin, und so legte er statt dessen seine Hand flach auf die Brust des Mohawk, hakte eine Ferse um seinen Knöchel und warf ihn zu Boden. Der plötzliche Tumult verwirrte alle, doch Don Miguel sah, daß Don Rodrigo offenbar kühlen Kopf bewahrt hatte, und rief ihm zu:

»Haltet diesen Mann! Ruft um Hilfe und nehmt seine Gefährten fest! Laßt nicht zu, daß sie uns über den Hügel hinweg verfolgen! Einer von ihnen hat sich schon davongemacht, und wir könnten bereits zu spät kommen!«

Ohne zu warten, ob seine Instruktionen genau befolgt wurden, winkte er Don Felipe und begann, den Pfad zum

Haus von Zwei Hunde hinaufzulaufen. Hinter sich hörte er Geschrei und das Stampfen von Füßen, aber er wagte nicht, den Kopf zu wenden, weil er fürchtete, seinen Vorsprung auf dem steinigen Pfad zu verlieren.

Nach einer kleinen Ewigkeit erreichte er die Anhöhe und sah, daß er tatsächlich zu spät gekommen war.

Neben dem Lehmhaus, in dem er so viele Nächte als Gast gewohnt hatte, stand Tomás mit unergründlichem Gesicht, gekleidet in seinen bunten *serape*. Er beschattete seine Augen und blickte auf eine Staubwolke auf der Straße, die Richtung Küste führte. Und in dieser Staubwolke konnte man zwei Pferde erkennen – nicht die stolpernden Packesel der Einheimischen, sondern Pferde bester Rasse, die in einem Tempo geritten wurden, als sei der Teufel selbst hinter ihren Reitern her.

»Miguel«, keuchte Don Felipe, als er neben seinem Freund ankam. »Was soll die Aufregung?«

»Die Vögel sind ausgeflogen – und sie haben den ganzen Kontinent und den weiten Ozean, um sich zu verstecken!« Don Miguel streckte den Arm aus. »Geh und ruf ein paar Männer zusammen, gib ihnen die besten Pferde, die wir haben, und schick sie hinterdrein! Einer der beiden Flüchtenden ist Zwei Hunde, und er ist wahrscheinlich der gefährlichste Mensch auf der ganzen Welt!«

In hoffnungsloser Verwirrung hob Don Felipe die Arme hoch, machte aber kehrt, um zurückzulaufen. Doch augenblicklich schrie er auf, und Don Miguel fuhr herum. Niedergeschmettert sah er unten im anderen Tal, wie Stahlklingen blitzten, und einige davon waren rotverschmiert. Und das Rot breitete sich auch über die dunkle Soutane der schmalen Gestalt aus, die im Schatten der Markise saß.

»Pater Ramón!« rief Don Miguel und zog sein Schwert. Zusammen mit Don Felipe stürmte er den Pfad zurück, den Hügel hinab.

»Er hat es mir selbst gesagt«, murmelte Don Miguel später, als er die lederne Wasserflasche weglegte, aus der er seinen fürchterlichen Durst gestillt hatte. »Zwei Hunde hat es mir in klaren Worten gesagt, und ich Narr habe ihn nicht verstanden!«

»Was hat er Euch gesagt?« erkundigte sich Don Arturo eifrig. Er und die anderen Bevollmächtigten – mit Ausnahme der Mohawks – hingen an Don Miguels Lippen, als seien seine Worte Perlen der ewigen Weisheit. Sie stützten sich auf ihn, wie sie sich auf Pater Ramón gestützt hatten.

Aber Pater Ramón war tot, und er war nicht der einzige.

Wenn sie ahnten, wie wenig ich tatsächlich weiß, wie viel nicht mehr als nur Vermutung ist ...

Aber Don Miguel wagte es nicht, diesen Gedanken auszusprechen. Was auch geschah, er war der Mann, an den sich jetzt, in dieser Krise, alle wandten.

»Er erklärte mir, ihn einen Mohawk zu nennen, sei so, als würde ich mich als Spanier bezeichnen«, sagte er matt. »Es stimmt, in meinen Adern fließt auch spanisches Blut, ich spreche Spanisch und ich trage einen spanischen Namen. Aber ich bin kein Spanier. Ich bin Bürger des Königreiches, und vielleicht setze ich mein ganzes Leben lang nicht den Fuß auf spanischen Boden. So ist es auch mit einem Mohawk wie Zwei Hunde. Ein Zufall der Geschichte hat uns dazu geführt, daß wir ihn mit dem Namen eines Stammes bezeichnen, dessen Jagdgründe Tausende von Meilen weit entfernt sind, aber in seinen Adern fließt mehr Blut anderer Stämme, die ganz genauso stolz sind wie die Mohawks und tödlich darüber empört, daß dank uns europäischen Eindringlingen ihre Stammeszugehörigkeit, ihre Identität ausgelöscht wurde. Wir sagen *Mohawk*, weil es unsere Allianz mit dem Stamme der Mohawk war, die diesen in die Lage versetzte, die dominierende Kraft auf diesem Kontinent zu werden, und sich die Crees und die Cherokees, die Apachen und die Sioux untertan zu machen ... Oh, Dutzende von ihnen, Dutzende einzelne Völker! Aber es war nicht ihre Überlegenheit als Stamm, die ihnen die Vorherrschaft einbrachte. Es waren die Gewehre, die wir ihnen gaben, die Araberpferde, die den kleinen Ponys der anderen Stämme davongaloppierten, und die Wagen, die ihre Waffen und Munition auf dem Weg nach Westen transportierten! Nehmt einmal an, wir wären nicht aufgrund unserer eigenen Fähigkeiten und unserer eigenen Ausdauer zur ersten Macht Europas aufgestiegen, sondern weil wir die Mauren als Gönner gehabt hätten – würdet ihr dann annehmen, daß Franzosen und Engländer und Holländer viel für uns übrig hätten?«

Mit blitzenden Augen starrte er in die Runde, um herauszufinden, ob die Männer verstanden, was er ihnen sagen wollte.

Don Rodrigo, den linken Arm dank eines fürchterlichen Schwerthiebes seitens eines Mohawkbevollmächtigten, der bereits in sicherem Gewahrsam war, in der Schlinge, gab ein zweifelndes Brummen von sich. »Ihr sagt, sie hassen uns, weil sie nicht alle von der Abstammung her reine Mohawks sind. Aber ich habe jahrelang mit ... mit *eingeborenen* Bevollmächtigten in Neu-Madrid gearbeitet. Sicher, einige waren mehr Mohikaner als Mohawk, andere waren Oneida und Seneca und Algonquin. Aber nie schien das irgendeinen Unterschied zu machen, wir sind alle miteinander gut ausgekommen.«

»Diese Indianer sind stolze Männer«, seufzte Don Miguel. »Sie zeigen es nicht, wenn sie sich gedemütigt fühlen – das ist gegen ihren Ehrenkodex. Aber sie behalten es immer im Gedächtnis, und früher oder später kommt der Tag, an dem die Rechnung beglichen wird.« Er warf einen Blick nach rechts, wo er die gebeugte, erschöpfte Gestalt Bruder Vascos bemerkt hatte, die näherkam. »Aber Ihr braucht Euch nicht auf mein Wort allein verlassen. In einer Sekunde könnten wir bereits solide Tatsachen hören anstelle von reinen Schlußfolgerungen.«

Er beugte sich vor und rief den Inquisitor beim Namen. »Ist er am Leben?«

»Der Mann, der versucht hat, Euch von der Verfolgung von Zwei Hunde abzuhalten?« Bruder Vasco ließ sich auf einen Stuhl fallen und nickte. »Ja, er ist nicht schwer verletzt und kann auch sprechen. Und was ich in Erfahrung bringen konnte, ist folgendes ... Don Miguel, ich muß gestehen, daß es mir Angst einjagt!«

»Erzählt!«

»Bevor ich den Mann noch gesehen hatte, sagte man mir, sein Name sei Rote Wolke. Doch nachdem ich ihm etwas von meiner entspannenden Arznei verabreicht hatte und ihn, wie in solch einem Fall üblich, zuallererst nach seinem Namen fragte, um herauszufinden, ob sich seine Zunge unter dem Einfluß der Droge bereits gelöst hatte, da sagte er mir, er heiße Blutige Axt!«

»Und spricht er jetzt – offen?«

»Ja, um Euch das zu berichten, bin ich gekommen.«

»Dann wollen wir rasch zu ihm eilen, um die Wahrheit hinter all diesen Greueln herauszufinden!« Don Miguel sprang auf und schritt auf das Zelt zu, wo der verletzte Mohawk verhört wurde. Ärgerlich, weil er den Stuhl schon wieder verlassen mußte, auf den er sich eben erst gesetzt hatte, folgte ihm Bruder Vasco.

Die modernen Methoden, die vom Heiligen Offizium verwendet wurden, waren, wie Don Miguel anläßlich seiner Nachforschungen in der Sache der Aztekenmaske feststellen konnte, äußerst raffiniert, äußerst hochentwickelt und unglaublich wirkungsvoll. Doch dieses Wissen verringerte kaum den unheimlichen Effekt, zuzusehen und zuzuhören, wie ein Mann, der im Vollbesitz seiner geistigen Kräfte es jederzeit vorgezogen hätte zu sterben, Bruder Vasco auf jede seiner Fragen vollständige und detaillierte Antworten gab und damit all seine Geheimnisse verriet.

Zwei Hunde? Das war ein falscher Name, erklärte der Verletzte und war nicht imstande innezuhalten; sein Stammesname lautete Hundert Skalps, aber gemeinhin war er als Gespaltener Baum bekannt. Bei diesen Worten zog einer von Don Rodrigos Bevollmächtigten – in der Neuen Welt geboren, jedoch Nicht-Mohawk – die Luft scharf ein und identifizierte den Namen als jenen eines hochbegabten Studenten am Mexikologischen Institut vor einigen Jahren.

Das paßte zusammen ...

Die Informationen, die er von Blutige Axt erhielt, stimmten nahtlos mit den Hinweisen überein, die Pater Ramón vor seinem Tod hatte fallen lassen, und zusammen wurde alles zu einer entsetzlichen Einheit in Don Miguels Hirn. Wie immer in menschlichen Angelegenheiten stellte sich heraus, daß die Krise ihre Wurzeln im fauligen Nährboden der Habgier hatte.

Die Konföderation des Ostens hieß nur deshalb so, weil dies die Richtung war, in der sie, vom Königreich aus betrachtet, lag. Tatsächlich wurde ihre Expansion an ihrer eigenen Ostgrenze verhindert – zum Teil durch die entgegendrängenden Expansionsversuche von Cathay mit seiner alten, stabilen und hochentwickelten Zivilisation, zum Teil von den bitterkalten Wintern, die jedes Jahr einen guten Teil des Territoriums, das nominell unter ihrer Kontrolle stand, vom übrigen Land abschnitten. Es war nur ein geringer Trost für die Konföderation, daß Sibirien einen Reichtum an Bodenschätzen beherbergen mochte, der über alle Träume der Habsucht hinausging, wenn dieser Reichtum in einer Erde vergraben lag, die so hart gefroren war wie Stein. Im Gegensatz dazu gab das Bündnis mit den Mohawks dem Königreich freien Zugang zu einem Kontinent, dessen Klima größtenteils gemäßigt war, und dessen Bodenschätze während der letzten eineinhalb Jahrhunderte penibel auf Landkarten verzeichnet worden waren.

Aber – wie Zwei Hunde ganz richtig festgestellt hatte – genauso, wie es in England immer noch eine Handvoll Revanchisten gab, die gegen die spanische Herrschaft über ihre Insel hetzten, gab es auch Indianer, die sich daran stießen, in eine einzige Stammeskategorie gezwängt zu werden. Ein echter Mohawk zu sein wie Roter Bär hieß, sich als Erbe einer großen und stolzen Tradition fühlen zu dürfen; ein Mohawk mit freundlicher Genehmigung des Königreiches zu sein, bedeutete Verlust sowohl der Traditionen wie auch der Stammesidentität.

Über das vergangene Jahrzehnt hinweg hatte eine

Gruppe fanatischer Indianer hier im äußersten Westen Nordamerikas nach einer Möglichkeit gesucht, einen Keil zwischen die Verbündeten zu treiben. Der erste und offensichtlichste Schritt war, sich an die Konföderation zu wenden und durchsickern zu lassen, daß sie und ihre Anhänger als Dank für etwas Unterstützung ihre Ergebenheit vom Königreich auf die Konföderation verlagern würden. Aber die Konföderation zögerte, denn sie sah wenig Vorteile im Vorhandensein von Freunden an der pazifischen Küste von Amerika, wenn sie selbst keine Küste an diesem Ozean besaß; die Cathayer hatten soliden strategischen Verstand bewiesen und alle zur Verfügung stehenden Routen dahin für die Konföderation blockiert.

Was schließlich und endlich zu ihrem Sinneswandel führte, war das Angebot geheimer Pläne von Erzlagerstätten, die von Mineralogen wie Zwei Hunde für das Königreich angefertigt worden waren, und die üppige Gold-, Silber- und Kupfervorkommen zeigten, die bisher von den Bergleuten des Reiches noch nicht ausgebeutet worden waren. Die Arbeit einer einzigen Saison in der Vergangenheit konnte Hunderte von Tonnen wertvoller Metalle einbringen. Das Risiko war es wert, auf sich genommen zu werden, ganz besonders weil die Indianer auch versprachen, alle Spuren des Eingreifens zu verwischen. Aber selbst wenn durch irgendeinen unglücklichen Zufall etwas ans Licht kam, so argumentierten sie, wäre die einzige Konsequenz, daß der Welt vor Augen geführt würde, auf welch unsicheren Beinen die Allianz zwischen Mohawks und dem Königreich stand; die Allianz würde dann in Stücke gerissen werden, und zumindest einige dieser Stücke konnte die Konföderation einsammeln.

Als Gegenleistung sollten die Indianer mit Waffen und Geld versorgt werden, um sie in die Lage zu versetzen, einen neuen, unabhängigen Staat Shasklapima auszurufen, der seine Grenze auf der Sierra Maestra haben und der vom Nootkasund im Norden bis zur Südspitze der californischen Halbinsel reichen sollte.

Zumindest war das das angebliche Ziel der Operation. Doch was nur einer kleinen inneren Gruppe der Verschwörer bekannt war: Sie hatten überhaupt nicht die Absicht, den Diebstahl von Bodenschätzen aus der Vergangenheit seitens der Konföderation zu verschleiern. Der eigentliche Plan sah vor, die Missetäter so bald wie möglich auffliegen zu lassen, und Don Miguels Ankunft in Neu-Madrid auf dem Weg zu seinem Urlaub in California bot eine exzellente Gelegenheit dazu.

Bis auf die Tatsache, daß Pater Ramóns Agenten die Spur der gebrochenen Bohrerspitze zurückverfolgen und feststellen hatten können, daß ein Mohawk – oder, besser, ein Mohawk-Untertan – sie gekauft hatte, wäre das Resultat genau das von den Indianern erwartete gewesen, besonders angesichts der kaltblütigen Erschießung von Rotgrauer Schimmel. Formelle Anklage wäre erhoben und vor einem Gericht des Vatikans verhandelt worden. Das einzig mögliche Urteil mußte auf schuldig lauten, und der Konföderation wäre befohlen worden, sich zu verpflichten, nie mehr wieder ein ähnliches Unterfangen zu versuchen.

Worauf die Indianer Beweise über Beweise für den Bruch dieses Versprechens erbracht hätten. Über den ganzen Kontinent verstreut gab es von indianischen Zeitreisenden geschickt angelegte Erzminen, in denen man zur unleugbaren Bestätigung der Drahtzieherrolle der Konföderation umsichtigerweise Gegenstände plaziert hatte wie Messer aus Augsburger Stahl, Bierflaschen in Haufen von Erzabfällen, eine einzelne Münze, die wohl aus der Tasche eines Kumpels stammte …

Und mitten in die hysterischen Ableugnungen jeglicher Schuld seitens der Konföderation würden immer weitere Beweise für eine massenweise Plünderung platzen. Der Verdacht würde sich verstärken, Beschuldigungen würden hin und her fliegen, ja selbst der Vatikan mochte sich täuschen lassen und in dieser Kontroverse das Königreich unterstützen. Die beleidigte Unschuld der Konföderation würde sich früher oder später in Sturheit verwandeln und in den festen Entschluß, es solle sich wenigstens gelohnt haben, wenn man schon gehängt wird ...

Also würde das wahrscheinlichste Ergebnis der Krieg sein. Die Mühlsteine auf der anderen Seite des Ozeans würden sich wieder drehen, und bei dieser Gelegenheit – so lautete die grandiose Vision, der sich Zwei Hunde hingegeben hatte – würden die widerwilligen Untertanen der Mohawks in jene Freiheit entfliehen können, nach der sie sich so sehnten. Aber eine lumpige, kleine neue Republik, die gezwungen wäre, trotz nomineller Unabhängigkeit das Knie vor den beiden mächtigsten Nationen der Welt zu beugen, war nicht das, was sie sich erträumten – sie wollten zusehen, wie das Königreich und die Konföderation einander vernichteten und die Indianer als einzige Herren ihres eigenen Kontinents zurückließen.

Wie vor den Kopf geschlagen von der Genialität dieses Planes und der Knappheit, mit dem sie ihm entkommen waren, stellte Don Miguel Blutige Axt eine letzte Frage. Angenommen, der Plan wurde entdeckt und vereitelt, wie es tatsächlich bereits geschehen war?

Die Antwort kam kalt und schmerzhaft wie ein Hieb jenes Beiles, das ihm seinen Namen geliehen hatte: »Wir haben einen heiligen Eid geschworen, daß wir in diesem Fall, statt Eurer Rache gewärtig sein zu müssen, das Königreich in Trümmer gehen lassen, und wenn es sein muß, die ganze Geschichte dazu!«

VIII

»Wir haben es mit einem Wahnsinnigen zu tun!« rief der Prinz.

Don Miguel schluckte und nickte langsam. »Darüber gibt es keinen Zweifel, Herr. Zwei Hunde ist ein Größenwahnsinniger, dessen Ambitionen alle Spuren von Vernunft aus seinem Hirn gelöscht haben.«

»Aber wieso hat das Heilige Offizium das nicht entdeckt,

als er am Mexikologischen Institut studierte? Eine Geisteskrankheit dieses Ausmaßes mußte doch ebenso deutlich erkennbar sein wie das Feuer eines Leuchtturms! Bruder Vasco, was habt Ihr dazu zu sagen?«

Neben Don Miguel begann sich der Dominikaner auf seinem Stuhl verlegen zu rühren. In rechtfertigendem Tonfall sagte er: »Es scheint, daß das volle Ausmaß seines Zustands jetzt erst offenbar wird. Unsere Nachforschungen haben ergeben, daß er seine Spuren sehr geschickt verwischt und viele falsche Namen verwendet hat, die er entsprechend dem indianischen Brauch auswählte, wonach ein Kind nach dem ersten bedeutungsvollen Gegenstand benannt wird, den sein Vater erblickt, wenn er aus dem Tipi tritt, in dem die Geburt stattgefunden hat. So war er unter anderem bekannt als Gespaltener Baum, als Hundert Skalps, als Langer Regen, als Pumaklaue und – oh, die Liste ist länger, als ich mir merken konnte. Was Blutige Axt betrifft, der als Rote Wolke in die Gesellschaft eintrat und zum Bevollmächtigten aufstieg, so ist seine Karriere fast ebenso wechselvoll. Doch was noch schlimmer ist: Es hat sich herausgestellt, daß beinahe sechzig jener Bevollmächtigten, denen ihre Zeitreiselizenz in Neukastilien verliehen worden ist, mit einem dieser beiden Männer in Verbindung stehen.«

»Dann haben wir es nicht nur mit einem Wahnsinnigen zu tun, sondern mit einer Verschwörung von Verrückten!« unterbrach Roter Bär ihn barsch. Sein langes, kupferrotes Gesicht glänzte schweißnaß, und die schwarzen Zöpfe hingen stumpf und schlaff herab, als hätten ihnen die seelische Anspannung und die Besorgnis ihres Trägers den Glanz geraubt. Niemand konnte seine Loyalität dem Königreich und dem Stamm der Mohawks gegenüber in Frage stellen – seit zehn Generationen waren seine Ahnen reinblütige Mohawks gewesen – aber es war klar zu ersehen, daß er diese Krise als persönlichen Affront betrachtete. »Darüber hinaus scheint es auch außerhalb dieses Kreises von Verschwörern Irre zu geben – ich meine, in der Konföderation! Das hat mich dazu getrieben, unabhängig vom Generalkonzilium der Gesellschaft zu einem Entschluß zu kommen und die Schaffung von lokalen kausalen Schlingen zu genehmigen, um via Zeitapparatur zusammenkommen zu können und nicht eine lange Schiffspassage über den Atlantik in Kauf nehmen zu müssen.«

Don Miguel zuckte zusammen. Obwohl er erstaunt gewesen war, die Generalbevollmächtigten hier in Neu-Madrid vorzufinden, war ihm nicht klar gewesen, wie sie hergekommen waren; er hatte angenommen, der Prinz habe schon geraume Zeit vorher nach ihnen gesandt, vielleicht bereits vor einem Monat, und sie seien soeben in der Stadt eingelangt. Borromeo hatte die Verwendung der Zeitapparatur für Reisen in der Gegenwart streng verboten, und bis jetzt war diese Vorschrift auch stets beachtet worden, denn welche Auswirkungen es haben konnte, wenn ein Reisender Sekundenbruchteile vor seiner Abreise ankam, konnte nicht abgeschätzt werden.

Aber zugegeben – für diese Krise gab es keinen Präzedenzfall ...

»Ich halte es für richtig, daß ihr alle es erfahren sollt«, fuhr Roter Bär fort, »daß wir die Nachricht von dieser Katastrophe über unsere diplomatischen Kontakte so schnell wie möglich an die Konföderation weitergegeben haben, und daß irgendwelche – irgendwelche *Narren* dort drüben die Zusammenarbeit des Zeitenkollegiums mit uns verhindern wollen, weil sie meinen, daß es für die Konföderation gar nicht schlecht wäre, wenn das Königreich in Trümmer ginge!«

»Sie haben den Verstand verloren«, stöhnte der Prinz. Sein Gesicht war grau vor unverhohlenem Entsetzen; es war das erste Mal, daß Don Miguel sah, wie das Gesicht eines Menschen buchstäblich alle Farbe verlor. Und er hegte die Befürchtung, daß er sich eines Morgens von einer schlaflosen Nacht erheben, in den Spiegel blicken und das gleiche Grau auf seiner eigenen sonnengebräunten Haut vorfinden könnte.

Ein ähnlich entsetzter Ausdruck lag auf jedem anderen

Gesicht in der Runde der Anwesenden. Diese Versammlung war kein Privattreffen im Audienzsaal des Prinzen; dies war die erste Zusammenkunft der Mitglieder des Generalkonziliums der Gesellschaft in Neu-Madrid seit jener vor sechzig Jahren, als der neukastilische Zweig der Gesellschaft gegründet worden war. Und – wie Roter Bär gerade eben jenen verraten hatte, die in das Geheimnis nicht eingeweiht waren – es waren etliche von ihnen früher hier angekommen, als sie Londres verlassen hatten. In *dieser* Größenordnung lag der Notfall! Noch nie hatte es einen solchen gegeben, und möglicherweise würde es auch nie mehr einen ähnlichen geben – bis zum Jüngsten Tag.

Dies waren die aufrechten, unbestechlichen, besonnenen Männer, die gemäß der Bulle *De tenebris temporalibus* bestellt worden waren – und sie saßen da mit schlotternden Knien. In Don Miguels Phantasie rieben sich die Sphären des Universums knirschend aneinander wie ein Uhrwerk, in das Sand geraten ist.

Der Prinz bekam sich wieder in seine Gewalt, hielt die bebenden Hände unter dem Tisch versteckt und ergriff erneut das Wort.

»Pater Terence!« rief er. »Wir müssen uns an Euch wenden, so wie wir uns früher an Euren Vorgänger Pater Ramón – Gott hab' ihn selig – gewandt haben. Was sagt Ihr zu all dem?«

Der Mann neben Roter Bär hob die Schultern. Er hatte fast alle Eigenschaften, die Pater Ramón nicht gehabt hatte: Er war groß und breit gebaut, hatte dichtes, strohblondes Haar – und sprach mit starkem irischen Akzent. Sein Name war Don Miguel seit langem geläufig, aber er war ihm noch nie zuvor begegnet: Pater Terence O'Dubhlainn, neuer Cheftheoretiker der Gesellschaft.

»Zweifellos hat Pater Ramón vor seiner Ermordung gewisse Pläne gehabt«, antwortete er. »Und sehr wahrscheinlich waren es geeignete Pläne, um mit der Situation fertig zu werden. Nicht mit seinem unvergleichlichen Scharfblick ausgestattet, müssen wir tun, was uns möglich ist. Absolut gewiß ist jedenfalls, daß jeder Versuch, den Indianer Zwei Hunde mittels einer Intervention aus der Jetztzeit auszuschalten – durch Ermordung etwa –, eine geschlossene Schlinge mit nicht abzuschätzenden Konsequenzen hervorrufen würde, und deshalb können wir diese Möglichkeit nur als letzten Ausweg betrachten. Es gibt keinen Präzedenzfall für Verhaftung und Exekution, die in vergangener Zeit durchgeführt werden, und es würde eine Verletzung der heiligsten Prinzipien der Gesellschaft darstellen. Dementsprechend müssen wir nach einer weniger gefährlichen Alternative suchen.«

»Aber es gibt für nichts einen Präzedenzfall, ehe es nicht zum erstenmal getan wird!« unterbrach ihn Don Miguel grob. Eine ganze Weile fürchtete er, zu weit gegangen zu sein mit seinem zynischen Gemeinplatz. Pater Terence errötete und machte ein beleidigtes Gesicht; Pater Ramón hätte in solch einem Fall nur den Kopf gesenkt und mit sanftem Vorwurf weitergesprochen.

»Ihr nehmt Euch zuviel heraus!« donnerte er. »Ich sagte, wir müssen eine weniger gefährliche Alternative suchen! Warum wollt Ihr Euch nicht anhören, ob wir nicht bereits eine gefunden haben, ehe Ihr versucht, mich niederzuschreien?«

Die Erinnerung an jene Neujahrsnacht, als Pater Ramón sich wissentlich einer psychischen Tortur unterworfen hatte, deren Ausmaß über jede Vorstellungskraft hinausging – nämlich für Handlungen verantwortlich zu sein, die er nie begangen hatte –, trieb wütende Worte in Don Miguels Kehle. Aber er schluckte sie hinunter; schließlich war er zwanzig Jahre jünger als Pater Terence und die meisten anderen Anwesenden.

Nach einem letzten Zornesblick auf den Mann, der es gewagt hatte, ihn zu unterbrechen, fuhr Pater Terence fort: »Man muß damit rechnen, daß Zwei Hunde mit allergrößter Wahrscheinlichkeit versuchen wird, seine Drohung, das Königreich in Trümmer gehen zu lassen, wahrzumachen. Wir haben daher die Studien, die er unter dem Namen Gespaltener Baum am Mexikologischen Institut und an der Universität von Neukastilien betrieben hat, analysiert; und nachdem wir auch das in Betracht gezogen haben, was Navarro uns über seine jüngsten Gespräche mit ihm über allerlei verwandte Themen berichtet hat, konnten wir eine Liste möglicher Zeitpunkte aufstellen, an denen er die Geschichte des Königreiches für besonders verwundbar halten könnte. Wir schließen auch nicht aus, daß das Risiko eines Eingreifens in Europa größer sein mag als in der Neuen Welt.«

»Habt Ihr nichts Konkreteres als diese vagen Schlußfolgerungen, auf die Ihr Euch bei Eurem Vorgehen stützen könnt?« fragte der Prinz.

»Es war schon ein großes Glück, daß wir auf diese innerste geheime Gruppe eidgebundener Fanatiker gestoßen sind. Nach dem, was Blutige Axt uns sagte, waren es alles in allem nie mehr als acht oder zehn. Alle anderen Verschwörer wurden mit diesem Märchen von der Gründung einer unabhängigen Republik abgespeist und schienen es ehrlich geglaubt zu haben.« Pater Terence hüstelte hinter vorgehaltener Hand.

»Nun, es ist nur zu bekannt«, fuhr er fort, »daß es ein einziges Ereignis gab, das zwischen uns und dem Nichts stand, und zwar im sechzehnten Jahrhundert. Hätten wir damals England nicht erobert – wäre die Armada nicht unversehrt über das Meer gelangt, um unsere Invasionstruppen aus den Niederlanden zu holen –, könnte man logischerweise folgern, daß es unser Reich niemals gegeben hätte. Die Mauren hätten uns mit ihren erneuten Attacken gegen Spanien unterworfen und zu einer bedeutungslosen Provinz des Mediterranen Kalifats gemacht.«

Die Gesichter der Männer rund um den Tisch verfinsterten sich vor Ungeduld. Jeder Anwärter wußte all das bereits, was Pater Terence des langen und breiten vortrug; das Schlüsselereignis der Eroberung Englands war unausbleiblich das Thema stundenlanger Diskussionen und etlicher Prüfungsfragen im ersten Jahr der Studien und wurde seit fast einem Jahrhundert von allen Zeitreisenden erschöpfend behandelt.

Als Pater Terence die Ungeduld seiner Zuhörer bemerkte, schloß er seine Ausführungen abrupt. Er sagte barsch: »Daher empfehlen wir, daß alle Bevollmächtigten, die wir auftreiben können, ausgesandt werden, um über die Ereignisse, die zur Eroberung Englands geführt haben, zu wachen. Wenn es uns nicht gelingt, dort eine Intervention seitens Zwei Hunde zu entdecken, dann müssen wir nacheinander die weniger wahrscheinlichen Alternativen prüfen, die ihm bleiben, bis wir auf ihn stoßen. Und erst wenn wir feststellen, daß durch ihn eine Veränderung der Geschichte, wie wir sie kennen, bereits stattgefunden hat, sollten wir uns zu einem direkteren Vorgehen entschließen und ihn verhaften oder ermorden lassen.«

»Aber wenn er bereits in die Geschichte eingegriffen hat ...«, begann der Prinz.

»Woher nehmen wir dann die Zeit, diese Untat zu vereiteln?« ergänzte Pater Terence den Satz an seiner Stelle. »Das ist eine Frage des nicht ganz linearen Verhältnisses zwischen der vergangenen und der jetzigen Zeit, Herr. Es gibt eine diagonale Komponente der Relativzeit, die uns einen Spielraum garantiert, welcher abhängig ist von der Zeit zwischen der Ankunft von Zwei Hunde in der Vergangenheit und dem Moment, in dem er seine fatale Handlung begeht. Er wird wahrscheinlich nicht mehr ausmachen als ein paar Stunden, aber das sollte genügen.«

»Und wir springen dazwischen und sabotieren seine Ränke?«

»Im Idealfall ja, denn das würde die Vergangenheit unangetastet lassen.«

»Hmmm.« Der Prinz schien seine Zweifel zu haben; er sah so aus und hörte sich so an. Aber er wußte genau, daß er seine Stellung als Großmeister der Gesellschaft weniger seiner überragenden Begabung auf dem Gebiet der Temporalwissenschaften als vielmehr seiner königlichen Geburt verdankte. Er wandte sich an Roter Bär und änderte das Thema ein wenig.

»Welche Schritte habt Ihr unternommen, um Zwei Hunde daran zu hindern, die Vergangenheit zu erreichen?«

»Loyale Männer bewachen all unsere Zeitapparaturen, aber ...« Roter Bär runzelte die Stirn. »Die Geräte sind so einfach zu bauen! Und auch wenn sich seine Freunde die Materialien nicht beschaffen können, würde ich es diesen Idioten in der Konföderation zutrauen, daß sie ihm helfen zurückzureisen. Wir müssen annehmen, daß er bereits unterwegs ist; in unserem Stundenglas befinden sich nur noch ein paar Körnchen Sand, und dann wird die Sense niedersausen.«

Ein dumpfes Schweigen folgte, das der Prinz mit einem Hieb seiner Faust auf den Tisch brach.

»Genug geredet!« wetterte er. »Geht und findet um Himmels willen diesen Mann, bevor er uns alle mit einer Handbewegung aus dem Universum wischt!«

Und das konnte leicht geschehen; sie wußten es alle – in der Theorie. Die Generalbevollmächtigten und die meisten altgedienten Bevollmächtigten wie Don Arturo und Don Rodrigo wußten es dank der Expeditionen zu Parallellinien der Zeit, die die Gesellschaft seit vierzig Jahren durchführte – aber nur Don Miguel wußte es tief in seinem Innern, aus tatsächlicher persönlicher Erfahrung. Nun, da Pater Ramón tot war, teilte niemand seine Erinnerung an diese Silvesternacht des Schreckens und des Blutvergießens, die der Jesuit in einem einzigen kühnen Streich aus der Realität gelöscht hatte.

Das war jene Art von Handeln, nach der diese Krise verlangte – davon war er überzeugt: schnell, direkt, entscheidend! Nicht diese leisetreterische Vorsicht, als handle es sich um den nächsten Zug bei einem Schachspiel, den man im Freundeskreis berät. Er hatte weit entfernt von hier, in California, stundenlang mit Zwei Hunde gesprochen, er hatte sich eine Meinung über ihn als Mensch, als Persönlichkeit gebildet, und er *wußte,* daß es sich um einen Mann handelte, der keine leeren Drohungen ausstieß: Sein Stolz würde ihn überzeugen, daß er in einzigartiger Weise recht tat.

Aber es gab keine Hoffnung, die Generalbevollmächtigten von seiner eigenen Denkweise zu überzeugen, dachte er, und die Erkenntnis machte ihn ganz krank. Er konnte nur darauf hoffen, daß seine Welt durch ein Wunder überlebte, und sich darauf freuen, sein normales Leben als Bevollmächtigter – mit etwas mehr Erfahrung und einem weitaus größeren Ansehen als der Durchschnitt seiner Kollegen – wiederaufzunehmen.

Doch dies war nur ein schmales Bollwerk, das er in seinem Bewußtsein gegen das schicksalsschwangere Mahlen der himmlischen Sphären errichten konnte, die Nacht für Nacht so laut in seinem Kopf dröhnten, daß er nicht schlafen konnte, nur träumen – schreckliche, verhängnisvolle Träume.

Nur zwei Tage vergingen – und sie schienen eine Ewigkeit –, ehe er und Don Felipe ihre Befehle bekamen. Wie die Mehrheit der jüngeren Bevollmächtigten hatten sie Order, den Gang der Ereignisse unmittelbar vor dem Inseestechen der Armada von Cadiz aus im Auge zu behalten – in Verkleidung und ausgestattet mit einer falschen Identität. Es war durch und durch logisch, von allen historischen Knotenpunkten ausgerechnet diesen vor Interventionen zu schützen – doch irgendwie konnte Don Miguel nicht glauben, daß Zwei Hunde an einer so offenkundigen Stelle zu seinem Angriff ansetzen würde …

Was der Grund dafür war, daß er sich am Abend vor seiner Abreise mit Don Felipe in der im Augenblick unter den jüngeren Mitgliedern der Gesellschaft beliebtesten Schenke von Neu-Madrid traf und erwähnte, daß er einen Brief geschrieben habe.

»An Kristina?« fragte Don Felipe. Sein dunkler Blick schoß zwischen dem gefalteten Blatt Papier und Don Miguels Gesicht hin und her. »Ich habe auch einen geschrieben.« Er griff in die Tasche an seinem Gürtel und holte einen Brief hervor, der abgesehen von der Anrede an Lady Ingeborg ein

Zwillingsbruder von Don Miguels Brief hätte sein können. »Aber glaubst du, daß es sinnvoll ist, sie abzuschikken?«

Don Miguel dachte an die hochmastigen, eleganten Transatlantikschiffe, die täglich aus dem Hafen in die rauhen Arme der Stürme des Ozeans pflügten, und hob die Schultern.

»Ich weiß nicht. Aber es war mir eine Erleichterung, meine Gedanken zu Papier zu bringen, obwohl sie vielleicht nie von jemandem gelesen werden. Wie, denkst du, wird es geschehen – wenn es geschieht? Wird es eine Periode langsamen Dahinschwindens geben oder augenblickliche Auslöschung?«

Don Felipes Züge verdüsterten sich. »Ich hoffe«, sagte er nüchtern, »daß wir nichts davon merken werden ... Aber einen kleinen Vorteil hätten wir doch, denke ich.«

»*Was?*«

»Nun, mein Beichtvater behauptet, eine Seele in einer potentiellen Welt kann nicht in die Hölle kommen, höchstens in die Vorhölle. Das heißt, wenn Zwei Hunde Erfolg hat, brauchen wir uns keine Sorgen mehr zu machen wegen einer Bestrafung unserer kleinen Entgleisungen. Ganz im Gegenteil, wir werden uns in den Hintern treten, weil wir uns nicht noch mehr geleistet haben!«

»Findest du das lustig?«

»Nein. Nein, eigentlich nicht. Aber ich glaube, nach ein paar Gläsern könnte ich soweit kommen – und welch bessere Medizin gibt es als Lachen?«

So bestellten sie Wein und Schnaps und verbrachten ihren letzten gemeinsamen Abend mit dem Erfinden heiterer Trinksprüche auf das Ende der Welt.

IX

Innerhalb des Bereiches, über den die Zeitapparatur mit annehmbarer Genauigkeit funktionierte – etwa zweieinhalb Jahrtausende – gab es drei Gebiete der Geschichte, die auf Zeitenforscher seit der Gründung der Gesellschaft eine geradezu übermächtige Faszination ausübten. Eines davon war zwangsläufig der Beginn der christlichen Ära ... aber der Besuch im Palästina jener Tage war streng limitiert – aus Furcht, daß selbst die Anwesenheit nichteingreifender Beobachter das Interesse der römischen Behörden auf das durch einen unbekannten heiligen Mann hervorgerufene Aufsehen lenken könnte; was wiederum Pilatus dazu verleiten mochte, früher zu handeln, als es der Sanhedrin, der Hohe Rat der Juden, gewünscht hatte.

Das zweite war der Niedergang Roms vor der Invasion der Barbaren; das Königreich war die größte einzelne Macht, die seit der Blütezeit des Römischen Reiches auf der Erde erschienen war, und immer wieder gab es die quälende Befürchtung, daß es eines Tages auch untergehen könnte. Wenn es Hinweise und Anhaltspunkte gab, die einem Weiterbestand des Königreiches dienlich sein und die durch das Studium des Schicksals seines Vorgängers entdeckt werden konnten, dann wollte die Regierung des Königreiches sie hören.

Und drittens war da das Jahr 1588, als Britannien erobert wurde und damit die Existenz des Königreiches ermöglicht worden war. Dieser Brennpunkt der Geschehnisse war der bei weitem bestdokumentierte und -erforschte Zeitabschnitt. Und so konnte Don Miguel, als er zusammen mit dem Käfig aus Eisen und Silber, der ihn vierhundertundein Jahre in die Vergangenheit zurücktransportiert hatte, zwischen den Kristallsäulen erschien, bei sich denken: »In diesem Augenblick versammelt sich die Armada! Trotz der heldenhaften Anstrengungen der Engländer, unsere Häfen zu überfallen und unsere Galeonen in Brand zu stecken, geht die Arbeit rasch voran. Der Herzog von Parma wird eine Flotte von mehr als hundert Schiffen befehligen; er wird sechstausend Matrosen anheuern und zwanzigtausend Soldaten zur Verfügung haben – und in den Niederlanden warten noch einmal soviele –, um die Invasion Englands zu beginnen.«

Mit so konkreten Fakten vor Augen wurde die Gefahr, die zu vereiteln er hergesandt worden war, irreal. Er blickte sich in dem hübschen, luftigen Hof des Gebäudes in maurischem Stil um, das die Gesellschaft für die Dauer der Operation zu ihrem provisorischen Stützpunkt erkoren hatte. Um die Ankunft so vieler Fremder zu verbergen, hatte man einen unverdächtig wirkenden Unterschlupf benötigt; man durfte nicht die Isolation weit entfernt von jedem Dorf und jeder Straße suchen, die üblicherweise sehr willkommen war.

Der Anblick vermittelte ihm das Gefühl, die Welt sei wieder fest und solide unter seinen Füßen. Wie wäre auch ein einzelner Mann imstande gewesen, die ganze Geschichte vier endloser Jahrhunderte auszulöschen? Zwei Hunde konnte wohl kaum das Wetter so beeinflussen, daß der Sturm, der zur Zeit der Invasion herrschte, der englischen Flotte statt der spanischen zugute kam! Das hatte er, Don Miguel, selbst auf die eine oder andere Frage gesagt, vor gar nicht so vielen Monaten – wann? Er runzelte kurz die Stirn; dann erinnerte er sich, daß es auf der Abendgesellschaft der Marquesa di Jorque gewesen war.

Und plötzlich überfiel ihn die Angst von neuem. Die Gesellschaft für Zeitenkunde war wegen der Affäre mit der geschmuggelten Maske beinahe in Panik geraten; ein – sozusagen – ›geschmuggelter Mann‹ konnte unvergleichlich mehr Schaden anrichten ... zum Beispiel, indem er die Pest unter die Soldaten brachte, indem er ihre Wasserfässer vergiftete, indem er ein Schiff versenkte, um den Hafen zu blockieren und den Engländern die Chance einzuräumen, noch einmal anzugreifen.

Ja, in der Tat, es gab schreckliche Gefahren. Doch am allerwichtigsten war es, nicht zu verzweifeln. Er verließ den

Platz, auf dem die Zeitapparatur stand, und wandte sich an einen der Bevollmächtigten, die sich seit drei Tagen Lokalzeit als Vorhut hier befanden und Vorbereitungen treffen und Informationen einholen sollten. Auf seine Fragen erhielt er beruhigende Antworten.

»Ja, die Arbeit geht reibungslos vonstatten. Nein, es gibt keinerlei Krankheitsfälle. Hier sind Eure der jetzigen Mode entsprechenden Kleider und ein dazugehöriges Schwert, und hier sind die Einsatzbefehle mit den Instruktionen für Euch, und eine Landkarte.«

Die schmiedeeiserne Gittertür, die die von der Gesellschaft gemietete Villa schützte, fiel klappernd hinter ihm ins Schloß, und er machte sich auf den Weg Richtung Hafen. Selbst in dieser Zeit schon war Cadiz eine ziemlich große Stadt, und es dauerte eine ganze Weile, bis Don Miguel sein Ziel erreichte, denn noch dazu waren die Straßen verstopft von Fußgängern, Packtieren und Pferdewagen, zu groß und zu breit für die engen Gassen. Doch je mehr er von seiner Umgebung sah, desto besser fühlte er sich. Es gab absolut keinen Unterschied zwischen dieser geschäftigen Stadt und dem, was die geschichtlichen Aufzeichnungen besagten: Von hier aus war die Armada in See gestochen ... trotz der Drohungen von Zwei Hunde. Außerdem war dies ein weniger aufregender Ort der Vergangenheit als die anderen, die er bereits besucht hatte: das kaiserliche Rom, Mazedonien unter Alexander, Texcoco, um die gestohlene Maske zurückzubringen ... Er beherrschte natürlich Spanisch, mußte sich jedoch in acht nehmen, um seinen Akzent zu unterdrücken und anachronistische Ausdrücke zu vermeiden, wenn er mit einem der Einwohner von Cadiz sprach; hier schritt er über einen Boden, über den zweifellos bereits einige seiner Vorfahren auch geschritten waren – und er tat es noch dazu zum erstenmal. Die Vorstellung, er könnte sich einmal im Leben doch wieder seiner Heiterkeit besinnen, rückte näher.

Die Anweisungen, die er erhalten hatte, waren kurz und

bündig: Er solle sich zum Hafen begeben und ihn von einem Ende zum anderen abpatrouillieren, um nach jedweden, auch den geringsten Abweichungen von den historisch überlieferten Geschehnissen zu fahnden, welche auf ein Eingreifen von Zwei Hunde schließen ließen. Ungeachtet der Mittagshitze tat er seine Pflicht – unangefochten, weil er als sichtlich wohlhabender Angehöriger des niederen Adels gekleidet war und ein Schwert trug, das nicht aussah wie eines, das nur als Schmuck diente, sondern ein, zwei Kerben in seinem Griff hatte. Vor allzu eingehender Betrachtung schützte er sich mit genau kalkulierter Arroganz, und er behielt auch einen leicht gelangweilten Gesichtsausdruck bei, obwohl ihn das Schauspiel, das er sah, zutiefst beeindruckte. Diese Galeonen mit ihren stolzen hohen Masten, die Geschützpforten, bereit, den Tod auszuspeien, diese ordentlich ausgebildeten Soldaten, die ihre Ausrüstung zugweise an Bord brachten, all diese Fässer mit Pökelfleisch und Wasser und Zwieback, all diese Wagenladungen Schießpulver und Munition – real! Handfest! Greifbar! Nicht anders, als es hätte sein sollen!

Drei Stunden gingen dahin, und schließlich wagte er zu hoffen. Hier zumindest war nichts von einem möglichen Anschlag, den Zwei Hunde vorhaben mochte, zu bemerken. Vielleicht waren seine Pläne fehlgeschlagen; für Ungeübte war es gefährlich, sich in der Vergangenheit zu bewegen – schon für die handverlesenen Bevollmächtigten der Gesellschaft stellte es ein nicht zu unterschätzendes Risiko dar. Aber das, fühlte Don Miguel, war wohl zu optimistisch. Viel wahrscheinlicher schien folgendes: Zwei Hunde war sich im klaren darüber, daß die Gesellschaft sich beeilen würde, diesen schwächsten Punkt in der Geschichte des Reiches zu bewachen, und hatte einen zweitbesten Angriffspunkt gewählt. Aber keiner bot sich als befriedigende Alternative an. Jetzt, wo es diese spezielle Episode der Geschichte geschützt wußte, war das Reich wie ein Mann in einer guten, widerstandsfähigen Rüstung: gefeit vor Stichen in das Herz oder die Lunge oder den Unterleib, brauchte es nur Verletzungen zu fürchten, nicht aber den sicheren Tod.

Seine Gemütsverfassung hob sich, als er zu diesem Schluß gekommen war, und da er nach seiner Dreistundentour durch den Hafen großen Durst verspürte, betrat Don Miguel eine bescheidene Schenke, deren Wirt fast in Ohnmacht fiel, als er einen so gutgekleideten Gast erblickte. Er scharwenzelte um ihn herum, daß Don Miguel beinahe übel wurde, und äußerte viele Verwünschungen bezüglich der minderen Qualität seiner Weine und der mangelnden Sauberkeit des Lokals. Und tatsächlich war der Wein grausig und die ganze Spelunke dreckverschmiert, aber Don Miguel war nicht in der Stimmung, sich über solche Kleinigkeiten aufzuregen.

»Natürlich waren wir in der letzten Zeit sehr überlaufen, Euer Ehren«, murmelte der Wirt, während er sich vergeblich anstrengte, soviel Schmutz von einem Stuhl zu putzen, daß Don Miguels Hosen nichts davon abbekamen. »Tag und Nacht kommen sie herein, Soldaten und Matrosen, und gar nicht so wenige Offiziere ...! Wein, Euer Ehren! Hier kommt er – darf ich Euch eingießen ...?« Er tat es mit einem albernen, übertriebenen Schwenken des Kruges. »Mögt Ihr *tapas?* Wir haben heute gute Krebse, und Miesmuscheln auch!«

Don Miguel dachte an die Kloaken, die sich genau dort ins Meer ergossen, wo die Muschelbänke waren, und lehnte ab, trank aber dankbar den Wein in großen Zügen; Zitronensaft hätte seinen Durst wohl auch gelöscht, aber das hier war nicht ganz so sauer.

»Sind Euer Ehren denn einer der Offiziere, die mit der Flotte segeln?« bohrte der Wirt. Seine drei anderen Gäste – ihrem Aussehen nach kleine Kaufleute, wahrscheinlich lieferten sie den Proviant für die Schiffe – schwiegen schon die ganze Zeit, und er schien ein bißchen nervös.

»Nein, ich bin nur gekommen, um bei den Vorbereitungen zuzusehen und auf das Wohl der Flotte zu trinken.« Don Miguel hob seinen Becher lächelnd in die Richtung der anderen Gäste. »Was sagt Ihr denn dazu, meine Freunde?«

»Euer Ehren, keinem getreuen Spanier und guten Katholiken würde es einfallen, Euch nicht beizupflichten!« antwortete derjenige von den dreien, der Don Miguel am nächsten saß, ein finster dreinblickender Bursche, dessen linke Schulter höher war als die rechte. »Aber darf ich Euer Ehren vorerst eine Frage stellen? Der wahre Glaube muß natürlich obsiegen – aber seid Ihr ehrlich zuversichtlich, was dieses Wagnis angeht?«

Eine Ahnung von drohendem Unheil prickelte in Don Miguels Nacken. »Natürlich bin ich das!« sagte er. »Weshalb, um alles in der Welt, sollten wir nicht einen großartigen Sieg der Armada vorhersehen?«

»Mit einem Kommandeur, der beim leichtesten Schlingern des Schiffes seekrank wird?« Der finster dreinblikkende Mann goß den letzten Rest Wein aus dem Becher in sich hinein und wischte sich den Mund mit dem Handrükken ab. »Ich stamme selbst aus einer Seefahrerfamilie, Euer Ehren, obwohl ich jetzt gezwungen bin, an Land zu arbeiten, wegen meines kranken Rückens.« Er schob seine Schulter vor und zurück. »Und mein Leben lang habe ich es immer wieder gehört, von meinem Vater, und er hat es von seinem Vater gehört: Die Mannschaft eines Schiffes ist nur so gut wie der Kapitän. Und trifft nicht dasselbe auch für eine Flotte zu?«

Don Miguel sagte mit schwacher Stimme: »Seine Gnaden, der Herzog von Parma ...«

»Parma? Wovon sprecht Ihr?« Augenblicklich wurden alle Anwesenden aufmerksam: der Mann mit dem finsteren Gesicht, seine beiden Kollegen, der Wirt, ja selbst der kleine Junge, der einen Krug und einen fettigen Lappen in der Hand hielt und in der dunklen Ecke neben den Weinfässern im Hintergrund des Lokales stand, alle starrten sie ihn an. »Parma ist in den Niederlanden, Euer Ehren! Medina Sidonia hat den Befehl über die Flotte, und ein schlechterer Kommandeur ist in ganz Spanien wohl kaum zu finden!«

Bei diesen Worten wurde aus Don Miguel Navarro der erste Mensch, der erkennen sollte, daß das Universum rund um ihn in Stücke brach – ausgenommen natürlich Zwei Hunde, aber Zwei Hunde hatte ja nichts anderes gewollt.

Der Herzog von Parma in den Niederlanden? Das war nicht Geschichte! Der Herzog von Parma, Spaniens überragendster militärischer Befehlshaber des Jahrhunderts, führte die Armada zum Angriff hinaus aufs Meer! Medina Sidonia? Wer war das? Eine Null, ein Name in den Fußnoten der Geschichtsbücher! Und die Niederlande waren Spanien und seinem Erben, dem Königreich, für immer durch diesen großartigen, unorthodoxen Meister der Strategie, den schottischen Katholikenführer Earl von Barton garantiert; er war es auch, der mit Hunderten flachen Schaluppen bereitstand, um eine Armee von fünfzehntausend Mann in Kent zu landen und den englischen Widerstand an Land zu brechen, sobald es der Armada gelungen war, auf See zu siegen.

Warum, im Namen aller Heiligen, waren sie auf die Idee gekommen, Parma in einem albernen Landkrieg zu vergeuden?

Nach einer Pause, in der er den Eindruck hatte, das Knirschen zu spüren, mit dem die Erde sich um ihre Achse drehte, sagte er: »Und der Earl von Barton – ist er an der Seite Parmas in den Niederlanden?«

Die anderen tauschten überraschte Blicke aus, in Verlegenheit gebracht, weil ein so feingekleideter Herr offenbar keine Ahnung hatte, was es Neues in der Welt gab. »Vielleicht, vielleicht«, antwortete der Wirt unsicher. »Ich kenne den Namen nicht.«

»Für mich hört sich das wie ein englischer Name an!« Der Mann mit dem finsteren Gesicht erhob sich, ging auf Don Miguel zu und fragte: »Wer seid Ihr, daß Ihr so sonderbare Fragen stellt?« Auf das formelle »Euer Ehren« verzichtete er.

»Ah ...« Indem er versuchte, ganz ruhig zu erscheinen, leerte Don Miguel seinen Weinbecher und stand auch auf. »Ich befinde mich auf Reisen. Seit langer Zeit. Soeben bin ich in Cadiz angekommen und habe die Chance wahrgenommen, die Flotte zu sehen, ehe sie in See sticht. Doch nun rufen mich die Geschäfte. Meine Rechnung, Wirt!«

»Nicht so schnell!« fuhr ihn der finsterblickende Mann an. »Wirt, wir sollten eine Patrouille holen, finde ich. Dieser Kerl kann genausogut ein englischer Spion sein!«

»Unsinn!« Don Miguel warf dem Wirt eine Goldmünze zu. »Aber ...«

»Ihr redet so merkwürdig. Redet er nicht merkwürdig?« Der Finsterblickende wandte sich an die anderen Männer. »Ich finde, wir sollten ihn festhalten, bis er verhört wird!«

Don Miguel verlor die Geduld und schoß auf die Tür zu. Der Mann mit dem finsteren Gesicht versuchte, ihn zurückzuhalten, er humpelte herbei, um ihm den Weg zu verstellen – aber er war nicht nur bucklig, er hinkte auch stark, und so war er zu langsam. Don Miguel rannte an ihm vorbei und stürzte Hals über Kopf auf die Straße hinaus.

Obwohl ihm die Vernunft sagte, daß ihn Rennen seinem Ziel nicht näherbrachte ...

X

Gedanken im Kopf, die schneller vorwärtsrasten als seine Füße, ließ er sogar die Schreie der mißtrauischen Männer in der Schenke hinter sich, als er den Weg zu der Villa einschlug, die die Gesellschaft als lokalen Stützpunkt gewählt hatte. Das war es, was er den Generalbevollmächtigten hatte sagen wollen, und was er nicht fähig gewesen war, in Worte zu fassen, die ihre Aufmerksamkeit hätten erregen können: daß Zwei Hunde so raffiniert wie hochintelligent war, daß er sehr wohl dort zuschlagen würde, wo das Reich am verletzlichsten war – es aber nicht auf jene Art tun würde, die die Gesellschaft erwartete. Der derbe Knüttel war nichts für ihn – er zog die feine Klinge des Skalpells vor.

Und er hatte eines gefunden. Bei Gott, er hatte eines gefunden, das so scharf war, daß es töten würde, ehe man seine federzarte Berührung auch nur verspürte!

Zwei Hunde hatte einen Mann aus der Geschichte hervorgezogen, über den fast nichts bekannt war.

Oder, um genau zu sein, über den fast nichts bekannt war außer Legenden ...

So wie sie die Erzählungen von El Cid oder Roland und Oliver lernten, konnten alle Schuljungen im ganzen Reich genau davon berichten, wie der Earl von Barton zum erstenmal auf der Bühne der Welt erschienen war: ein junger Mann von zwanzig Jahren, der nichts besaß außer seinen Kleidern, die er am Leibe trug, seinem Schwert und seinem Pferd und der behauptete – wie zahllose andere auch –, auf illegitime Weise mit dem Hause Stewart verwandt zu sein. Entschlossen, die Ausrottung seiner katholischen Verwandten in Schottland durch Truppen der protestantischen Königin Elisabeth zu rächen, bekam er seine große Chance, als sein General in einer Schlacht fiel, und der Earl seine katholischen Truppen aus einer fast unausweichlich scheinenden Niederlage herausführte. Er stieg zum besten Strategen seiner Ära auf, dessen Soldaten ihm gegenüber eine fast abergläubische Ergebenheit an den Tag legten. Als Parma das Kommando über die Armada übertragen wurde, war es das nächstliegende, Barton zu seinem Stellvertreter zu bestellen, und als solcher sicherte er sich die Niederlande für immer in einem stürmischen Feldzug von sechs Wochen, der den Feind niederwarf wie Weizen unter der Sense des Schnitters.

Nimm ihn weg – und wer blieb an seiner Stelle?

Das mußte der Punkt sein, an welchem Zwei Hunde zugeschlagen hatte – nicht hier, mit so primitiven Mitteln wie etwa dem Vergiften von Wasserfässern!

Jemand, der einen solchen Einfluß auf die Gründung des Reiches gehabt hatte, mußte doch wohl das Objekt eingehender Studien seitens der Gesellschaft gewesen sein! Vermutlich war jede seiner Bewegungen von seiner Geburt bis zum Tode genauestens dokumentiert in den Geheimarchiven enthalten: Alles, was es daher brauchte, war eine halbe Stunde Nachschlagearbeit, und die Bevollmächtigten, die hier in Cadiz und drüben in England stationiert waren, konnten statt dessen abkommandiert werden, um ...

... einen Mann zu bewachen, der bereits nie existiert hatte.

Diese Erkenntnis traf Don Miguel wie ein Fausthieb, und er blieb eine Sekunde lang wie angewurzelt stehen. Flüchtig bemerkte er, daß die Leute ihn anstarrten und sich offenbar fragten, weshalb ein so elegant gekleideter Herr durch die Straßen ihrer Stadt rannte, als sei der Teufel hinter ihm her; doch er ignorierte sie, eilte weiter und versuchte mit aller Gewalt, sein Hirn in die mühselig erlernten Methoden des fünfdimensionalen Denkens zurückzuzwingen, die man ihm schon als Anwärter eingepaukt hatte.

Fast sicher hatte Zwei Hunde den Earl von Barton getötet; er würde sein Werk endgültig machen wollen. Vielleicht hatte er den Earl als Kind ausfindig gemacht oder auf seinem Weg in die Niederlande, wo er sich den spanischen Streitkräften anschließen wollte. Es war nicht wichtig; in diesem Augenblick. Im Juni 1588 mußten die Konsequenzen dieser Tat bereits zu spüren sein, sie mußten durch die Jahrhunderte dahindonnern wie eine Springflut, die merkwürdige Diagonalebene der hypothetischen oder spekulativen Zeit entlang – jenes Mediums, in dem unvorstellbare Alternativwelten existierten, wie Pater Ramón ihm erklärt hatte. Bei dem Prozeß war ein gewisses Trägheitsmoment vorhanden; das Ändern der Geschichte war ein zähflüssiger Vorgang, weil es überhaupt kein Vorgang war – es geschah nicht in der normalen Zeit.

Und weit vorn, im zwanzigsten Jahrhundert, mochten selbst jetzt noch Zeitapparaturen stehen, die darauf warteten, die Bevollmächtigten aus Cadiz im sechzehnten Jahrhundert unter der Kontrolle von Pater Terence und Roter Bär zurückzuholen. Wenn das so war, wenn das Echo des Mordes am Earl von Barton ›zu diesem Zeitpunkt‹ noch nicht so weit fortgehallt hatte, um die Gesellschaft überhaupt zu zerstören, blieb ihm, Don Miguel, noch eine geringe Chance, sie alle rechtzeitig zu warnen und Zwei Hunde töten zu lassen, ehe dieser in die Vergangenheit abreiste – wenn nicht anders, konnte man ihn von jenem Pferd schießen, auf dem er von seiner Mine in California davongeritten war. Auch das würde die Geschichte verändern, aber zumindest würde sie zurückverwandelt werden in Richtung ihrer unmodifizierten Version.

Worauf es wiederum einen Earl von Barton geben und alles in normale Bahnen zurückgelenkt würde.

Vielleicht!

Er stürmte den letzten Anstieg zu der Mietvilla der Gesellschaft hinauf und schrie den Pförtner an, sich zu beeilen und ihn einzulassen. Ohne die Formalitäten abzuwarten, schoß er an dem Mann vorbei und brüllte, so laut er konnte: »Es gibt in dieser Welt keinen Earl von Barton!«

Die Wirkung erfolgte augenblicklich. Herausgerissen aus einer Fülle verschiedenster Aufgaben, rannten Bevollmächtigte und verängstigte junge Anwärter in den Innenhof der Villa, wo die Zeitapparatur stand, und hörten bruchstückhaft Don Miguels Bericht, während die Techniker eiligst die Apparatur umbauten und seine Rückkehr in die Zukunft vorbereiteten. Es hatte keinen Sinn, eine Botschaft zu senden: ein Mann reiste genauso schnell und war zweifellos informativer.

Don Miguel war vor Ungeduld fast den Tränen nahe, als schließlich die Einstellungen stimmten; plötzlich sah seine Umgebung aus, als würde sie schmelzen, was anzeigte, daß er durch das Kontinuum gewirbelt wurde, und daß die Zeit zu einer Richtung wurde, entlang derer ihn die Kräfte trieben, die in dem Rahmen aus Eisen und Silber enthalten waren. Die verzerrten Umrisse der Stäbe des Käfigs wurden sichtbarer, wirkten *überzeugender,* je weiter er vorwärtsgeschleudert wurde.

Keine Zeitapparatur konnte eine Person oder ein Objekt, das sich in ihr befand, weiter in die Zukunft transportieren, als bis zu jenem Moment, in dem sie in Gang gesetzt worden war. Die einfache Tatsache, daß er Cadiz verlassen hatte, hieß, daß in ›diesem‹ Moment weiter voraus eine Gesellschaft für Zeitenkunde noch existierte, denn diese war dieselbe Apparatur wie eine in der Filiale der Gesellschaft in Neu-Madrid; er benutzte sie nur zu einem anderen Zeitpunkt.

Unendliche Erleichterung überkam ihn, zerstreute seine Befürchtungen jedoch nicht ganz. Er ärgerte und sorgte sich über die Länge der Reise und wünschte, er hätte Platz, um auf und ab zu gehen. Es würde eine ganze Weile dauern, bis er ankam, denn er wurde sowohl zeitlich in die Zukunft, als auch räumlich nach Neukastilien versetzt.

Doch dieser Umstand gab ihm Gelegenheit, sich zu beruhigen und seine Gedanken zu ordnen. Wenn er wieder hinaustrat ins zwanzigste Jahrhundert, mußte er vor den Generalbevollmächtigten klar, prägnant und überzeugend sprechen, denn es könnte sein, daß er die herandonnernde Flut der Folgen, die sich aus der Ermordung des Earl von Barton ergaben, nur um eine winzige Zeitspanne überholte – möglicherweise um nicht mehr als eine oder zwei Stunden! Alles hing davon ab, wie lange zuvor (das hieß, vor dem Start zu dieser Reise aus dem Jahre 1588 in die Zukunft) Zwei Hunde sein Opfer getötet hatte. Vielleicht war er noch gar nicht in die Vergangenheit abgereist, wenn Don Miguel in die Gegenwart zurückkehrte, in welchem Fall die Paradoxa schwindelerregend sein würden!

Seine Beine schmerzten nach dem wilden Dauerlauf vom Hafen zur Villa. Er hockte sich auf den Boden des Käfigs nieder und versuchte, die Psyche einer Person wie Zwei Hunde zu ergründen, der sich den Teufel darum scherte, wenn das ganze Gebäude der Geschichte in sich zusammenstürzte, nur weil seine ehrgeizigen Pläne zunichtegemacht worden waren. Das ließ Don Miguel weniger an die Erzählungen und Legenden der Indianer denken, die er sowohl als Kind in der Schule als auch vor gar nicht langer Zeit als Erwachsener studiert hatte, während seiner Vorbereitungen für die Reise nach Texcoco, um die gestohlene

Maske zurückzubringen. Nein, das erinnerte ihn an die teutonischen und skandinavischen Legenden von Ragnarök, der Götterdämmerung, wenn alle neun Welten ins Chaos krachten und eine neue Schöpfung gebaren.

Aber diese Gedanken brachten ihm auch sehnsüchtige Erinnerungen an Kristina; es würde lange dauern, bis sie einander wiedersahen. Er zwang sich, wiederum über Zwei Hunde und seinen Geisteszustand nachzusinnen, und kam zu dem Schluß, daß es sich, selbst wenn die Gesellschaft gezwungen war, dem Leben des Indianers ein Ende zu setzen, in diesem Fall nicht um Mord handeln würde. Es wäre eine Exekution. Eine gerechtfertigte Exekution, denn er, Don Miguel, war in der Welt gewesen, in der das Verbrechen bereits begangen war, und konnte einen heiligen Eid auf die Bibel schwören, daß er gesehen hatte ... was er gesehen hatte.

Apropos ›sehen‹ – was war los mit den Stäben, die ihn umgaben? Beim Übergang von einer Zeit in die andere sahen sie stets unscharf und deformiert aus, hätten aber deutlicher und besser umrissen sein sollen, je mehr er sich der Gegenwart näherte. Statt dessen erschienen sie ihm noch verschwommener als zuvor.

Er hielt es für eine optische Täuschung und fuhr fort, seinen Bericht an die Generalbevollmächtigten zu formulieren. Er wagte nicht, die Stäbe zu berühren, um sich zu überzeugen, ob stimmte, was er sah; es wäre ein schneller Tod gewesen, denn riesige Energiemengen flossen durch ihre Struktur.

Nein, es würde sich alles zum Guten wenden. Zwei Hunde würde an irgendeinem geeigneten Ort gestoppt werden, ehe er sich aufmachte, um den Earl von Barton zu suchen, und die Welt würde zu ihrem normalen Lauf zurückkehren; man würde erneut an das Zeitenkollegium herantreten, um diese Idee, das Bündnis des Königreiches mit den Mohawks zu brechen ...

»Oh, mein *Gott!*« schrie er auf.

Es hatte eine scharfe Wendung gegeben, und sie hatte direkt an seinem Hirn gezerrt. Er verspürte sie als Schmerz, als blendendes Licht, als Geräusch, das seinen Schädel in Schwingungen versetzte, als loderndes Feuer, als Eintauchen in arktische Gewässer, als einen Sturz, der kopfüber durch endlose Abgründe führte, in denen Zeiten ohne Zahl aufeinanderfolgten.

Und das war das schrecklichste daran: daß es endlos schien. Doch dann, nach einer Ewigkeit, war es vorbei.

Er hatte seine Sinne wieder – er sah und hörte und fühlte und besaß einen Körper. Er blickte umher und horchte und spürte die Luft und das Licht der warmen Sonne, wußte, daß er ganz war, wußte, daß er Gewicht und Substanz besaß. Und während in seinem Hirn noch der Schrei eines sterbenden Universums nachhallte, wünschte er sich mehr als alles andere, sich hinfallen zu lassen und zu weinen wie ein Kind.

Aber das zu tun, sagte eine schwache Stimme am Rand seines Bewußtseins, wäre töricht. Was geschehen war, war leicht zu verstehen. Denke! Denk daran, daß in diesem kurzen Jahrhundert nach Borromeo die Welt, die du immer als die letzten Endes reale betrachtet hast, nicht nur Zwei Hunde hervorgebracht hat, sondern viele andere, die mit der Zeitreise umgingen wie mit einem Kinderspielzeug. Denk an die Silvesternacht, in der eines dummen Zanks wegen ein König starb! Denk an die Habgier, die zum Diebstahl der aztekischen Maske geführt hat, und an all das, was getan werden mußte, um ihn wieder ungeschehen zu machen! Und denk einmal darüber nach, warum noch nie jemand aus der Zukunft in die Welt, die du für real gehalten hast, zurückkam, um die Vergangenheit dieser Zukunft zu erforschen ...

Klar! Barmherziger Gott, so klar wie der helle Tag, und noch nie hatte es jemand begriffen – außer vielleicht der verbitterte, mutlose Borromeo selbst, der einmal sagte, er sei enttäuscht, weil noch nie jemand aus dem Morgen gekommen war, um ihn zu seiner Entdeckung zu beglückwünschen. Wenn eine Zeitspanne von nicht einmal hundert Jahren so viele Eingriffe in die Vergangenheit mit sich gebracht hatte – warum dann nicht die Zukunft mit ihrem nicht abzuschätzenden Vorrat an Jahren, während deren die Möglichkeit bestand, in der Zeit zu reisen?

Weil es keine Zukunft gab. Keine Zukunft, die ihre Wurzeln in *dieser* Welt hatte. Don Miguel Navarro holte tief Atem und sprach die Worte flüsternd aus, um die Tatsachen akzeptieren zu können.

Er konnte sich ein Bild machen von dem Pfad der Geschichte in jeder dieser zahllosen potentiellen Welten, in denen der Mensch die Fähigkeit besaß, in der Zeit zu reisen. (Vielleicht waren sie alle potentiell – keine von ihnen ›realer‹ als eine andere?) Der Pfad würde immer wieder in sich selbst zurückführen, wie eine Schlange, die ihren eigenen Schwanz frißt. So wie der Mensch nun einmal gemacht war, würde immer wieder der Moment kommen, wenn die Versuchung, die Vergangenheit zu manipulieren, den einen oder anderen dazu verleiten würde, den Gang der Ereignisse zu beeinflussen, der zur eigentlichen Entdeckung der Zeitapparatur geführt hatte – worauf sich ein neues Universum formen würde.

Aber was war in diesem Fall mit ihm geschehen? Er konnte die Erklärung beinahe ertasten, aber nicht ganz. Er mußte wohl, so überlegte er, während seiner Reise gefangen worden sein zwischen ›real‹ und ›potentiell‹; es mußte, ›nachdem‹ er Cadiz im Jahre 1588 verlassen und ›bevor‹ er Neu-Madrid im Jahre 1989 erreicht hatte, passiert sein, als sich die Nachwirkungen des Eingriffs von Zwei Hunde bemerkbar machten. Mit anderen Worten, er hatte die Stromschnellen im Fluß der Zeit überwunden ... und hier war er nun, auf der anderen Seite.

Was war dann aus all den Menschen geworden, die er gekannt hatte? Felipe, mit dem er letzte Nacht beim Trinken zusammengesessen war? Aus Kristina, die ihn zum zufälligen Instrument einer solchen Schlinge in der Zeit gemacht hatte, wie er sie jetzt durchdachte? Aus Kristina, die ihm

möglicherweise zur lebenslangen Gefährtin hätte werden können ... Und aus dem König, der Prinzessin, den Generalbevollmächtigten, dem Markgraf von Feuerstein und aus Zwei Hunde selbst? Warum sollten sie alle ausgetilgt worden sein aus dem Gefüge aller Dinge, während er durch ein groteskes Phänomen am Leben geblieben war?

Nur ein Mann wie Pater Ramón hätte sich an die Frage heranwagen können – und selbst in dem Universum, das Zwei Hunde zusammenstürzen ließ, war Pater Ramón tot.

Teilnahmslos begann er, seine Umgebung zu betrachten. Er befand sich in einer Art Park. Menschen kamen auf ihn zu – zweifellos neugierig gemacht von seiner Erscheinung, die für sie offenbar außergewöhnlich wirkte, denn sie trugen alle fremdartige Kleider, absolut unähnlich allen anderen, denen er je begegnet war. Er sah junge Männer und Frauen, die keine Hüte trugen und deren Beine bis über die Knie hinauf nackt waren, schamlos an die nackten Arme ihrer Begleiter geklammert. Hinter ihnen erblickte er eine Stadt: Türme, von deren Höhe man nur träumen konnte. Und Geräusche drangen an seine Ohren, die er nicht zu identifizieren imstande war, und die direkt aus dem Himmel zu kommen schienen.

Er blickte auf. Etwas flog dort oben mit steifen Flügeln vorbei – etwas, das weit größer schien als ein Vogel. Unerklärlich!

Jetzt standen die Menschen dicht gedrängt um ihn herum, ein, zwei Schritte entfernt. Ein Mann, der etwa in seinem eigenen Alter war, sprach Don Miguel an, stellte ihm offenbar eine Frage, aber die Worte sagten ihm nichts. Er antwortete seinerseits mit einer Frage.

»Donde estoy?« Nicht, daß man ihm seinen geographischen Standort hätte verraten müssen; dies mußte die Stadt sein, die Neu-Madrid seiner eigenen Zeit im Jahre 1988 oder 1989 entsprach, denn wäre er in der Zeit zu früh angekommen, hätte er auch räumlich sein Ziel verfehlt und wäre wahrscheinlich im Ozean ertrunken. Aber wie nannten sie ihre Stadt?

Der Mann runzelte die Stirn. »Español? Ah! Ihr seid in New York!« Er sprach langsam und deutlich, wie zu einem Idioten, und Don Miguel neigte den Kopf mit würdevollem Dank. Nicht ›Neu-Madrid‹, sondern ›Nueva Jorque‹ – und sie sprachen eine Abart von Englisch, jener minderwertigen Sprache, die in seiner Welt gerade noch unter ein paar Bauern überlebt hatte.

Nun, was sonst sollte man erwarten, wenn die Armada besiegt war?

Jetzt, da sie zu der Ansicht gekommen waren, daß er nicht gefährlich war, fiel die Anspannung von den Neugierigen ab, und sie tauschten aufgeregte Bemerkungen aus. Ihre Aufregung ließ darauf schließen, daß in dieser Welt die Zeitreise unbekannt war – sonst hätte man wohl eine gebrauchsfertige Erklärung für das Erscheinen eines Mannes aus dem Nichts. Der Gedanke brachte ein Gefühl des Friedens mit sich, der Sicherheit, dessen er sich nicht erfreut hatte, seit Pater Ramón ihm gegenüber zum erstenmal bekannt hatte, wie gefährlich Borromeos Vermächtnis geworden war.

In diesem Fall nun sollten sie sich seine Anwesenheit erklären, wie sie wollten. Sollten sie ihn für verrückt halten, für einfältig, für einen ausländischen Spion! Niemals – *niemals!* – das schwor er sich – würde er ihnen gegenüber auch nur die geringste Andeutung der Wahrheit machen. Er konnte das Prinzip der Zeitapparatur erklären; mit einer Tonne Eisen und einer halben Tonne Silber zur Verfügung konnte er sie in einer Woche mit seinen eigenen Händen bauen. Aber das würde er nicht tun. Welche auch immer die Fehler dieser Welt waren, der Mensch durfte sich nicht die göttlichen Privilegien anmaßen und eine Ordnung verändern, die im Vorangegangenen ihren Ursprung hatte.

Der Mann, der ihm als erster entgegengetreten war, winkte ihm zu, bedeutete ihm, mitzukommen. Auf Don Miguels Lippen erschien ein zögerndes Lächeln. Dies war, auf Gedeih und Verderb und ohne eine Chance, es zu ändern, jetzt seine Realität.

Don Miguel Navarro, Exbevollmächtigter der Gesellschaft für Zeitenkunde und jetzt der einsamste aller Ausgestoßenen der menschlichen Rasse, tat seinen ersten Schritt in die reale Welt ...